La France aux cent visages

Annie Monnerie-Goarin

LIVRE DE L'ÉTUDIANT

HATIER / Didier   FLE

© Les Éditions Didier, Paris 1996   ISBN 2-278-04377-3   Imprimé en France

Avant-propos

*C*et ouvrage témoigne d'un souci à la fois bien ancien et toujours d'actualité de répondre à la demande des apprenants de français langue étrangère en matière de civilisation et de culture.

En remontant à la source de ce qui fait la France, nous avons voulu présenter mais aussi expliquer ses richesses, son image, ses symboles. L'histoire à grands traits, ce qu'il en reste, petits faits du quotidien et grands débats, permanence et rupture, promenades dans les régions veulent dessiner ces cent visages de la France que le titre dit bien.

Chercher les racines d'un pays tout en faisant état de sa modernité, parler de ses saveurs, mais aussi de ses problèmes, évoquer son image de prestige en la nuançant et en l'actualisant, montrer les Français au jour le jour, faire l'inventaire de l'abondance d'un patrimoine en explorant chaque région pour y découvrir châteaux, paysages, entreprises et suivre aussi les traces des écrivains qui y ont vécu ou qui en ont parlé, évoquer enfin les valeurs auxquelles on croit aujourd'hui en France, telle est l'ambition de ce livre.

Sans prétendre nous substituer aux historiens, aux sociologues, aux journalistes qui ont su évoquer tous ces aspects, nous leur avons au contraire cédé la plume chaque fois qu'une analyse, un fait divers ou une synthèse nous semblaient conformes à notre projet. Nous avons donc juxtaposé ces touches diverses à notre propre texte, en mariant articles de presse, témoignages ou prises de position et en les éclairant au besoin de présentations générales et de notes.

Pour mieux satisfaire aux impératifs de la classe, nous avons choisi des textes courts, immédiatement utilisables, tout en les intégrant dans un ensemble qui permet de mieux les comprendre. Quant aux textes plus longs, ils se prêtent aux résumés, aux analyses et aux débats qu'autorise une plus grande maîtrise de la langue.

Divisé en cinq parties qui permettent de remonter aux origines de la France (*Que reste-t-il ?*), d'explorer son image (*Images d'hier et d'aujourd'hui*), d'accompagner les Français dans leur vie de tous les jours (*Société*), de découvrir la variété du terroir (*Les régions*), sans ignorer la dimension éthique (*Humeurs et valeurs*), cet ouvrage s'adresse à des étudiants de niveau avancé, qui veulent approfondir et affiner la connaissance de notre pays.

QUE RESTE-T-IL ?

1

La Préhistoire

Pendant des centaines de milliers d'années, les progrès de l'Homme sont insensibles ou très lents, et l'homme de Tautavel (environ 400 000 ans avant Jésus-Christ) est un témoignage célèbre de cette époque. Vers 30 000 ans avant J.-C. une véritable civilisation naît : commence alors la période du Paléolithique supérieur qui durera jusqu'à 9 000 ans avant J.-C. Vers 18 000 ans avant J.-C. l'art s'épanouit : ce sont les peintures rupestres des Eyzies et de Lascaux. Au Néolithique, les hommes dressent d'énormes pierres (menhirs) ou les disposent en forme de gigantesques tables (dolmens), comme on en voit à Carnac, le site le plus célèbre. Vers l'an 1 000, les Celtes, apportant avec eux la métallurgie du fer, s'installent sur le territoire qui deviendra la Gaule.

QUE RESTE-T-IL ?

■ *La grotte de Lascaux* (Dordogne).

■ *« L'homme de Tautavel »* reconstitué, dans le site de Tautavel, d'après des données scientifiques.

■ *Alignements de **menhirs**, à Carnac.*

TAUTAVEL

Bison rôti au menu de ce rassemblement à Tautavel, dans les Pyrénées-Orientales, où plusieurs centaines de personnes ayant travaillé sur ce site préhistorique, ouvert en 1964, se sont retrouvées pour fêter l'endroit et parler de sa déjà longue aventure.

Samedi 11 juillet, 23 heures. Christian Falco, solide gaillard et « *maître rôtisseur* » de son état, coiffé d'une superbe toque rouge, découpe enfin une épaule de la bête. Après « *quinze heures de cuisson, 65 litres de sauce et 4 tonnes de bois* », le détenteur du record inscrit dans le livre Guinness (pour un bœuf de 605 kilogrammes sur broche), vient d'ôter quelques-uns des 230 kilogrammes du bison hollandais qui mijotent depuis l'aube. Le restaurateur de Canet-Plage n'en est pas à son coup d'essai, mais il s'agit cette fois d'un banquet de connaisseurs.

Depuis quelques années, le mimétisme fait partie intégrante de la recherche en préhistoire.

Ceux qui s'approchent des tables n'hésitent donc pas, faute de couverts en nombre suffisant, à prendre la viande avec leurs mains. Jeunes et vieux, leur point commun est d'avoir à un moment ou à un autre passé au moins un mois sur le chantier de fouilles de la Caune de l'Arago (Tautavel, Pyrénées-Orientales), situé à proximité, à flanc de colline. Depuis l'ouverture du site à Pâques 1964, des centaines de professionnels et d'étudiants en préhistoire, d'amateurs éclairés ou de jeunes lycéens ont consacré de nombreux mois d'été (le chantier est ouvert chaque année du 1er juin au 31 août) à se pencher bénévolement sur notre passé. Ils sont trois cents à quatre cents à être revenus ce soir-là. Bien sûr, ils ne sont pas tous là. Amis et parents font nombre. Mais c'est la première fois qu'une telle fête a lieu.

L'importance du site explique en partie l'ampleur du rassemblement. À Pâques 1963, Henry de Lumley (aujourd'hui professeur au

Muséum national d'histoire naturelle et directeur de l'Institut de paléontologie humaine) organise les premiers relevés dans cette grotte, connue depuis les années 1830. Des sondages attestent la présence de plusieurs campements successifs entre 700 000 et 100 000 ans. Un an plus tard, les fouilles commencent. Au moment de Pâques les trois premières années, puis tout le mois de juillet et, enfin, les trois mois d'été depuis 1979. Plus de soixante-dix restes humains appartenant à une vingtaine d'individus ont été découverts en vingt-huit ans.

Le 22 juillet 1971, les plus anciens restes de crâne humain européen (face et frontal, 450 000 ans) sont mis au jour. Huit ans plus tard, à 4 mètres de là, le dégagement du pariétal droit du même individu permit la reconstitution du crâne du désormais célèbre homme de Tautavel. Un premier musée fut ouvert dans le village en 1979. Un nouveau musée, dix fois plus grand, est inauguré aujourd'hui.

Yves REBEYROL, © *Le Monde*, 18 juillet 1992.

MENHIRS ET DOLMENS : ÉNIGMES EN VOIE DE RÉSOLUTION

Quand et qui ?
Il y a 8 000 ans, la foi déplaçait les montagnes

Les premiers mégalithes d'Europe atlantique apparaissent dans la péninsule ibérique, en Galice, vers 6 000 ans avant J.-C. En Bretagne, dolmens et menhirs sont élevés par milliers à partir de 5 000 ans av. J.-C., début de l'âge néolithique. Cette architecture monumentale, pratiquée jusqu'aux environs de 2 000 av. J.-C., disparaît avec l'âge des métaux.

Qui étaient ces hommes dont la foi déplaçait les montagnes ? Il y a 5 000 ans, l'homme du Néolithique avait notre physique. Vêtu de lin tissé ou de peaux, il habitait des cabanes de bois, groupées à quelques centaines de mètres de sanctuaires mégalithiques. Cultivateur (orge,

blé, millet), éleveur (bovins, porcins), il excellait dans le façonnage des haches de pierre. Le « Néolithique » n'est-il pas l'âge de la pierre « nouvelle », polie ?

Pourquoi ?
Un mystère dur comme le roc

Non, les dolmens ne sont pas des tables de sacrifice pour druides assoiffés de sang humain. Pas plus que les alignements de menhirs ne sont des pistes d'atterrissage pour extraterrestres. Reste que les archéologues contemporains se trouvent confrontés à un mystère quasi intact. Les connaissances les mieux établies concernent les sépultures. La découverte d'ossements humains dans la plupart des dolmens et allées couvertes, a confirmé leur fonction de stèles funéraires. Non pas des caveaux collectifs : les hommes du

Néolithique enterraient leurs morts dans des fosses communes. Seuls quelques élus entraient dans ces sanctuaires.

Sacré, l'acte de lever une pierre l'était aussi. Mais quel culte les menhirs symbolisaient-ils ? Une série d'études, fondées sur l'étude géométrique des alignements et de leurs orientations, voit en eux des observatoires ou des calendriers solaires ou lunaires destinés à calculer solstices, équinoxes ou éclipses. Certains monuments sont, c'est un fait, orientés de façon que le soleil vienne en frapper un point précis, le jour du solstice d'été. « Une chose est sûre, résume le préhistorien, Jean-Pierre Mohen, sépultures et pierres levées étaient utilisées dans un même esprit. Les deux formes d'architecture coexistent pendant tout le Néolithique. En se sédentarisant, l'homme ressent le besoin de marquer son territoire. C'est pourquoi il utilise la pierre pour bâtir des lieux sacrés qu'il veut éternels. »

© *Ça m'intéresse*, janvier 1993.

2

La Gaule

Vᵉ-IIIᵉ siècle av. J.-C.
Établissement
des Celtes en Gaule.

IIᵉ siècle av. J.-C.
Conquête de la Gaule
par les Romains.

52 av. J.-C.
Victoire de Jules César
sur Vercingétorix.

Considérés comme un peuple de barbares par les Romains, les Gaulois subissent à Alésia, en 52 avant Jésus-Christ, la défaite qui marquera la fin de la guerre des Gaules et de l'indépendance de ce peuple belliqueux. Sur le plateau d'Alésia, la statue de Vercingétorix rend hommage au courage du chef gaulois qui s'était rendu à César pour sauver son peuple.

QUE RESTE-T-IL ?

■ *Situé à Plailly, dans l'Oise, à deux pas de Roissy,* **le parc Astérix** *occupe 125 ha de clairière, à la limite de deux forêts. Cadre somptueux, attractions de qualité : tout est mis en œuvre pour le plaisir du visiteur. L'univers du parc tout entier propose un voyage au cœur du temps. Étape majeure, bien évidemment, la période gallo-romaine, avec la Rome ancienne et surtout le village d'Astérix, où l'ensemble des personnages d'Uderzo sont présents pour accueillir le visiteur.*

■ *Sans être réellement un emblème national, l'image du* **coq gaulois** *est souvent liée à celle de la France. Ce sont les Romains qui ont les premiers associé le coq et la Gaule, puisque le mot « gallus » désigne en latin, et le coq et le Gaulois. Utilisée à la fin du XIIᵉ siècle pour ridiculiser le roi de France, la comparaison est restée péjorative. Vaniteux, batailleur, sot, sensible à la flatterie, le coq n'est pas un animal glorieux ! Mais, peu à peu, devenu au contraire symbole du courage et de la victoire, cet emblème* a été assumé par les Français eux-mêmes. Ainsi à la cour de François Iᵉʳ, le coq figurera à côté de la fleur de lys, de la couronne et de la salamandre. *La Révolution française lui accordera une place privilégiée. Il figurera sur différentes monnaies de la IIᵉ et de la IIIᵉ Républiques. On le retrouve aujourd'hui sur la grille du Palais de l'Élysée, résidence du président de la République, et sur le clocher des églises.*

■ *Bande dessinée d'Uderzo et Goscinny «* **Astérix le Gaulois** *», qui retrace les aventures d'Astérix et d'Obélix, comporte 28 titres traduits en 40 langues et vendus à plus de 220 millions d'exemplaires dans le monde.*

■ ***Le tempérament gaulois :*** *l'adjectif « gaulois », souvent associé à l'idée de liberté et de franchise, a pris peu à peu le sens de grivois, les Gaulois étant considérés comme un peuple paillard et ami du plaisir. L'historien grec Posidonios les décrit aussi comme ayant le goût de la bonne chère.*

LÉGENDE ET VÉRITÉ HISTORIQUE

Astérix et Obélix, ni moustachus, ni chevelus et sans menhir,
ne mangeaient pas de sanglier (mais du bœuf, du cochon et même du chien).
À la lumière des dernières découvertes, surgit une civilisation – une vraie –
celle de l'Europe celtique, aux côtés des deux « grandes », la grecque
et la romaine. Voici la vérité scientifique sur nos ancêtres les Gaulois…

Sacrés archéologues ! Cruels et ingrats, ils rasent les moustaches d'Astérix, confisquent le menhir d'Obélix et suppriment les sangliers rôtis des banquets de l'irréductible village gaulois. Tout cela au nom de la vérité archéologique : les pièces et les statuettes de la période de la conquête qu'ils déterrent ne montrent que des visages imberbes ; les menhirs, d'un ou deux millénaires, sont antérieurs à la période celtique ; et les sangliers étaient rares sur les tables gauloises.

Pourtant, ces archéologues spécialistes des Celtes et des Gaulois (qui sont une des composantes des premiers) savent bien ce qu'ils lui doivent – en popularité et, peut-être, en crédits – à cet Astérix dont la silhouette courtaude et véloce orne si souvent les bureaux. Mais la vérité scientifique est là qui emporte tout. Un bout d'Astérix, mais surtout des hypothèses, des idées préconçues qui s'envolent, sous les petits coups de truelle et le délicat frottement des pinceaux et des vieilles brosses à dents.

Depuis vingt ou trente ans, nos connaissances du monde celtique s'approfondissent. Les découvertes – parfois capitales, notamment en matière religieuse – succèdent aux découvertes. […]

Notre Gaule des IIIe, IIe et Ier siècles avant notre ère […] n'était que la partie occidentale d'une Gaule beaucoup plus vaste, d'une civilisation – une vraie – trop noyée dans les brumes du temps et qui surgit aujourd'hui en Europe, aux côtés des « deux grandes », la grecque et la romaine. Une civilisation sans écriture – qu'elle connaissait pourtant, mais qu'elle n'utilisait que pour les choses profanes, les comptes, etc. – sans textes propres et par conséquent sans mémoire conservée.

Les Celtes et les Gaulois ne nous ont rien laissé – sauf des bribes par étrangers interposés – de leurs mythes fondateurs, de leurs dieux, de leur philosophie, de leurs connaissances scientifiques. Nous ne savons d'eux, par les textes, que ce que nous en ont rapporté quelques écrivains, tous grecs ou latins, parfois malveillants et méprisants comme Cicéron. Celui qui nous en a le plus parlé, et sans doute le mieux avec Strabon, soyons francs, c'est leur vainqueur César, proconsul de la Narbonnaise. […]

Ce sont ces sources qui, par la référence « culturelle » qu'elles représentaient, ont imposé longtemps l'image vivace dans le public du Gaulois moustachu et querelleur, hardi et inconséquent, vivant dans des huttes rondes au milieu des forêts, croquant du sanglier en attendant la civilisation qu'allait lui apporter Rome.

Les choses sont moins simples. Et c'est une vision renouvelée que nous impose donc l'archéologie vraiment scientifique d'aujourd'hui. […]

Comme le monde grec, le monde celtique possède cette unité fondamentale, basée sur la langue (on parlait, sans doute, à peu près le même gaulois de l'Armorique à la Bohème), sur le mode de vie et de pensée, sur la culture (comme le démontre si bien son art), sur l'économie, sur les pratiques religieuses analogues partout pour l'essentiel. Un monde qui va connaître une formidable expansion autour du IIIe siècle av. J.-C., avant de reculer au Ier sous les coups redoublés des Romains, des Daces et des Germains.

Derrière le barbare qu'il fut sans doute à certains moments et en certains lieux, le Gaulois apparaît donc porteur d'une civilisation avancée, technologiquement, sociologiquement, politiquement, pour certains de ses peuples arrivés au bord de la démocratie, religieusement, comme le démontrent certaines trouvailles récentes. […]

Le pays […] était riche non de glands ramassés dans les forêts, mais de bon froment et de bonne orge. […]

L'essor économique, lentement acquis au cours des siècles, n'avait pas été sans conséquences sur l'évolution de la société celtique puis gauloise. D'abord, il avait accéléré le développement du commerce à l'intérieur du monde celtique et avec le monde méditerranéen. […]

Il avait aussi entraîné le développement d'un artisanat, presque industriel : travail du fer (les Gaulois étaient des maîtres forgerons), du bronze (ils y excellaient), de l'or, des émaux. Mais aussi travail du bois : ils ont inventé le tonneau, infiniment plus léger que la lourde amphore pour transporter le vin et les poissons salés ; ils étaient les champions du charronnage, fabriquant comme personne ces légères et solides roues à rayons cerclées de fer, ces chars de guerre redoutés, ces charrettes, ces chariots. […]

Le dynamisme des échanges avait, lui aussi, d'autres effets positifs. Le commerce, l'« industrie » ont besoin à la fois de moyens de transport et d'infrastructures. En matière de routes, les arguments purement archéologiques […] nous révèlent de larges voies, bien entretenues et solides. […]

Une économie, une agriculture, une pré-industrie, un commerce actif, des voies de communication nombreuses : tout cela sous-tend un État, au sens moderne du terme. C'est-à-dire une volonté politique et sociale, soutenue ou approuvée par le plus grand nombre et appuyée sur une administration. Une administration capable de percevoir des impôts, des « droits de douane » – disons des péages –, de battre monnaie, de concevoir de grands travaux (les routes, les ponts), de créer des oppida[1], des cités, des marchés. Eh bien, cet État, chacun des grands peuples de la Gaule l'avait déjà – et depuis longtemps – à la veille de la conquête. […]

« Quid novi sub gallico sole ? », (« Quoi de neuf sous le soleil gaulois ? ») pourrait aujourd'hui nous demander César. Beaucoup de choses vraiment, beaucoup de choses que vous nous avez tues ou cachées, divin Jules ! Mais que l'archéologie déterre pour nous. C'est la revanche des Gaulois !

François GIRON, © *Le Point*,
n° 1089, 31.07.1993.

---

1. *Villes fortifiées.*

1 • QUE RESTE-T-IL ? • **LA GAULE**

3

Ier -IIe siècles
Unification de la Gaule
par les Romains.

IIe siècle
Propagation du christianisme.
Début des invasions
barbares.

395
Division de l'Empire romain.

476
Fin de l'Empire romain
d'Occident.

De la civilisation gallo-romaine aux invasions barbares

La guerre finie, Rome accorde aux peuples gaulois une large autonomie, mais réorganise le territoire : la Province devient la Narbonnaise et la Gaule est divisée en trois parties (la Lyonnaise, la Belgique et l'Aquitaine). Les trois Gaules sont modernisées par un important réseau routier qui part de Lugdunum (Lyon), devenue leur capitale. Narbo Martius (Narbonne), elle, est restée capitale de la Narbonnaise. De nombreux monuments publics sont édifiés : thermes, théâtres, amphithéâtres. Au IVe et au Ve siècles, les Huns, les Burgondes, les Vandales, les Ostrogoths et les Wisigoths envahissent la Gaule.

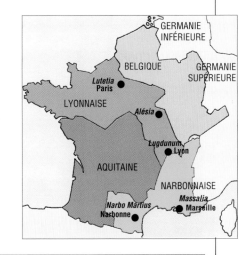

QUE RESTE-T-IL ?

■ *Près de 15 000 spectateurs pouvaient assister aux combats de gladiateurs dans **l'amphithéâtre de Nîmes.***

■ *En 451, alors que les Huns assiègent Paris, **sainte Geneviève**, devenue depuis la protectrice de la ville, fléchit Attila, qui épargne la capitale. Deux murs du Panthéon lui ont été consacrés : elle y est représentée dans une peinture de Puvis de Chavanne, réalisée de 1876 à 1880.*

■ *De nombreuses villes sont approvisionnées en eau par des aqueducs : le plus spectaculaire, **le pont du Gard** (ou **aqueduc de Nîmes**), comporte trois étages. Le premier alimente les fontaines publiques, le second les monuments et le troisième les demeures particulières.*

ON EN PARLE… ON EN PARLE… ON EN PARLE… ON EN PARLE… ON EN PARLE… ON EN PARLE…

PONT DU GARD
Maintenant on sait

Grâce au travail effectué par les archéologues, nous savons maintenant où les Romains allaient chercher la pierre afin d'édifier le pont du Gard, fierté des habitants de cette région du Sud de la France.

En réalité, la carrière servant à extraire les pierres pour la réalisation de l'aqueduc se trouvait à environ 600 mètres de l'ouvrage. Les sondages préliminaires au projet d'aménagement du site autour de l'aqueduc bimillénaire ont permis de déterminer « avec certitude », en analysant des tessons de poterie et les caractères techniques du site, la localisation de cette car-

rière. Les blocs de pierre étaient vraisemblablement acheminés sur le site par un chenal donnant accès à la rivière le Gardon. Le conseil général du Gard a aménagé plusieurs hectares autour du site, classé patrimoine mondial par l'UNESCO, pour mieux le mettre en valeur. Le pont du Gard est le site français le plus visité, après le château de Versailles.

Le Moyen Âge

Après la chute de l'Empire romain d'Occident, la Gaule romaine est envahie par les Francs. Clovis et ses fils étendent leur domination à l'ensemble de la Gaule. Le baptême de Clovis, en 497, est un événement qui fait de la France « la fille aînée de l'Église ».

C'est Pépin le Bref qui détrône le dernier Mérovingien, Childéric III, et se fait élire roi des Francs en 751 à Soissons, avec le soutien du pape. Il est le premier roi sacré (en 752) et le premier de la dynastie carolingienne.

Charlemagne, qui prend le titre d'empereur en 800, est entré dans la légende dès le Moyen Âge. La « Chanson de Roland » chante ses efforts pour repousser les musulmans. Il gouverne à partir de sa capitale, Aix-la-Chapelle, relance les études et ordonne aux évêques et aux monastères de créer des écoles dans chaque diocèse. Cette renaissance s'accompagne de nombreux efforts pour multiplier les livres (ornés de miniatures) et chaque monastère a son moine copiste. Ce sont les rois de France qui ont dessiné les contours du pays. Les Capétiens Philippe Auguste et saint Louis font de Paris la capitale.

La vie économique renaît dans les villes et les campagnes, et s'accompagne d'un élan artistique et religieux qui permet la construction des grandes cathédrales, chefs-d'œuvre de l'art roman et de l'art gothique.

Le Moyen Âge est le temps de la féodalité : suzerains et vassaux, chevaliers et paysans forment une société hiérarchisée. Au XIᵉ siècle, les seigneurs font construire des châteaux forts pour assurer la défense de leur domaine contre les invasions normandes, hongroises et sarrasines.

Les croisades (XIᵉ-XIIIᵉ siècles) et les contacts avec la civilisation de l'islam adoucissent peu à peu les mœurs des chevaliers. Trouvères et troubadours chantent l'amour de la femme : c'est le temps de l'amour courtois.

Au début du XIVᵉ siècle, la guerre de Cent Ans entre la France et l'Angleterre, et la peste noire, ravagent le pays. Jeanne d'Arc, personnage symbolique, délivre Orléans assiégée par les Anglais.

QUE RESTE-T-IL ?

■ *Incarnation du peuple qui se sauve lui-même, **Jeanne d'Arc** a été canonisée en 1920. Revendiquée aussi par la gauche, elle est devenue peu à peu propriété de la droite, et même de l'extrême droite, qui l'a glorifiée non seulement pour ses actions historiques mais aussi pour ses origines terriennes. Depuis 1979, les partisans de Jean-Marie Le Pen, chef de file de l'extrême droite, manifestent devant sa statue.*

■ *Quand les Capétiens feront de Paris leur capitale [...] saint Denis (1er évêque de Paris) en sera naturellement le patron. L'abbaye qui portera son nom gardera [...] la célèbre oriflamme que des rois viendront y chercher au moment de partir en guerre.* **La basilique** *sera la nécropole des rois de France. Le cri « Montjoie Saint-Denis » sera le cri de ralliement autour du souverain. On le retrouve encore sur les affiches de la 1re guerre mondiale. Il revivra dans les jeux des scouts de France.*
© D'après Pierre Nora.

■ *C'est à* **Reims** *que Clovis se fit baptiser par saint Rémi en 497. Les rois de France s'y firent sacrer. La cathédrale Notre-Dame est l'un des exemples les plus parfaits de l'art gothique.*

■ *Fondée en 1253 par Robert de Sorbon pour enseigner la théologie aux étudiants peu fortunés,* **la Sorbonne** *n'est plus aujourd'hui qu'une des 13 universités parisiennes.*

■ *Dès le XIIIe siècle, les abords de la montagne Sainte-Geneviève ont été le foyer de la vie estudiantine.* **Le boulevard Saint-Michel** *et* **la place de la Sorbonne** *sont encore aujourd'hui le lieu de promenade favori de milliers d'étudiants.*

UNE RÉNOVATION MONUMENTALE

C'est en 2002 que s'achèvera la rénovation de la cathédrale Notre-Dame de Paris, un monument qui n'a jamais cessé de changer depuis sa construction en 1163.

Notre-Dame de Paris, cathédrale du XIXᵉ siècle ? S'agissant d'une construction considérée comme l'un des joyaux de l'art gothique, cette affirmation pourrait paraître des plus inconsidérées. Et pourtant, elle contient sa part de vérité. La façade presque parfaitement carrée que contemplent, depuis le parvis, 12 millions de touristes chaque année, le vaisseau de la nef et les doubles bas-côtés que 50 000 visiteurs parcourent chaque jour sont en effet le produit d'une vision du XIXᵉ siècle sur le Moyen Âge. Cette vision est celle du paradoxal théoricien d'un style propre au XIXᵉ siècle et fervent rénovateur des cathédrales médiévales, Eugène Emmanuel Viollet-Le-Duc (1814-1879). Et c'est cet état-là, l'état de Notre-Dame « revisitée » par Viollet-Le-Duc, qui est aujourd'hui en train d'être restauré. Une campagne de travaux a été lancée depuis le début de l'année 1992 pour une durée de 10 ans et un montant d'environ 100 millions de francs, sous la houlette de l'architecte en chef des Monuments Historiques, Bernard Fonquernie : « Les problèmes ont été bien traités par Viollet-Le-Duc, estime-t-il : le monument exprime sa doctrine ».

Ainsi en 2002 devrait s'achever « la restauration d'une restauration », celle de Viollet-Le-Duc qui se termina en 1864, demeurant durant environ 100 ans, la dernière grande campagne de travaux, jusqu'aux ravalements menés sous l'égide d'André Malraux, en 1969.

C'est en 1163 sous le règne de Louis VII que Maurice, évêque de Paris né à Sully-sur-Loire, posa la première pierre de Notre-Dame sur l'île de la Cité, site sur lequel avaient déjà été édifiées trois églises. La construction dura jusqu'en 1260. Dès la fin de son érection, le bâtiment n'allait jamais cesser d'être restauré et son intérieur polychrome réaménagé, tout au moins jusqu'au XVIIIᵉ siècle : le XVIIᵉ siècle par exemple, [...] fit réaliser aux architectes Jules Hardouin-Mansard et Robert de Cotte un chœur baroque. Autre exemple, ces fameux « Mais », grands tableaux offerts par les corporations tous les 1ᵉʳˢ mai durant les XVIIᵉ et XVIIIᵉ siècles.

La condition de la cathédrale changea cependant drastiquement durant la Révolution française : ainsi les 28 statues de la Galerie des rois qui ornaient la façade occidentale furent abattues, dans une grande confusion d'ailleurs puisque ces statues représentaient les rois de Juda, non la dynastie capétienne de France… L'église se rogna peu à peu, jusqu'à devenir une sorte de moignon, au point que la messe du sacre de Napoléon eut lieu dans un bâtiment aux murs recouverts de tentures. Avec la furie du goût gothique et le renouveau du sentiment religieux au XIXᵉ siècle, la cathédrale allait faire naître la ferveur réparatrice. En 1832, Victor Hugo lança un lyrique cri mobilisateur sur l'état de Notre-Dame de Paris, cette « vaste symphonie de pierres » alors mangée aux mites. Un comité provisoire de restaurations fut alors créé avec le poète Alfred de Vigny, le peintre Jean-Auguste-Dominique Ingres ou le politique catholique Montalembert. En 1844, le concours lancé pour la restauration de l'édifice fut remporté par Lassus et Viollet-Le-Duc. Le premier mourut sept ans plus tard. Resta le second et sa vision utopique : « Restaurer un édifice, ce n'est pas l'entretenir, c'est le rétablir dans un état complet qui peut n'avoir jamais existé à un moment donné ».

C'est du côté le plus XIXᵉ de l'édifice, avec sa sacristie et sa maison de gardien, sa flèche et son ornementation végétale conçues par Viollet-Le-Duc, qu'a d'ailleurs été réalisée la première tranche de travaux, ceux de la tour sud-ouest. La pollution atmosphérique d'une part, et d'autre part l'isolement de la cathédrale opéré selon l'esthétique du XIXᵉ siècle (qui préconisait de raser les maisons et quartiers alentour pour magnifier les églises ainsi dégagées), constituent les deux causes majeures de la détérioration constatée. L'architecte des Monuments Historiques, Bernard Fonquernie, diagnostiqua des altérations notables, moins dans le gros œuvre que dans des parties de la cathédrale situées dans les endroits dangereux pour le public. Priorité fut donnée aux endroits situés au-dessus des touristes. La tour sud-ouest vient d'être achevée, et c'est au tour de la façade occidentale sur le parvis d'être désormais emmaillotée d'un échafaudage pour les prochaines trois années.

« Préserver l'authenticité », tel a été le maître-mot de l'éthique de restauration actuelle : c'est-à-dire, sauver ce qui peut l'être et ne remplacer que le strict nécessaire, les pierres qui, comme le dit joliment Monsieur Jacquet, le chef appareilleur de l'entreprise Quelin (maître d'ouvrage), « ont perdu leur message ».

Amenées par blocs, les pierres sont taillées sur place dans le chantier au pied de l'édifice (côté sacristie), transportées puis « refouillées » sans abîmer les pierres au pourtour. L'un des principaux problèmes techniques rencontrés a concerné le choix des carrières qui fournissent des pierres [...] compatibles avec celles qui furent utilisées au XIXᵉ siècle, provenant quant à elles de ce qui constitue aujourd'hui la banlieue parisienne. À cette occasion, Bernard Fonquernie découvrit que Viollet-Le-Duc s'était approvisionné à différentes sources pour sa propre restauration, faisant des attachements de 11 types de pierres pour la façade sud-ouest et n'utilisant pas moins de 23 sortes de calcaire pour la façade occidentale ! Pour fêter la révision complète de ce « patchwork » de pierres en 2002, le bourdon[1] de Notre-Dame, prénommé « Emmanuel », ne sera pas de trop pour mêler au son des cloches ses graves résonances…

Elisabeth LEBOVICI, © *Atlas - Air France Madame,* n° 37, décembre 1993.

---

1. *Grosse cloche à son grave.*

■ *Inventé par les frères Lumière à la fin du XIXᵉ siècle, amélioré par Méliès, le cinéma passe du stade artisanal au stade industriel sous l'impulsion de Charles Pathé, qui transforme des théâtres en salles de projection. Son concurrent direct, Léon Gaumont, ouvre la plus grande salle de cinéma d'Europe : le Gaumont Palace. Pathé et Gaumont ont laissé leur nom à deux des plus grands groupes nationaux d'exploitation de salles de cinéma.*

■ *Les lois sociales : c'est à la IIIᵉ République que l'on doit la législation des retraites ouvrières et la création des assurances sociales. Au moment du Front populaire, différents droits sont reconnus aux travailleurs : l'exercice du droit syndical, les congés payés (deux semaines à l'époque), la semaine de 40 heures.*

■ *Quelques entrées de métro de style Art nouveau, et conçues par Hector Guimard, sont encore visibles à Paris.*

■ *Tour métallique construite pour l'Exposition universelle de 1889, la tour Eiffel déclencha à l'époque des passions contradictoires. Devenue depuis un des symboles de la France, elle a vu passer plus de 150 millions de visiteurs.*

■ *Le Grand Palais, le Petit Palais et le pont Alexandre-III sont les vestiges de l'Exposition universelle de 1900, qui réunit à Paris plus de 80 000 exposants.*

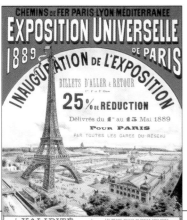

■ *Le « café chantant » ou « café-concert » est né sous le Second Empire. À partir des années 30, des écrivains et des artistes profitèrent de cette vogue pour lancer le « cabaret de chansonniers ». L'un d'eux, Le Lapin agile, existe toujours. Les dessins de Toulouse-Lautrec ont perpétué le souvenir du Moulin Rouge, autre lieu de spectacle populaire, qui est devenu le symbole de Montmartre.*

FEU SUR L'ÉTAT-PROVIDENCE

Dans toute l'Europe se développe une offensive, d'une ampleur sans précédent, contre le monde du travail et le modèle social en vigueur depuis un demi-siècle. Partout se multiplient grèves et manifestations, dans la tourmente des vagues de licenciements massifs régulièrement annoncés, de l'extension continue du chômage et de l'exclusion.

Commencée il y a plus de dix ans, facilitée par l'affaiblissement du mouvement syndical, l'opération de démantèlement s'est accélérée depuis la chute du mur de Berlin, l'effondrement du bloc soviétique et la disparition de toute perspective de rechange à la démocratie de marché. Les classes sociales dominantes, qui n'en finissent pas de fêter la divine surprise, entendent bien profiter de leur triomphe sans combat, là-bas, pour prendre, ici, leur revanche sur le mouvement ouvrier, liquider le compromis social, accélérer la mondialisation du marché du travail et en tirer de nouveaux profits […]

Or, le statut du salarié, avec des modalités variables d'un pays à l'autre, reposait traditionnellement sur trois piliers : salaire, conditions de travail et protection sociale. Il était tout d'abord reconnu à chacun le droit à une rémunération décente de son travail, indexée sur le coût de la vie, la croissance économique, l'augmentation de la productivité et comportant pour les moins qualifiés un salaire minimum. Étaient ensuite juridiquement établies les conditions de travail dans l'entreprise : hygiène et sécurité, horaires et durée, repos et congés ; droit de grève, droit syndical et de représentation ; information et éventuellement participation ou cogestion. Enfin, des mécanismes d'assurance et d'assistance collectifs garantissaient la personne et sa famille contre les principaux risques sociaux, en particulier : accidents et maladies, vieillesse, chômage.

Faut-il rappeler que, partout en Europe, un tel statut fut le résultat inachevé de compromis élaborés et négociés au terme d'interminables luttes sociales et de guerres dévastatrices, étalées sur plus d'un siècle et demi ?

Il ne doit rien au bon vouloir d'un prince – État-providence – ou au caprice d'une déesse de l'abondance – les « Trente Glorieuses[1] ». Les droits sociaux n'ont pas été « acquis », mais conquis, et l'État n'a rien de providentiel : il est seulement le garant de la bonne affectation de fonds entièrement collectés sur les revenus des travailleurs. Au reste, les fondements de ce statut sont consignés dans les déclarations des droits, les préambules des Constitutions, les principes généraux du droit et dans de nombreuses conventions et traités internationaux ratifiés, qui s'imposent aux gouvernants. La légitimité du pouvoir qu'ils exercent est subordonnée à leur aptitude à garantir ces droits qui fondent le pacte social.

En France, M. Balladur[2], surmontant[3] un désir de concertation maintes fois exprimé, aura démocratiquement mis à profit la période des vacances du mois d'août 1993 et l'absence de session parlementaire pour bouleverser par décrets le régime des retraites des salariés. Il faudra, dans les années à venir, travailler plus longtemps pour toucher une retraite réduite. D'autant plus réduite, l'équité n'étant pas la vertu dominante, que le revenu du bénéficiaire, si l'on ose dire, était plus modeste. Avec le courage politique qu'il revendique, le gouvernement s'est appliqué à reporter le plein effet de sa réforme en l'an 2008. Par la même occasion, ces simples décrets auront fait un chiffon de papier de la loi de 1983 sur la retraite à soixante ans, l'une des rares mesures sociales de la gauche restée populaire : il deviendra de plus en plus difficile, voire impossible pour la majorité des gens, de prendre à cet âge une retraite normale.

Attaques contre le salaire minimum

Ces mesures ont été précédées et suivies par d'autres, tel l'accord de juillet 1993 sur l'assurance chômage, venu après ceux de 1991 et 1992, entraînant une augmentation des cotisations et une diminution des prestations, passées depuis 1974 de 90 % à 57 % du salaire de base. Sur la même pente descendante, dans la lignée des mesures prises depuis 1976, les cotisa-

tions d'assurance-maladie augmentent tandis que diminue le remboursement des soins médicaux et qu'est majoré le forfait hospitalier à la charge de l'assuré. Déjà avant l'entrée en vigueur de ces dispositions, un Français sur cinq (à commencer par les plus jeunes, les ouvriers non qualifiés, les chômeurs) renonçait à se faire soigner par manque d'argent, selon une enquête du Centre de recherche, d'étude et de documentation en économie de la santé (CREDES).

Avec la loi quinquennale sur l'emploi, c'est d'abord l'exercice des droits des salariés à la représentation et à la participation dans l'entreprise, pourtant consacrés dans le préambule de la Constitution, qui sera désormais laissé à la discrétion de l'employeur.

C'est aussi le salaire minimum interprofessionnel de croissance (SMIC), institué en 1968, qui se trouve mis en cause par le transfert progressif, total ou partiel, des cotisations familiales, de l'entreprise à l'État pour les salaires inférieurs à 1,5 fois le SMIC. Sans être formellement aboli, le SMIC cesse d'être un salaire « minimum » et « de croissance », autant dire d'exister. Une liquidation déjà largement expérimentée avec les contrats de retour à l'emploi (CRE) pour les chômeurs de longue durée et, surtout, les multiples formules d'emploi des jeunes comportant exonération de charges sociales et instaurant de fait, au profit des entreprises, le « SMIC jeunes » qu'elles réclament et qui concerne déjà la moitié des moins de vingt-cinq ans.

C'est, enfin, toute une série de dispositions sur la flexibilité, permettant en particulier aux employeurs de mettre les salariés au chômage partiel jusqu'à 1 200 heures par an, indemnisés au mieux à 50 %, d'annualiser la durée de travail avec des journées de dix heures et des semaines de quarante-huit heures sans rémunération supplémentaire,

---

1. Allusion aux « Trois Glorieuses », nom donné aux journées révolutionnaires des 27, 28 et 29 juillet 1830 qui mirent fin à la Restauration. Les « Trente Glorieuses » désignent les trente années de prospérité économique, de 1945 à 1975.
2. Premier ministre de mars 1993 à mai 1995.
3. Ironique.

À l'assiette française : surgelés sauce express

Gérants de supermarchés et restaurateurs se frottent les mains : les Français consomment de plus en plus de plats surgelés ou préparés et prennent davantage de repas hors domicile.

L' INSEE[1] est formel : on ne peut plus parler des habitudes alimentaires des Français, qui changent de bérets. Fini la baguette et bienvenue au pain complet. Tout change, même le goût du palais. Grands vainqueurs d'une société urbanisée où s'allient stress et travail au féminin, les produits surgelés, dont la consommation est cinq fois supérieure à ce qu'elle était il y a dix ans. L'alimentation « bio » ou allégée fait également une entrée spectaculaire sur les rayonnages. Parallèlement, les Français sortent de plus en plus dîner

l'art et la manière d'ouvrir de nouveaux appétits.

Prêt à Servir Frais

ou ne rentrent pas à l'heure du déjeuner. Les restaurants en sont les premiers bénéficiaires, avec tout de même une tendance qui s'affirme au plat unique. Ce n'est plus la faim qui commande les repas, c'est le

temps. Et pourtant, selon les spécialistes, les Français mangent mieux !

---

1. Institut national de la statistique et des études économiques.

Fleurs comestibles et légumes nouvelle vague

Pour survivre, des maraîchers bretons produisent des fleurs comestibles et des légumes de toutes les couleurs.

À Taulé, dans le Nord-Finistère, une coopérative, « L'Armorique maraîchère », fournit les plus fines tables du monde en fleurs comestibles et en légumes miniatures et de toutes les couleurs. Évoluer, innover, anticiper : les

quelque cent membres de la coopérative ont emprunté les maîtres-mots des industriels pour se transformer en experts en *marketing*. En 1993, 500 000 barquettes de fleurs comestibles seront exportées vers toute l'Europe, Tokyo, Hong-Kong ou Caracas. Les petites salades acidulées de fleurs et de feuilles de bégonias ou les laitues à la primevère séduisent les restaurateurs de talent. On peut également déguster des huîtres glacées aux pétales de moutarde mais aussi des carottes miniatures ou des petits artichauts verts et mauves.

LES HYPERMARCHÉS MANGENT LE PAIN DES BOULANGERS

L es Français sont des gourmands invétérés, nous le savions, et un sondage SOFRES[1] pour le salon Europain le confirme. En effet, en cas de régime, si nous sommes prêts à supprimer le fromage ou le champagne, pas question de se passer de dessert ! Les fautifs sont tous les plats sucrés traditionnels, de la galette des rois aux crêpes, en passant par les œufs de Pâques et... les fameux croissants du dimanche, indispensables !

Autre tradition qui n'est pas prête de se voir abandonnée par les Français : la fameuse baguette. Elle reste associée aux bons moments gastronomiques et ne cède sa place de *leader* que pour des plats bien

---

1. Société française d'enquêtes par sondages.

précis tels que les huîtres, le foie gras ou le saumon, où notre bâtard[2] est remplacé par le pain de seigle, le pain de mie ou le pain de campagne.

Que ce soit les repas de tous les jours ou à l'occasion de fêtes gastronomiques, pas question de se priver de la baguette.

Depuis le début des années 80, les grandes surfaces concurrencent les 40 000 boulangers français sur leur principale production : le pain.

Certes, dans notre monde industriel, la boulangerie-viennoiserie-pâtisserie reste l'un des derniers bastions de l'artisanat. La production de pain, gâteaux et autres croissants est, en cette fin de XXᵉ siècle, toujours « intimement liée » à la vente au détail. Le boulanger de quartier fabrique et vend lui-même ses fournées quotidiennes. Mais, si les artisans boulangers détiennent encore les trois-quarts du marché de la distribution, ils perdent régulièrement des parts au profit des industriels et des grandes surfaces.

Redistribution des cartes

L'irruption de ces nouveaux acteurs dans un secteur si particulier à la France date du milieu des années 80. Jusqu'alors, les industriels, pour cause de problèmes techniques (le pain français est trop friable, s'abîme vite et est difficilement transportable), s'étaient cantonnés au marché de la restauration collective et à quelques créneaux spécifiques (pain de mie préemballé, dépôts de pains froids…).

Pourtant, dès 1985, ils accèdent à la part du marché la plus juteuse, celle des foyers français. Grâce à la surgélation (fabrication de la pâte en usine, blocage du processus par surgélation, puis reprise dans les terminaux de cuisson des hypermarchés), les industriels réussissent à proposer un produit d'une qualité égale (fraîcheur) et d'un prix inférieur à celui pratiqué par les artisans.

L'arrivée de ces nouveaux acteurs, dans un secteur où les ventes plafonnent à 70 milliards de francs, a bouleversé profondément le marché. La concurrence aidant, les gammes de produits se sont considérablement élargies – souvent à l'initiative des grandes surfaces. Côté boulangerie, si le pain ordinaire reste le produit vedette du secteur (50 % des ventes), les pains plus élaborés (pain de son, aux noix, de seigle…) font aujourd'hui recette. Même constat du côté de la pâtisserie et de la viennoiserie. L'arrivée des mini-croissants et autres baguettes viennoises aux pépites de chocolat ont redynamisé le secteur, le plus souvent cependant au profit de la grande distribution. […]

D'après © La République du Centre.

_____

2. Pain court de 250 g.

PUB : LA BAGUETTE MAGIQUE

Une minuscule société réussit à faire du pain quotidien un support.

Elle en voit de toutes les couleurs, la baguette de pain. Des logos, des voitures, des filles superbes viennent protéger ses flancs croustillants. La baguette n'est plus en prise directe avec la main du consommateur, car elle est désormais entourée d'un sachet aux propriétés hygiéniques et… publicitaires.

Une jeune société, Actifrance, a repris à son compte l'idée de véhiculer des messages promotionnels sur les sachets de pain. Afin d'éviter les écueils où d'autres avaient déjà échoué, elle a étudié pendant plus d'un an le projet avant de s'engager dans cette aventure en contrôlant tout le processus de bout en bout. En avril 1992, Actifrance lance Actibag et réalise sur l'année 1,5 million de francs de chiffre d'affaires. Ce qui représente 30 % du chiffre d'affaires total de cette jeune société ! L'idée est simple. La baguette est un produit de grande consommation et son achat est quotidien. Un support publicitaire attaché à la remise du pain permet ainsi de toucher dans leur intimité et à répétition la grande majorité des foyers.

À la grande différence des *mailings*, ce support a une utilité intrinsèque. Une enquête révèle que 70 % des consommateurs conservent le pain dans le sachet Actibag et que 65 % le mettent directement sur la table au moment des repas. Bref, il ne restait plus qu'à convaincre les boulangers et, surtout, les annonceurs.

Actibag s'est constitué un réseau de 7 000 boulangers, sur 37 000 artisans recensés en France. Les sachets de pain sont distribués gratuitement aux boulangers. Des courriers leur sont envoyés pour les informer de la campagne, puis pour les remercier de leur participation. […]

© *Le Nouvel Économiste,* n° 891, 23 avril 1993.

Sciences et techniques

Souvent prise en tenaille par les pays concurrents (l'Allemagne, le Japon et les pays industriels « neufs »), touchée par la crise, la technologie française résiste cependant et continue à briller dans un certain nombre de secteurs. L'industrie automobile enregistre de bons résultats ; dans les transports et la chimie la France est bien placée ; l'électronique professionnelle a atteint un niveau de compétitivité mondiale ; les biens d'équipement exigeant un haut niveau de technologie comme l'aéronautique, les télécommunications, l'espace, l'informatique, ainsi que l'armement ou le nucléaire (où ses succès lui sont aussi reprochés), sont pour la France des domaines d'excellence.

Ces sociétés françaises sont n° 1 dans le monde

C'est peu connu, mais plus d'une centaine d'entreprises françaises sont *leaders* mondiaux dans leur secteur, de l'aspirine à la navigation de plaisance. Voici 10 de ces champions (leur chiffre d'affaires est exprimé en milliards de francs).

• **Alcatel-Alsthom**
Chiffre d'affaires : 106,4.
Systèmes de communication.
• **Michelin**
Chiffre d'affaires : 66,8.
Pneumatiques.

• **Saint-Gobain**
Chiffre d'affaires : 42.
Verre, bouteilles, etc.
• **Péchiney**
Chiffre d'affaires : 30.
Emballages.
• **BSN**
Chiffre d'affaires : 26,1.
Produits laitiers frais.
• **LVMH**
Chiffre d'affaires : 21,7.
Champagne, produits de luxe.

• **Bouygues**
Chiffre d'affaires : 21,3.
Construction de routes et d'autoroutes.
• **Accor**
Chiffre d'affaires : 18,1.
Hôtellerie.
• **Air France**
Chiffre d'affaires : 10.
Maintenance et révision des avions d'autres compagnies.
• **Essilor**
Chiffre d'affaires : 4,2.
Verres correcteurs.

© Ça m'intéresse.

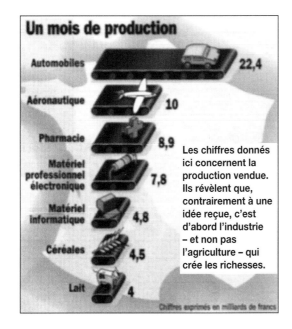

Un mois de production

Automobiles 22,4
Aéronautique 10
Pharmacie 8,9
Matériel professionnel électronique 7,8
Matériel informatique 4,8
Céréales 4,5
Lait 4

Les chiffres donnés ici concernent la production vendue. Ils révèlent que, contrairement à une idée reçue, c'est d'abord l'industrie – et non pas l'agriculture – qui crée les richesses.

Chiffres exprimés en milliards de francs

Un mois d'exportation

6,7
5
Automobiles
Véhicules aériens 1,8
Blé 1,6
Vin 1,5
Médicaments 1,1
Pneumatiques

Chaque mois en moyenne, la France exporte environ 130 000 voitures. L'industrie automobile, avec les Airbus et les hélicoptères, reste la base de notre puissance économique.

Chiffres exprimés en milliards de francs

© Ça m'intéresse.

Alcon : voir pour être vu...

Il y a en France des entreprises dont on ne parle jamais, ou presque, mais qui, dans leur spécialité, font la fierté du pays.

C'est le cas de Alcon France, dont le siège est à Rueil-Malmaison dans la banlieue parisienne, et dont la raison d'être est de s'occuper de tous les problèmes liés à la vision. À Clermont-Ferrand, 80 personnes travaillent sur des machines laser, alors qu'à Kaysersberg, en Alsace, ce sont 200 employés qui produisent les produits nécessaires aux ophtalmologistes. Plus remarquable encore, le département formation de cette entreprise qui, sous la direction de Michel Guiguen, se charge d'organiser des stages à Paris comme en province (Nancy, Nice) pour permettre le développement de nouveaux équipements et de produits.

Essonne : honneurs astronomiques pour REOSC

Bel exploit d'une société installée dans l'Essonne, qui confirme la qualité et le grand savoir-faire de l'optique française.

Fondée en 1937, REOSC a inauguré sa nouvelle usine, unique au monde, en présence de nombreux astronomes européens et du ministre de la Recherche et de l'Espace. Cette structure de 70 m de long dispose d'un atelier de 1 100 m² et d'une tour de 32 m de haut, où seront effectués les contrôles optiques. Ainsi, REOSC, qui a été choisie par l'Observatoire européen austral (ESO) regroupant huit pays, va pouvoir polir les quatre miroirs de 8,20 m de diamètre du VLT (Very Large Telescope), prochain télescope géant de l'observatoire. Quand, en 2000, le VLT sera installé à 2 664 m d'altitude dans le désert chilien, il aura, grâce aux quatre miroirs polis par REOSC, la luminosité et le pouvoir de résolution d'un télescope de 16 m de diamètre. Le VLT sera alors, aux dires des concepteurs, le plus grand et le meilleur du monde. Le polissage a débuté en mai 93, quand le premier miroir primaire est arrivé

d'Allemagne. REOSC, qui réalise le polissage de 70 % de l'optique européenne, peut bien avoir la tête dans les étoiles.

Espace : les sept femmes d'Ariane

Elles sont sept et elles ont de l'ambition. Sept femmes qui, pour la première fois, ont travaillé ensemble pour préparer la 57e fusée européenne Ariane.

Delphine, Christelle, Véronique, Catherine, Isabelle et les deux Marie ont toutes des postes de responsabilité technique dans l'équipe opérationnelle d'Arianespace, qui a préparé le lanceur à Kourou, en Guyane française. Ingénieurs dans un monde d'hommes « pas hypermachistes », elles restent femmes mais savent se faire entendre, car leur professionnalisme ne peut être remis en cause. « Pas plus que les hommes, reconnaissent-elles,

nous ne pouvons nous croire infaillibles, car comme eux, nous sommes toujours soumises à l'échec possible qui caractérise le spatial. En outre, préparer un lanceur est un travail d'équipe, un puzzle dont toutes les pièces doivent s'ajuster pour conduire à la réussite d'un tir ». Les femmes d'Ariane refusent l'adjectif « féministes ». Elles reconnaissent qu'à diplôme égal, elles ont des postes équivalents à ceux des hommes. Elles sont en Guyane soit comme « missionnaires » – pendant trois à quatre semaines d'affilée, parfois deux à trois fois par an –, soit à titre permanent pour deux ou trois années. Aucune des sept ne voudrait céder sa place.

Ariane 5 : essais à terre

Ariane 5 effectuera prochainement son premier vol. Mais dès à présent, les nouveaux propulseurs d'appoint seront testés : de jolis pétards de 230 tonnes de poudre.

En dépit d'une tendance à la déprime, l'avenir d'Ariane est assuré avec une trentaine de satellites à lancer. Pour la mise au point des nouveaux propulseurs d'Ariane 5 en Guyane, le spectacle sera impressionnant. Surtout que le test se fera à la verticale, sans que pour autant le décollage ait lieu. Solidement accroché à des structures de béton ancrées dans le granit, le propulseur fournira une poussée de 700 tonnes pendant deux minutes. La chaleur sera si importante que le granit sera littéralement vitrifié. Aucune présence humaine ne sera admise dans un rayon de plusieurs kilomètres et ce sont des caméras qui observeront le test de près.

Les dinosaures témoignent

Les restes de dinosaures mis au jour dans le Sud de la France étayent la thèse de leur disparition suite à un cataclysme.

Les fossiles déterrés à Esperaza et Campagne-sur-Aude indiquent que les derniers dinosaures, et notamment les tita-

nosaures, vivaient sur des terres où s'étendent aujourd'hui la Provence et les Pyrénées, il y a 72 millions d'années de cela.
À 40 km au sud-est de Narbonne, le site
de Montplaisir – de quelques millions
d'années moins ancien – a délivré les vestiges d'une faune bien différente, où les
titanosaures sont complètement absents.
Pour les paléontologues, cette disparition
pourrait être due à une catastrophe naturelle, par exemple la chute d'un astéroïde.

L'horloge atomique améliorée

Trois équipes de chercheurs français se partagent le prix scientifique Philip-Morris.

En physique, André Clairon et Chris-
tophe Salomon (CNRS[1]) ont été
récompensés pour leurs recherches sur
l'horloge atomique, dont ils ont amélioré la
précision, dans une proportion de 100 à
1 000, en piégeant et refroidissant des
atomes de césium. En démographie, Maria
Cosio (Université Paris X Nanterre) a été
couronnée pour la mise en évidence d'une
forte corrélation entre niveau de scolarisation et taux de fécondité en France et en
Amérique latine. Le prix « biodiversité » est
revenu à Daniel Desbruyères (IFREMER[2])
pour l'étude de la vie dans les milieux
abyssaux et la découverte d'une faune
extrêmement diversifiée, à proximité des
sources hydrothermales situées à plus de
3 000 m de profondeur.

1. Centre national de la recherche scientifique.
2. Institut français de recherche pour l'exploita-
tion de la mer.

EDF accélère son développement européen

Première compagnie d'électricité au monde par sa production, EDF accélère son développement européen.

EDF fournit désormais 20 % du marché
européen d'électricité. Forte de ses
120 000 collaborateurs, avec un chiffre
d'affaires de 183,6 milliards de francs en
1993, EDF recueille aujourd'hui les fruits de
sa politique menée de 1975 à 1985 en
termes d'équipements nucléaires. Les
investissements lourds étant maintenant
derrière elle, elle peut produire l'électricité
la moins chère d'Europe. À l'étranger, elle
compte déjà de nombreux clients. Le sommet des exportations devrait se situer vers
1996-97, avec une livraison de 70 milliards
de kilowatts-heure. À présent, 16 % de la
production nationale sont déjà exportés,
soit un chiffre d'affaires de 14,9 milliards de
francs. Premier client, la Grande-Bretagne,
où EDF est devenue le quatrième produc-
teur d'électricité. La compagnie cherche
de plus en plus à produire directement
dans les pays étrangers et mène, pour
cela, une politique de partenariat. C'est
le cas en Italie, en Grèce et au Portugal.
EDF est aussi associée avec deux producteurs allemands, Bayernwerk et Preussen
Electra, pour la construction d'une centrale
nucléaire en Slovaquie. Cette implanta-
tion et sa situation financière saine lui permettent d'affronter sereinement une libéralisa-
tion inéluctable du marché européen.

La France en tête de la guerre électronique

Voir, entendre, localiser l'ennemi, brouiller ses transmissions, ce sera possible grâce à un système français unique au monde.

À 100 km en avant de la ligne des
contacts, il est maintenant possible
de situer et de quantifier l'ennemi en raison
même de la densité de ses émissions élec-
tromagnétiques ou hertziennes. On peut
aussi dire s'il s'agit d'une unité d'infanterie,
de cavalerie blindée ou de missiles ; où elle
est stationnée, si elle s'apprête à lever le

camp, si elle se déplace et dans quelle
direction. Ce système, de conception française, présenté au 54e régiment de transmissions à Oberhoffen, a été employé avec
succès aux frontières des pays de l'ancien
Pacte de Varsovie, en Afrique et dans le
Golfe.

Rhône-Alpes : le nucléaire vaut le détour

Répondant à une demande de plus en plus forte, les installations industrielles sont aujourd'hui nombreuses à ouvrir leurs portes aux curieux. Parmi les visites les plus prisées, celles des centrales nucléaires.

Pour les amateurs du nucléaire, comme
pour les sceptiques, la région Rhône-
Alpes présente trois hauts lieux, tous
ouverts au public – les visites guidées
s'effectuent tout au long de l'année, sur
rendez-vous. À la centrale de Saint-Alban-
Saint-Maurice-l'Exil, la projection d'un film
précède la découverte de la salle des
machines. Ici, la salle des commandes
n'est pas accessible. Celle de la centrale
de Bugey, par contre, est entièrement
visible du haut de la galerie qui la surplombe. Avec ses cinq tranches de production, Bugey fournit quinze fois plus
d'énergie que le barrage de Génissiat,
situé quelques kilomètres en amont !
Terminez la visite par le surgénérateur
Super-Phénix, à Creys-Malville, toujours en
attente d'un éventuel redémarrage.

Rhône-Poulenc[1] : un pied dans la médecine du futur

Rhône-Poulenc Rorer s'offre un ticket d'entrée dans la thérapie cellulaire et génétique.

La filiale pharmaceutique de Rhône-Poulenc va payer 113 millions de dollars
pour acquérir 60 % du capital d'AIS (Applied
Immune Sciences), l'un des *leaders* de la
thérapie cellulaire. Un ticket très cher pour
une société qui ne fait travailler que 150 per-

1. Premier groupe chimique français.

sonnes mais c'est le prix qu'il faut payer, estiment les responsables, pour entrer dans la médecine du futur (dont la thérapie cellulaire est un des axes principaux) et dans une entreprise qui a, dans ses cartons, des éléments prometteurs sur le cancer et le sida[2].

_____
2. Syndrome d'immuno-déficience acquise.

Le laser au chevet des chefs-d'œuvre en péril

Une technique de pointe permettra désormais de nettoyer les surfaces fragiles comme les monuments historiques, différents types de sculptures, voire certaines antiquités.

Il s'agit d'un laser né après 10 ans de recherches menées par le Centre régional d'innovation et de transfert de technologie (CRITT) d'Alsace et l'Institut régional de promotion de la recherche appliquée à Illkirch-Graffenstaden. Cet appareil est composé d'un caisson : le laser proprement dit et un bras articulé en aluminium qui contient six miroirs dirigeant le faisceau sur la surface à traiter. Le premier essai grandeur nature remonte à 1988 à l'abbatiale de Thann (Haut-Rhin). La démonstration avait convaincu les Monuments historiques qui ont largement soutenu les recherches. Les habitants d'Amiens ont pu assister, courant juin, à la présentation officielle de cette technique, sur le porche de leur cathédrale.

Poumons

Pour la première fois au monde, une équipe médicale française a réussi, à l'hôpital Broussais à Paris, à greffer sur un malade un poumon préalablement coupé en deux pour constituer deux nouveaux organes en état de marche. Cette technique autorise tous les espoirs pour les enfants atteints de mucoviscidose (maladie génétique qui provoque des troubles digestifs et respiratoires).

IL Y A DOUZE ANS, LA DÉCOUVERTE DU VIRUS DU SIDA

En mai 1983, une équipe de l'Institut Pasteur à Paris parvenait à identifier le virus du sida. Depuis, les recherches pour la mise au point d'un vaccin sont l'objet d'une vive concurrence entre laboratoires.

Le 5 juin 1981, l'État de New York enregistre cinq cas d'une maladie inconnue jusque-là. Tout ce que constatent les médecins, c'est que l'organisme de leurs malades est incapable de résister au moindre microbe ou virus... Ils ne savent pas encore qu'ils ont affaire à la terrible épidémie du sida.

Des globules blancs inefficaces

Normalement, lorsqu'un virus (la grippe, par exemple) atteint notre organisme, les globules blancs, véritables guerriers du corps, viennent attaquer l'intrus pour le détruire. Dans le cas du sida, ces « défenseurs » deviennent inopérants. Du coup, le malade est attaqué par toutes les infections et une simple angine devient catastrophique. Faute de défense, il peut en mourir. Lors des premières constatations de l'épidémie, les scientifiques pensent que celle-ci ne concerne que les « 3H » : héroïnomanes, homosexuels et Haïtiens (originaires de Haïti, où la maladie se développait déjà rapidement). Vient rapidement s'ajouter un quatrième H : les hémophiles (personnes atteintes d'une maladie génétique qui fait que le sang ne coagule pas et qui nécessite de fréquentes transfusions). On soupçonne donc que la transmission de la maladie se fait par le sang et par les rapports sexuels. Mais on n'en connaît toujours pas la cause réelle.

En août 1983, le professeur Luc Montagnier, de l'Institut Pasteur de Paris, parvient à isoler et à identifier le virus responsable de la maladie. Des échantillons qu'il a confiés à un collègue américain, le professeur Gallo, permettent à ce dernier de faire la même découverte. Il s'ensuit une incroyable bataille juridique franco-américaine pour déterminer qui, le premier, a découvert le virus. Il faut dire que l'enjeu est de taille ! La découverte donne à son inventeur un « brevet ». Autrement dit, une sorte de droit de « propriété », qui fait qu'un laboratoire voulant entreprendre des recherches sur cette maladie doit payer à l'inventeur une somme d'argent.

Si la justice et la communauté scientifique ont reconnu que la découverte appartenait au professeur Montagnier, des accords entre les gouvernements français et américains permettent le partage de ses retombées financières.

Depuis dix ans, le nombre des séropositifs[1] est passé de quelques cas à plus de 10 millions dans le monde. Une évolution qui devient un nouvel enjeu économique.

Un enjeu commercial considérable

La découverte d'un vaccin ou d'un médicament capable de soigner la maladie représente un marché de plus de 150 mil-

liards de francs par an ! Du coup, de nombreux pays, comme la France, les États-Unis ou la Grande-Bretagne se sont lancés dans cette course : en 1992, ils ont investi près de 7,2 milliards de francs dans les recherches. Des recherches difficiles, selon les scientifiques, qui se heurtent à un virus complexe et changeant. Un vaccin ou un remède fiable n'est pas annoncé avant l'an 2000...

J.F.C., © *Les clés de l'actualité*, juin 1993.

_____
1. Personne porteuse du virus et qui n'a pas atteint le stade de la maladie appelé sida.

*S*OCIÉTÉ

1

Les institutions

Le Palais de l'Élysée.

LE PARTAGE DES POUVOIRS

- **Exécutif (pouvoir) :**
  1. *Fonction consistant à assurer l'exécution des lois.*
  2. *Organe (ou ensemble d'organes : chef de l'État, cabinet ministériel) appelé aussi gouvernement, qui exerce la fonction exécutive.*

- **Législatif (pouvoir) :**
  1. *Fonction consistant à discuter et voter les lois.*
  2. *Organe qui exerce la fonction législative : le Parlement.*

- **Judiciaire (pouvoir) :**
  1. *Fonction consistant à juger, c'est-à-dire à assurer la répression des violations du droit.*
  2. *Organes qui exercent la fonction judiciaire : les tribunaux.*

LA CONSTITUTION

La Constitution est un texte écrit, précisant qui décide et qui gouverne en France.

● Attributions de chacun, règles à respecter par tous, tel est le contenu des 92 articles numérotés. La Constitution actuelle fut rédigée, en 1958, à l'initiative du général de Gaulle. Elle reprend, notamment, la Déclaration des droits de l'homme et du citoyen du 26 août 1789. Le Conseil constitutionnel, assemblée prestigieuse composée de neuf membres, est chargé de vérifier que l'ensemble des dispositions prises par le président de la République, le gouvernement ou le Parlement, sont bien conformes à la Constitution.

Ce Conseil peut donc annuler une loi. Ses membres sont désignés pour 9 ans, trois par le président de la République, trois par le président de l'Assemblée nationale et trois par le président du Sénat.

LE PRÉSIDENT DE LA RÉPUBLIQUE
est à la tête de l'État

Le président de la République est le personnage le plus important de l'État. La Constitution lui confère de nombreux pouvoirs.

● Le président de la République est élu pour 7 ans au suffrage universel. La majorité absolue des voix étant requise, l'élection peut comporter deux tours. Une fois élu, le président nomme de nombreuses personnalités, dont le Premier ministre, à qui il indique ses principales options dans la conduite du gouvernement. Le président de la République dispose de pouvoirs étendus : à l'intérieur, il préside le Conseil des ministres, promulgue les lois après leur adoption, peut soumettre ses propositions à la délibération du Parlement et est garant de l'indépendance de la justice. En politique extérieure, le président conduit la diplomatie, nomme les ambassadeurs et, en tant que chef des armées, décide des interventions militaires de la France à l'étranger.

LE PREMIER MINISTRE
dirige le gouvernement

Nommé par le président de la République, le Premier ministre dirige une équipe de 40 à 50 ministres. Ensemble, ils forment le gouvernement.

● Le Premier ministre propose les ministres au président de la République, qui procède alors à leur nomination officielle. Chacun se voit attribuer un portefeuille, c'est-à-dire un ensemble de dossiers dont il est responsable. Le chef du gouvernement dirige alors l'action de l'ensemble de son équipe. Il occupe, en son sein, une position d'arbitre, et tranchera en dernier lieu en cas de désaccord entre deux de ses collègues. Il nomme aux emplois civils et militaires – à l'exception des nominations du ressort du président de la République – et est garant de l'exécution des lois. Le gouvernement est responsable devant l'Assemblée nationale : ainsi, en cas de difficulté, le Premier ministre peut engager la responsabilité du gouver-

nement sur le vote d'un texte, lequel est considéré comme adopté si une motion de censure n'a pas été déposée et approuvée (article 49).

L'ASSEMBLÉE NATIONALE
La première chambre du Parlement

● Les députés sont élus pour cinq ans au suffrage universel direct. Ce mandat peut être écourté en cas de dissolution de l'Assemblée, prononcée par le président de la République ; les nouvelles élections ont alors lieu 20 jours au moins et 40 jours au plus après la dissolution. Bien qu'élu d'une seule circonscription, le député est investi, en tant que représentant de la Nation, d'un mandat national. Il est protégé, durant ses fonctions, par deux immunités : l'irresponsabilité, qui lui permet d'échapper à toute poursuite pour les opinions ou votes qu'il a pu exprimer, et l'inviolabilité, qui écarte, pendant les sessions, toute possibilité d'action en justice contre lui, en matière criminelle ou correctionnelle, sauf autorisation expresse de l'assemblée à laquelle il appartient.
Les députés ont la possibilité de rallier un groupe parlementaire, représentatif d'un parti : le groupe est formé à partir d'un effectif minimum de 20 membres. Chaque groupe désigne en son sein un président, des orateurs, et prend position sur les textes.

La vie du député

Le député partage son temps entre sa circonscription et l'Assemblée nationale. Une vie trépidante faite de va-et-vient constants, de réunions tardives… et de serrements de mains.

● Le député est en général présent à l'Assemblée nationale du mardi au jeudi soir. Là, il dispose d'un bureau qui, comportant une banquette-lit et un cabinet de toilette, lui sert également de chambre à coucher. La journée suit le rythme des diverses commissions dont il est membre : c'est à l'intérieur de ces commissions que

Un député dans son studio-bureau.

se discutent les textes, qui seront par la suite présentés à l'hémicycle. Cette salle en demi-cercle, où se font et se défont les lois, n'est en effet que la partie apparente de « l'iceberg législatif ». En séance, chaque député dispose ici d'un boîtier électronique qu'il déverrouille au moyen d'une clef personnelle et qui lui permet de voter pour, contre ou de s'abstenir à l'égard du texte. L'Assemblée nationale se présente comme une véritable petite ville avec ses restaurants, sa poste, son café (le « petit noir[1] » est ici le moins cher de Paris !), son bureau de tabac et presse, son salon de coiffure, etc. Du Palais-Bourbon[2] au 101, rue de l'Université (bâtiment moderne qui lui fait face, dans lequel se trouvent les bureaux), le député emprunte les dédales de passages souterrains. Le reste de sa semaine se passe dans sa circonscription : là, après un petit déjeuner avec ses collaborateurs, il tient dans son bureau des permanences, au cours desquelles il reçoit ses administrés sur rendez-vous. Ses fins d'après-midi sont toujours très chargées : réunions en mairie ou à la préfecture, cocktails donnés à l'occasion d'expositions diverses ou de remises de décorations, manifestations sportives… Quant aux soirées, elles sont souvent consacrées à l'étude de dossiers ou à la préparation de la prochaine élection. Enfin, le député rend visite, au moins deux fois par an, à l'ensemble des maires de sa circonscription qui lui font ainsi part de leurs éventuels problèmes. À charge pour lui de défendre ensuite au mieux leurs intérêts dans la capitale.

---

1. Expression familière pour désigner le café.
2. Siège de l'Assemblée nationale.

Le président

● Le président de l'Assemblée nationale est élu pour la durée de la législature. Il dirige les débats en séance publique et préside certains organes comme la Conférence des présidents – celle-ci, formée notamment des présidents de commissions et de groupes, décide de l'ordre du jour des travaux. Le président doit être consulté par le président de la République, préalablement à la dissolution de l'Assemblée ou à la mise en vigueur de pouvoirs exceptionnels. Dans l'hémicycle, il siège au « perchoir », ensemble d'environ 4 m de haut, constitué d'une tribune surélevée et du fauteuil présidentiel.

La procédure législative

● L'initiative de la loi revient au Premier ministre (projets) ou aux parlementaires (propositions). Dans le premier cas, le texte est directement examiné en séance publique ; dans le second, il passera préalablement par la commission compétente. Lors des débats, les parlementaires pourront proposer des amendements (modifications). Après son adoption par la première assemblée saisie, le texte sera soumis à l'autre chambre. Il fera la navette jusqu'à l'adoption d'un texte identique par les deux organes législateurs. Il revient ensuite au président de la République de promulguer la nouvelle loi, qui ne deviendra enfin opposable qu'après parution au Journal officiel[1]…

_____
1. *Publication gouvernementale qui assure l'information sur les lois.*

LE SÉNAT
La seconde chambre du Parlement

Au palais du Luxembourg, 321 sénateurs étudient les projets de lois qui font la « navette » avec l'Assemblée nationale. Le Parlement français est bicamériste[1].

● Les sénateurs, répartis en trois séries déterminées par la liste alphabétique des départements, ne sont pas élus par l'ensemble des Français mais par les élus locaux. Le renouvellement s'opère à raison d'une série tous les trois ans, ce qui assure aux membres du Sénat un mandat minimum de 9 ans. À la tête des sénateurs se trouve, de la même façon qu'à l'Assemblée nationale, un président ; celui-ci est réélu tous les trois ans, lors de chaque renouvellement. Son rôle consiste à diriger les débats ; en cas de vacance[2] ou d'empêchement du président de la République, c'est également lui qui assurera provisoirement ses pouvoirs.

_____
1. *Qui possède deux assemblées représentatives.*
2. *Situation, période où les organes institutionnels du pouvoir politique ne sont pas en mesure de fonctionner.*

LA HAUTE COUR DE JUSTICE

● Composée de 24 juges (12 députés et 12 sénateurs élus par leurs pairs), elle ne se réunit que de manière exceptionnelle, en particulier pour juger le président de la République s'il est accusé de haute trahison. Ses arrêts ne sont susceptibles ni d'appel ni de pourvoi en cassation.

LE CONSEIL D'ÉTAT

● Créé en 1799, il a une double mission :
– de conseil du gouvernement pour les projets de lois et d'ordonnances ;
– de juge suprême des juridictions administratives.
Par ailleurs, tout citoyen qui s'estime lésé par l'administration, peut déposer une plainte auprès du Conseil d'État.

LA DÉCENTRALISATION

● La France ne ressemble pas à ses voisins européens. Au fil des siècles, les gouvernements, qu'ils soient monarchistes ou républicains, se sont efforcés d'augmenter les pouvoirs de l'État-nation. Paris et ses ministères décidaient de tout, leurs représentants dans les départements étant chargés de l'application d'une politique unificatrice déclarée bonne de Dunkerque à Bonifacio, en passant par Guéret.

Au mois de mars 1982, ce bel édifice a été bouleversé. À l'initiative du ministre Gaston Defferre, la France s'est dotée de moyens législatifs pour tourner la page avec son passé jacobin[1]. Une métamorphose importante a eu lieu en douceur. Les lois de décentralisation ont transféré une part du pouvoir central aux élus.
Maires, présidents de conseils généraux et de conseils régionaux possédaient enfin des domaines de compétences bien définis. Ils s'émancipaient de la tutelle administrative exercée par les préfets pour devenir responsables de leurs politiques. Chaque échelon territorial est alors investi de missions, à l'image de l'enseignement dont la gestion du patrimoine est répartie entre les communes pour les écoles primaires, le département pour les collèges et la région pour les lycées.
Au terme de dix années de pratique, ce bel ordonnancement a donné naissance à un partage des pouvoirs bien moins évident que ne l'avait souhaité le législateur. Les collectivités sont surtout chargées de la maîtrise d'ouvrage, du « béton » selon l'expression des élus. Avant de construire une route ou un collège, le département doit s'assurer du concours de l'État pour les mettre en service.
Les nouveaux détenteurs du pouvoir local ont souvent tendance à réclamer moins d'entraves de la part des ministères parisiens, mais les Français semblent attachés à un certain contrôle de la puissance publique. La décentralisation ne doit pas être seulement un moyen pour l'État de faire financer les équipements par les collectivités, elle a aussi pour ambition de rapprocher les instances de décision des citoyens.

Serge BOLLOCH, ©*Le Monde - Dossiers et documents,* septembre 1992.

_____
1. *Excessivement centralisateur, par analogie avec le jacobinisme, mouvement de la Révolution de 1789.*

LES POUVOIRS RÉGIONAUX

Historique

• La région :
Établissement public disposant d'une assemblée délibérante (conseil régional), d'une assemblée consultative (comité économique et social) et qui correspond à une circonscription géographique groupant plusieurs départements.
– Le conseil régional est l'organe d'administration de la région, dont le président est l'organe exécutif.
– Le préfet de région est le préfet du département dans lequel se trouve le chef-lieu d'une région de programme.

• Le département :
Division administrative du territoire français placée sous l'autorité du préfet, qu'assiste un conseil général.
– Le préfet, nommé par le Conseil des ministres, est le représentant dans le département, de l'État, du gouvernement et de ses membres.
– Le conseil général est une assemblée élue, dont le président est l'organe exécutif du département, et qui délibère sur les affaires départementales.

• L'arrondissement :
Circonscription administrative, sans personnalité morale (sans personnalité juridique, donc sans droits ni obligations), se situant entre le département et le canton.

• Le canton :
Division territoriale de l'arrondissement, sans personnalité morale, servant de cadre pour l'accomplissement de certaines opérations administratives (l'élection des conseillers généraux).

• La commune :
Plus petite subdivision administrative du territoire français, administrée par un maire, des adjoints et un conseil municipal.
– Le maire, élu par le conseil municipal parmi ses membres, est à la fois une autorité locale et l'agent du pouvoir central.
– Le conseil municipal, composé de membres élus, est chargé de régler les affaires de la commune.

• La circonscription :
Elle désigne la division d'un pays. Les départements, les arrondissements, les communes sont des circonscriptions.

• La collectivité :
Circonscription administrative dotée de la personnalité morale (départements, communes).

• 5 juillet 1972 : la région est dotée d'une personnalité morale selon la loi et prend la forme d'un Établissement public régional (EPR). Son rôle reste consultatif et c'est le préfet de région qui se charge de son administration. La région est investie de deux missions : l'aménagement du territoire et le développement économique.

• 8 et 16 janvier 1976 : deux décrets confient à la région un pouvoir de décision concernant certains crédits d'équipement.

• 1977 : deux décrets octroient à la région la possibilité d'accorder des primes pour les créations d'entreprises.

• 2 mars 1982 : premières mesures de décentralisation et transfert de l'exécutif : celui-ci est désormais à la charge du président du conseil régional. Troisième compétence accordée aux régions : l'enseignement.

• 7 et 22 juillet 1983 : l'État transfère à la région une partie de ses compétences. Le rôle de la région concernant la planification, l'aménagement du territoire et la formation professionnelle est amplifié.

• 1984 : premier contrat de 5 ans région-État : définition des objectifs communs de développement et des moyens à allouer.

• 1986 : la région est chargée de la gestion des lycées (construction, dépenses de fonctionnement).

• mars 1986 : la région devient une collectivité locale à part entière : élections des conseillers régionaux pour 6 ans.

• 1989 : deuxième contrat quinquennal région-État.

À CHACUN SA MISSION

● [...] Avec plus de 36 500 communes, 100 départements et 26 régions, le territoire français est un des plus morcelés, et ses communes, par exemple, y sont cinq fois plus petites, cinq fois moins peuplées, que la commune européenne moyenne. La France est aussi, avec la Grèce, un des deux pays à structure unitaire – non fédéraliste – où existent trois niveaux d'administration locale (*cf. tableau ci-dessous*).

D'où l'interrogation annexe : comment éviter les chevauchements entre ces trois niveaux d'administration, donc de responsabilité ?

	COMMUNE	DÉPARTEMENT	RÉGION
Action sociale	• Établissement des demandes • Prestations facultatives • Bureaux municipaux d'hygiène	• Aide à l'enfance • Protection maternelle • Hébergement des handicapés • Hébergement des personnes âgées • Service social • Prévention sanitaire	
Enseignement	• Enseignement primaire	• Collèges	• Lycées • Établissements d'éducation spéciale
Économie et développement local	• Aides indirectes • Aides directes complémentaires • Chartes intercommunales d'aménagement	• Aides indirectes • Aides directes complémentaires • Équipement rural	• Formation professionnelle continue • Pôles de recherche • Développement économique • Aides directes et indirectes • Aménagement du territoire • Contrat de plan avec l'État • Parc naturel régional
Transports	• Urbains	• Non urbains • Plan départemental des transports • Transports scolaires	• Liaisons d'intérêt régional
Culture	• Archives • Musées • Bibliothèques • Conservatoires } municipaux	• Archives • Musées • Bibliothèques centrales de prêt } départementaux	• Archives • Musées } régionaux
Urbanisme	• Schémas directeurs • Plans d'occupation des sols • Autorisations d'occupation des sols (dont permis de construire)		• Schémas d'aptitude et d'utilisation de la mer
Environnement	• Distribution d'eau potable • Assainissement • Collecte et traitement des ordures ménagères		• Protection de l'environnement
Voirie	• Routes communales • Ports de plaisance	• Routes départementales • Ports maritimes de pêche et de commerce	

N.B. : l'État exerce ses compétences dans tous les autres domaines.

● À chacun sa mission. La répartition des compétences entre l'État et les collectivités locales, instituée notamment par deux lois de 1983, respecte une certaine cohérence administrative : à chaque échelon territorial sa mission.

La commune est confirmée dans son rôle de gestionnaire de proximité. Elle fournit les équipements nécessaires à la vie de tous les jours [...] : crèches, garderies, écoles maternelles et primaires, conservatoires, bibliothèques, transports urbains, aide sociale, adduction d'eau[1], assainissement, collecte et traitement des ordures ménagères, voirie, développement économique local, et, de manière facultative,

cantines, gymnases ou piscines... Depuis 1983, la commune possède la maîtrise du sol et se trouve seule compétente en matière d'urbanisme.

Avec un seuil démographique suffisamment puissant pour lui permettre d'exercer une mission de solidarité, le département est essentiellement titulaire de l'action sociale. Mais le conseil général a aussi une vocation d'aménagement. Il construit les routes départementales, répartit les fonds destinés à l'équipement hydraulique ou électrique, organise et finance les transports interurbains, gère les collèges ainsi que les bibliothèques centrales de prêt.

La région possédait une échelle assez

large pour se voir confier des missions de coordination, de réflexion et de programmation. C'est donc à cette administration jeune que reviennent la planification, l'aménagement du territoire et le développement économique. La région met en œuvre la formation professionnelle continue ainsi que l'apprentissage. Elle possède néanmoins une mission de gestion : l'équipement et le fonctionnement des lycées.

© *Le Monde- Dossiers et documents,* septembre 1992.

_____
1. *Approvisionnement en eau.*

LES RÉGIONS ADMINISTRATIVES DE LA FRANCE

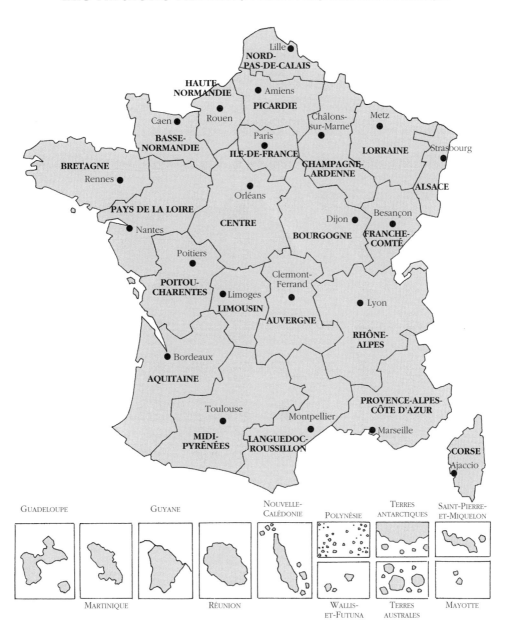

LES DÉPUTÉS PRÉPARENT LEUR RENTRÉE

Après trois mois de vacances, les élus du peuple retrouvent leurs bancs à l'Assemblée nationale. La « rentrée parlementaire », qui s'effectue le 2 octobre, est un des temps forts de la vie politique.

Chaque année, à la session d'automne du Palais Bourbon, siège de l'Assemblée nationale, les 577 députés, élus pour une période de cinq ans, retrouvent leurs bancs. Cette session s'ouvre le 2 octobre, elle dure 80 jours, jusqu'au 20 décembre. Après une interruption de trois mois, une seconde session dite de printemps s'ouvre le 2 avril et ne peut dépasser 90 jours.

Deux sessions ordinaires

Au total, les travaux parlementaires se déroulent sur une période de six mois. Une durée qui peut paraître courte, mais c'est la Constitution de la Ve République (article 28) qui a limité le travail parlementaire à deux sessions « ordinaires » par an. Durant ces sessions, les députés débattent en séance publique, posent des questions orales et écrites au gouvernement, votent les lois. En parallèle, les commissions composées de parlementaires des différents groupes politiques examinent les projets de lois.

Mais ces deux sessions sont souvent insuffisantes pour que le Parlement puisse examiner tous les textes. En dehors des séances publiques, les députés doivent en effet participer à de nombreuses réunions : commissions, délégations, groupes de travail, etc.

Pour pouvoir accomplir le travail parlementaire dans de bonnes conditions, le président de la République peut, à la demande du gouvernement, ou d'une majorité de députés, convoquer une session « extraordinaire ».

Ce type de session est devenu au fil des années de plus en plus fréquent. Il arrive ainsi que des sessions se tiennent en plein hiver ou fin juillet.

Une rentrée anticipée

En 1993, les députés ont dû revenir un peu plus tôt au Palais Bourbon pour examiner à partir du 28 septembre un projet de loi quinquennale sur le travail, l'emploi et la formation professionnelle.

Mais c'est l'examen du budget de l'État qui constitue le plat de résistance de la rentrée parlementaire ; il se déroule sur plusieurs semaines. Le budget fixe les recettes et les dépenses de l'État pour l'année suivante. Les grandes lignes sont établies par le gouvernement mais c'est aux députés, puis aux sénateurs, d'approuver et de voter le budget.

Michel HEURTEAUX, © D'après *Les Clés de l'actualité*, n° 73.

L'OBLIGATION DU VOTE PERSONNEL

Le vote est l'acte essentiel du travail parlementaire. Mais ces dernières années, on a constaté une tendance accrue à l'absentéisme lors de certaines séances. Un absentéisme largement favorisé par la mise en place du scrutin électronique, qui permet aux députés présents de voter à la place de plusieurs dizaines de collègues à la fois. Le président de l'Assemblée veut mettre fin à cette pratique. Désormais, le vote personnel sera obligatoire pour tous les textes jugés importants par les présidents de groupes parlementaires.

© *Les Clés de l'actualité*, n° 73.

LE PARLEMENT EN CHIFFRES

– L'indemnité parlementaire des députés et sénateurs s'élève à 37 963 francs par mois, auxquels il faut ajouter de nombreux avantages : carte de circulation SNCF gratuite en 1re classe, 80 vols gratuits sur Air Inter, etc. Les présidents des deux chambres perçoivent, quant à eux, 91 940 francs. – La poste de l'Assemblée nationale envoie quotidiennement plus de 60 000 lettres et en reçoit 15 000, ce qui correspond à l'activité d'une ville de 30 000 habitants. 30 000 appels téléphoniques sont par ailleurs enregistrés chaque jour.

– La consommation en papier de l'Assemblée nationale est de 50 tonnes par an, soit 12 millions de feuilles.

Pour assister aux débats et visiter le somptueux Palais Bourbon, sollicitez le député de votre département d'origine : il devrait vous adresser une invitation. Les séances d'après-midi débutent à quinze heures et celles de nuit à vingt et une heures trente. À l'entrée, vous passerez par un portique de détection des objets métalliques. Ne vous offusquez pas si les huissiers fouillent votre sac et, surtout, n'oubliez pas votre carte d'identité !

LES STÉNOS DE L'ASSEMBLÉE NATIONALE

Le service du « compte rendu intégral » de l'Assemblée nationale comprend 21 femmes et 17 hommes qui officient en séance, de jour comme de nuit…

Avec l'arrivée des nouveaux députés, la session a repris. En séance, un groupe de sténos se relaie toutes les trois minutes : à l'Assemblée nationale, la cadence, doublée d'un fréquent brouhaha, est infernale. Les candidats sténos doivent justifier d'un diplôme de deuxième cycle universitaire et d'une prise de notes de 180 mots/minute ! Leur travail consiste, dans un premier temps, sous l'œil attentif d'un vérificateur, en une retranscription intégrale des propos de chaque orateur, qui seront ensuite rédigés, toujours par leurs soins, avant d'être publiés au Journal officiel. Une heure et demie après son intervention, le député dispose ainsi de son texte, dactylographié et mis en forme.

LES FEMMES ET LA VIE POLITIQUE

S'habituer au scandale de la sous-représentation des femmes dans la vie publique est le signe d'une certaine dégénérescence des vertus démocratiques. Le justifier par la lenteur de l'évolution des mentalités reflète une tendance à la mauvaise foi. Le déplorer sans tenter d'y remédier, ou s'y résigner en attendant le miracle, révèle un attachement tout relatif aux principes de la République. Constat accablant, en effet, à l'entrée de ce troisième millénaire : l'égalité, proclamée en France et dans le monde, a engendré une réalité sans rapport, voire contraire à ce principe.

Voyons plutôt : dans le monde, la moyenne de la participation féminine aux Parlements nationaux s'élève à 11 %. La France reconnut aux femmes le droit de vote par une ordonnance du Comité de libération nationale du 21 avril 1944 : « *Les femmes sont électrices et éligibles dans les mêmes conditions que les hommes* » (article 17). Après des débats d'une misogynie caricaturale et avec un retard considérable sur les autres pays, ce qui peut sembler paradoxal puisque notre pays s'enorgueillit d'avoir été le premier à instaurer le suffrage « universel », dès 1848. Mais les femmes en étaient exclues… ainsi que les fous !

Trente-trois femmes, 6 % d'élues lors des premières élections nationales, le 21 octobre 1945 à l'Assemblée constituante. Aujourd'hui, près d'un demi-siècle plus tard, elles sont 5,6 % au Parlement français. Dans cette Europe de 327 millions d'habitants, dont 51,5 % de femmes et une moyenne de 11,3 % d'élues, la France détient le triste privilège d'être – à égalité avec la Grèce – le pays le plus en retard dans la représentation féminine.

Ces chiffres, ce blocage, contredisent les proclamations libertaires nées de la Révolution française et de la philosophie des Lumières. Étrange, d'ailleurs, que les législateurs d'alors n'aient vu aucune contradiction entre l'universalité du principe d'égalité et l'exclusion des femmes de la vie publique, pas plus qu'avec le maintien de l'esclavage. En fait, le sujet des droits politiques défini par la Déclaration des droits de l'homme (1791) était de sexe masculin, blanc, adulte et bon contribuable.

De plus, la différenciation sexuelle a provoqué une différenciation sociale, ou la ségrégation des rôles (le *gender* américain). À l'homme la sphère publique, à la femme la sphère privée. D'évidence, il n'y a pas équivalence entre les rôles mais bien infériorisation de la femme. […]

Et pourtant, que dit l'Histoire ? Que l'avancée des femmes a toujours renforcé la démocratie. Et, qu'inversement, un régime qui réprime les femmes – peine de mort pour avortement dans les codes nazi et pétainiste[1], retour forcé au foyer, primauté fondamentaliste[2] des lois religieuses sur les lois civiles… – entame une marche vers le totalitarisme. « *Le fouet pour les femmes, c'est le knout[3] pour les peuples* », dit la sagesse populaire.

Gisèle Halimi[4], © *Le Monde diplomatique*, n° 487, octobre 1994.

---

1. Qui concerne les idées et la politique du Maréchal Pétain, chef de l'État français durant l'occupation allemande lors de la guerre mondiale de 1939-1945.
2. Qui appartient au fondamentalisme, courant religieux conservateur et intégriste.
3. Fouet (instrument de supplice de l'ancienne Russie).
4. Avocate, ancienne députée, présidente du mouvement Choisir - La Cause des femmes.

FAUT-IL SUPPRIMER LE DÉPARTEMENT ?

Le nombre de candidats aux élections cantonales, lors de chaque renouvellement, prouve que les mandats de conseils généraux, depuis les lois de décentralisation qui ont accru leurs pouvoirs et leurs moyens, exercent un attrait de plus en plus grand. Le combat pour la suppression d'une institution plébiscitée par les Français, qui a plus de deux cents ans d'existence, n'est d'ailleurs mené que par une minorité d'hommes politiques. Parmi eux, Pierre Mazeaud, député de Haute-Savoie et président de la commission des lois de l'Assemblée nationale[1], a œuvré en vain dans ce sens au motif que la France « *ne peut s'offrir le luxe* » d'avoir trois niveaux de collectivités territoriales (régions, départements et communes).

Le poids des ministres « départementalistes »

Lors du débat sur le projet de regroupement des élections cantonales et régionales, le 3 octobre 1990, Pierre Mazeaud lançait : « *On ne saurait revenir sur l'existence des communes, qui trouvent leur légitimité dans une histoire millénaire et dans l'adhésion incontestable de leur population, ni sur celle des régions qui, en dépit de leur création récente, recouvrent largement nos anciennes provinces et sont les structures les mieux adaptées aux défis de l'avenir, du fait de leur étendue. Ce sont donc les départements qui doivent disparaître.* » Et d'expliquer que le département « *est un cadre territorial désuet, inadapté sur les plans technique, financier, géographique et administratif* » dont l'assemblée se caractérise par une « *surreprésentation des communes rurales* ».

L'an dernier, en présence du ministre de l'Intérieur, Charles Pasqua, qui est aussi président du conseil général des Hauts-de-Seine[2], le député s'est montré beaucoup plus mesuré dans ses propos lors de la discussion sur l'échelonnement des élections cantonales. Car les temps ont changé. Le gouvernement Balladur compte[3] un grand nombre de ministres « départementalistes ». […] Les notables ne sauraient en outre se priver de leur principal interlocuteur – l'assemblée départementale – dont les

---

1, 2, 3. Attributions et descriptions en vigueur au moment où l'article a été rédigé.

élus sont par ailleurs des membres influents du collège électoral sénatorial.

Dans les nombreux sondages publiés sur le sujet, les Français ne se plaignent d'ailleurs jamais de disposer, à travers le département, d'un échelon administratif de proximité. Ils dénoncent, en revanche, les lenteurs administratives qui tiennent surtout à ce que l'on appelle communément l'« esprit fonctionnaire ». À près de 80 %, les citoyens de l'Hexagone sont les premiers à souhaiter le maintien des départements en l'état.

Un combat perdu d'avance

Le président de la République, François Mitterrand[4], qui n'oublie pas l'époque où il présidait le conseil général de la Nièvre, s'est même toujours montré soucieux de ne pas accroître le pouvoir des régions au détriment des départements. Le combat apparaît comme perdu d'avance, même si, avec 22 régions métropolitaines, 101 départements et plus de 36 000 communes, sans compter les réseaux de villes, les communautés urbaines et les syndicats intercommunaux, la France détient en la matière un record européen. Certes, l'un des résultats de cette juxtaposition des niveaux de compétences est la très lourde charge financière représentée par les collectivités locales. Mais personne n'ose imaginer que la suppression d'un échelon administratif se solderait par de quelconques économies, puisqu'elle entraînerait fatalement des transferts de salariés.

La vraie question est ailleurs. Nul ne conteste que les lois de décentralisation demeurent imparfaites, et qu'une nouvelle répartition des compétences et des moyens financiers au niveau des régions, d'une part, des départements d'autre part, est aujourd'hui nécessaire. Aussi les élus attendent-ils avec impatience de connaître le contenu du projet de loi sur l'aménagement du territoire. [...]

Dans un pays où les problèmes de chômage, de logement et d'aide sociale sont de plus en plus criants, le département est appelé à jouer un rôle majeur dans ce que

Charles Pasqua a qualifié lui-même de « révolution » en vue de la « conquête du territoire ». Partenaires privilégiés des communes, les départements consacrent près de la moitié de leurs budgets à l'action sanitaire et sociale (à l'enfance, aux personnes âgées et dépendantes, aux RMistes[5]...).

Ce poste sera même amené à s'alourdir à cause de la persistance de la crise et du vieillissement de la population. Ils ont également en charge la construction et la gestion des collèges, alors que les régions ont la compétence des lycées. Un découpage qui donne souvent lieu à des situations ridicules, dans la mesure où très souvent les deux types d'établissements coexistent dans le même bâtiment. Les départements s'occupent aussi des communications et des transports (leur second poste budgétaire avec 320 000 kilomètres de routes départementales), ils jouent un rôle clé dans les domaines de l'animation et de la culture (notamment à travers les bibliothèques centrales de prêt). Et dans les départements qui n'ont pas de grandes villes, comme la Vendée, le conseil général est la seule instance administrative qui soit à même d'aider financièrement les communes à se doter d'équipements sophistiqués [...] pour accueillir des entreprises. L'interventionnisme économique des départements est aujourd'hui considérable, qu'il s'agisse de l'aide aux entreprises industrielles ou au développement rural.

Relais de Bruxelles

En dehors de leurs obligations légales, les départements multiplient en outre les initiatives nouvelles, sous forme de partenariat avec les villes pour organiser des manifestations culturelles, mettre en valeur le patrimoine, sauvegarder l'environnement, dynamiser la politique de soutien scolaire, ou encore, lancer des emprunts dont le produit est exclusivement affecté à l'investissement, comme l'a fait par exemple la Gironde. Dans le Territoire de Belfort, le conseil général a même racheté à l'État un ancien aérodrome canadien de l'Otan pour l'installation d'industries nouvelles.

On a parfois entendu dire que les départements seraient coincés entre des communes intouchables et des régions tournées vers l'Europe. L'argument ne tient plus. Car non seulement ceux-ci sont devenus des interlocuteurs quotidiens des communes, mais ils multiplient par ailleurs les démarches auprès de l'Europe de Bruxelles pour obtenir, sans passer par l'échelon régional, des subventions en faveur des zones en difficulté. L'APCG. (Assemblée des présidents des conseils généraux) ne s'y est pas trompée, qui a créé en 1992 en son sein une cellule européenne, que dirige Jean-Jacques Weber, le président du conseil général du Haut-Rhin[6], afin de « servir de relais entre les décisions de Bruxelles et l'application sur le terrain ».

Enfin, il faut souligner que les Français connaissent rarement leur conseiller régional, qui est élu sur une liste à la représentation proportionnelle[7], alors qu'ils sont en contact fréquent, surtout en zone rurale, avec leur conseiller général, élu nominativement au scrutin majoritaire[8]. Le conseiller général, qui est souvent maire du chef-lieu de canton[9], est devenu avec la décentralisation « la » personnalité locale que l'on rencontre dans les manifestations et à qui l'on confie régulièrement un dossier ou adresse une requête. Le conseiller régional, souvent éloigné géographiquement des bassins de vie, ne peut pas remplir un tel rôle.

Sophie HUET, © *Le Figaro*, 19-20 mars 1994.

---

4. Cf. 1, 2, 3.
5. *Personnes qui touchent le R.M.I. (Revenu minimum d'insertion).*
6. Cf. 1, 2, 3.
7. *Mode de scrutin qui répartit les sièges entre les listes, proportionnellement au nombre de voix qu'elles ont recueillies.*
8. *Scrutin dans lequel est déclaré élu le candidat (ou la liste) qui a obtenu la majorité des voix.*
9. *Centre administratif du canton.*

2

L'éducation

REPÈRES HISTORIQUES

• **L'an 789** marque le début de la renaissance carolingienne : l'empereur Charlemagne est à l'origine d'un réseau d'écoles surtout destiné aux futurs prêtres et aux futurs fonctionnaires ; l'enseignement y est gratuit.

• **En 1215,** Robert de Sorbon fonde la première université de Paris qui porte son nom : la Sorbonne.

• **À partir du XVIIe siècle** commence une période de déclin pour l'université. Les Jésuites[1], eux, intensifient, adaptent et diversifient l'enseignement qui s'améliore, et le nombre de leurs élèves ne cesse d'augmenter.

• **En 1792,** la Révolution rejette le système d'instruction mis en place par l'Église. Le marquis de Condorcet, mathématicien et député à la Convention, dresse un vaste plan d'instruction publique.

• **De 1802 à 1808,** l'empereur Napoléon crée les lycées, le baccalauréat et l'Université impériale.

• **En 1833,** la loi Guizot fait obligation à chaque commune d'ouvrir une école primaire – de garçons. Le réseau des écoles normales d'instituteurs – plus tard d'institutrices – est mis en place dans tous les départements.

• **En 1881-1882,** Jules Ferry, ministre de l'Instruction publique de la IIIe République, pose le principe de gratuité et de laïcité et impose la scolarité obligatoire.

• Malgré de nombreuses réformes, l'enseignement français reste **aujourd'hui** inspiré par les mêmes principes :

– gratuité de l'enseignement dans les écoles et établissements publics ;

– laïcité : l'enseignement public se doit d'être neutre en matière de religion, de philosophie et de politique ;

– liberté : la République admet la coexistence légale d'un service public d'enseignement et d'établissements privés ;

– obligation scolaire étendue à tous les enfants de 6 à 16 ans ;

Charlemagne en visite dans une école.

– monopole de l'État dans l'organisation des examens publics et la délivrance des diplômes et grades universitaires ;

– participation des collectivités locales au fonctionnement d'un service public, assuré en quasi-totalité, mais non uniquement, par le ministère de l'Éducation nationale. En effet, d'autres ministères, en particulier ceux de l'Agriculture et de la Défense, gèrent aussi des établissements d'enseignement de tous niveaux.

---

1. *Membres de la Compagnie de Jésus, ordre religieux catholique.*

LES EFFETS DE LA DÉCENTRALISATION
Éducation et régionalisation

● Depuis la loi-cadre de décentralisation du 2 mars 1982, la répartition des compétences entre l'État et les collectivités locales s'établit comme suit :

• **Les pouvoirs publics**
Ils restent maîtres d'œuvre pour :
– l'élaboration des programmes ;
– la structure des parcours de formation ;
– la formation, la gestion et la rémunération des personnels ;
– la création des postes, l'ouverture ou la fermeture des classes, les dotations de ma-

tériels didactiques ;
– l'enseignement supérieur.

• **Les collectivités locales**
Elles se chargent :
– de construire, d'entretenir, de rénover les locaux (la région a compétence pour les lycées, le département pour les collèges et la commune pour les écoles) ;
– d'évaluer les besoins locaux de formation (détermination d'objectifs et propositions sont énoncées dans le schéma prévisionnel des formations, élaboré par le

conseil régional) ;
– d'organiser les transports et cantines scolaires.

Il faut ajouter à ces responsabilités prévues par la loi, l'acquisition d'équipements technologiques divers, la participation financière aux projets d'action éducative des établissements, la rémunération d'enseignants vacataires pour les enseignements artistiques, sportifs ou de langues au niveau primaire.

Anne CABOCHE, *Aperçu du système éducatif français,* © CIEP, 1992.

LE SYSTÈME ÉDUCATIF

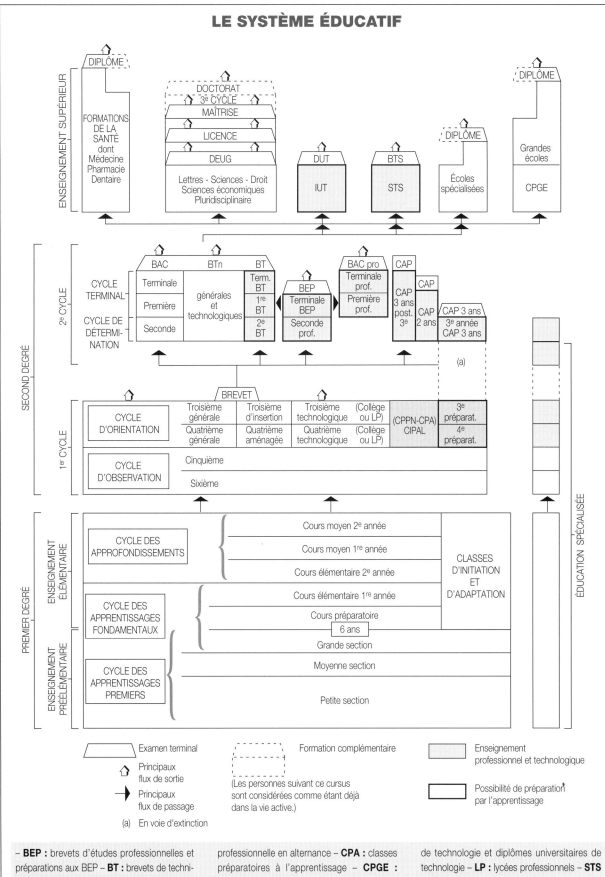

Examen terminal

Principaux flux de sortie

Principaux flux de passage

(a) En voie d'extinction

Formation complémentaire

(Les personnes suivant ce cursus sont considérées comme étant déjà dans la vie active.)

Enseignement professionnel et technologique

Possibilité de préparation par l'apprentissage

– **BEP :** brevets d'études professionnelles et préparations aux BEP – **BT :** brevets de techniciens et préparations aux BT – **BTn :** baccalauréats technologiques – **CAP :** certificats d'aptitude professionnelle et préparations en 2 ou 3 ans aux CAP – **CIPAL :** classes d'initiation préprofessionnelle en alternance – **CPA :** classes préparatoires à l'apprentissage – **CPGE :** classes préparatoires aux grandes écoles – **CPPN :** classes préprofessionnelles de niveau – **DEUG :** diplômes d'études universitaires générales – **IUT et DUT :** instituts universitaires de technologie et diplômes universitaires de technologie – **LP :** lycées professionnels – **STS et BTS :** sections de techniciens supérieurs et brevets de techniciens supérieurs.

Repères et références statistiques sur les enseignements et la formation, © MEN, 1995.

QUELQUES CHIFFRES

• **L'année scolaire :** la durée des vacan -
ces scolaires est de 17 semaines en
moyenne. Les élèves français n'ont que
158 jours de classe par an, contre 240 au
Japon, 215 en Italie, 200 au Royaume-Uni
et en Allemagne et 180 aux États-Unis.

• **Les horaires hebdomadaires :** 27 heures par semaine dans le primaire et 30,5
heures dans le secondaire. Ils sont lourds
par rapport à ceux des autres pays.

• **L'enseignement privé :** un élève sur
six y est inscrit.

BACCALAURÉAT

1 % de la classe d'âge en 1900, 80 % en l'an 2000

● Un peu plus de 459 000 candidats[1] ont
été reçus à la session 1994 du baccalauréat. Le taux de réussite pour l'ensemble
des baccalauréats est de 73,7 %, en hausse
de près de 2 points par rapport à l'an
passé. Ce sont de meilleurs résultats qu'en
1993 dans les séries technologiques et professionnelles qui sont à l'origine de cette
hausse. Même si les bacheliers généraux
sont toujours largement majoritaires, leur
poids, qui ne cesse de diminuer depuis
des années, passe sous la barre de 60 %
de l'ensemble des lauréats. En revanche,
les bacheliers professionnels continuent à
gagner du terrain et représentent près de
13 % des bacheliers.

On dénombre pour la promotion 94,
12 950 lauréats de plus que l'année dernière, ce qui représente une légère hausse,
comparée aux accroissements que nous

avions connus dans le passé. En effet,
l'accroissement était de 9 500 entre 1992 et
1993, mais de 21 000 entre 1991 et 1992 et
de 32 000 entre 1990 et 1991. L'augmentation du nombre de bacheliers technologiques et professionnels compense la
diminution de près de 5 000 des bacheliers
de la filière générale. Avec l'arrivée en fin
du second cycle des dernières générations
creuses nées au milieu des années 70, seule
la persistance des progrès de scolarisation
assure encore une croissance des effectifs
à ce niveau.

Les progrès de scolarisation apparaissent
clairement quand on rapporte les bacheliers à leur classe d'âge.

En 1881, 6 835 jeunes Français ont obtenu
leur bac, à peine plus de 1 % de la classe
d'âge correspondante. Quarante ans plus
tard, en 1921, le nombre des lauréats
n'atteignait pas encore les 10 000, soit
1,4 % de la génération correspondante.
C'est au lendemain de la guerre que
l'explosion allait avoir lieu : alors qu'en
1946, 4,4 % de la classe d'âge, soit 26 600
jeunes, avait décroché le bac, la proportion passait à 10 % en 1960, à presque 30%
en 1986, pour atteindre 51,1 % à la session
de 1992. C'est aujourd'hui 58,9 % d'une
classe d'âge qui est titulaire du baccalauréat.

Les capacités des différentes académies à
former des bacheliers restent très inégales.
Aux deux extrémités de l'échelle, si l'on
excepte l'académie de Paris qui attire largement des élèves domiciliés dans les académies limitrophes, plus de 18 points
séparent les deux académies de Rennes et
Créteil.

En 45 ans, la « production » de bacheliers a
été multipliée par seize alors que la popu-

lation n'a progressé que de 40 %. L'ambition du gouvernement est de parvenir à
80 % de bacheliers par classe d'âge en l'an
2000.

D'après *Repères et références statistiques
sur les enseignements et la formation,*
© MEN, 1995.

---

1. *Répartis comme suit :*
– baccalauréat général : 273 096,
– baccalauréat technologique : 126 744,
– baccalauréat professionnel : 59 514.

UNIVERSITÉS

Les étudiants inscrits en 1994-1995

● En 1994-1995, 1 454 000 étudiants sont
inscrits dans les 87 établissements de la
France métropolitaine et des DOM, soit
50 000 étudiants de plus que l'an dernier.
Ce ralentissement (3,6 %), après cinq années
de forte croissance, résulte pour l'essentiel
de la baisse des premières inscriptions en
première année de premier cycle (- 0,9 %),
liée à celle du nombre de bacheliers généraux.

Depuis douze ans, la prééminence de l'académie de Paris continue de diminuer, tout
particulièrement au profit de la grande
couronne parisienne, de l'Ouest et du Nord,
et ceci pour chaque cycle.

La progression des effectifs d'étudiants au
cours des dernières années s'est accompa-
gnée d'une légère démocratisation à l'université, la part des étudiants d'origine modeste augmentant lentement dans chaque
cycle alors qu'elle diminue dans l'ensemble de la société.

Note d'information 95.19, avril 1995, © MEN.

BANLIEUES : LE COMBAT DES MAIRES CONTRE L'ÉCHEC SCOLAIRE, L'ILLÉTRISME, LE CHÔMAGE ET LA DÉLINQUANCE

Selon une étude menée par l'association des maires « Villes et banlieues de France », les élus, laissant à l'État ses compétences en matière de « projet éducatif global », n'en mènent pas moins nombre d'actions en direction de leurs plus jeunes administrés. Ici, à Allonnes, dans la banlieue du Mans, ou encore à Colombes, dans les Hauts-de-Seine, étudiants, retraités bénévoles et quelques enseignants rémunérés assistent dans leurs devoirs, chaque soir après l'école, les enfants rencontrant des difficultés.

À Brest ou Épinal, c'est le rythme scolaire qui est aménagé. Partout, toute occasion est bonne pour sortir de la banlieue : classes vertes[1], classes de neige[2] se généralisent. Dernière interrogation des maires : la participation des parents qui, pour la plupart en proie à toutes sortes de tracas, ont souvent délégué tout pouvoir.

1. et 2. Périodes scolaires passées à la campagne ou à la montagne.

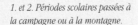

CES LANGUES DE NOS RÉGIONS

L'enseignement des langues régionales progresse, selon certaines associations. Le ministère de l'Éducation nationale envisage un bilinguisme total en fin d'école primaire, en commençant par un bain de langue régionale en maternelle. Le mélanésien est désormais accepté au bac, après le breton, le catalan, le corse, le gallo, l'occitan, le tahitien et les dialectes alsacien et mosellan.

UN MUSÉE DU LIVRE SCOLAIRE

Trois passionnés, aidés d'une vingtaine de jeunes stagiaires, sont en train de constituer, à Auxerre, le premier musée de France du livre scolaire.

Sur le chemin de l'école, les livres pèsent lourd dans le cartable de rentrée des classes. Manuels qui soutiennent l'enseignement du professeur, textes à commenter et images, qui marqueront à jamais la mémoire de l'enfant. Le livre scolaire, présent dans la quasi-totalité des disciplines dispensées, a bien évolué depuis l'époque de Jules Ferry. À Auxerre, des enthousiastes travaillent à lui rendre hommage : 1 500 ouvrages sont déjà réunis, français et étrangers, et le fonds ne cesse d'augmenter. Participent à l'opération de jeunes stagiaires de la région, qui apprennent là à répertorier, à restaurer. La bibliothèque-musée devrait s'ouvrir au public dès l'été prochain, dans un décor de salle de classe.

LE LYCÉEN ET SES DROITS

Être lycéen, avoir des idées, ses idées, et pouvoir les exposer librement, c'est désormais possible. La nouvelle éducation est née.
L'année scolaire 91-92 est à graver dans la mémoire des étudiants, car elle aura vu se concrétiser leurs désirs les plus fous en matière de législation. À l'heure actuelle, personne ne peut dire si les résultats au bac vont pulvériser les records au sein des lycées, mais chaque lycéen par contre peut affirmer quels seront les droits qu'il se verra attribuer. Réunions, associations, presse et expression devraient être tout au long de cette belle année les vraies valeurs (si chèrement défendues) sur lesquelles notre progéniture entend construire toute sa scolarité. Mais entre les textes de loi et les réalisations concrètes sur le terrain, le fossé est plutôt large. Les inscrits au bachot[1] ont cependant décidé de se battre pour que l'application de leurs droits soit immédiate et prenne forme au quotidien (par exemple, l'installation de panneaux d'affichage, …). Un combat de longue haleine sans doute, alors bon courage chers potaches[2] !

1. Mot familier pour désigner le bac.
2. Mot familier pour désigner les élèves

ATTENTION, PUB !

TF 1 est une chaîne de télévision commerciale. Elle s'est livrée à une étude sur l'impact que peuvent avoir les spots publicitaires sur le monde des enfants, auquel 500 000 millions de francs ont été consacrés l'an dernier.

Que ressort-il de cette étude ? Tout d'abord que les 9 millions de 3/14 ans constituent une formidable cible. Mais, selon l'âge, les réactions sont différentes. Jusqu'à 5 ans, l'enfant aborde la « pub » comme une histoire. À partir de 8 ans, il se rend compte que l'objectif de la « pub » est la séduction. À 10 ans, il exerce son sens critique et prend ses distances avec ces spots.

Entre 11 et 14 ans, l'esprit critique est… encore plus critique. Mais tous les enfants sont curieux et aiment la « pub » (47 à 70 %).

CENTRES DE VACANCES : LES PARENTS APPRÉCIENT

Destinés aux enfants, les centres de vacances satisfont avant tout les parents, plus que les 4 millions d'enfants qui les fréquentent.

Le centre de vacances ou de loisirs est avant tout un choix des parents, constate une enquête du ministère de la Jeunesse et des Sports. 18 % seulement des jeunes le réclament. Première motivation : occuper l'enfant quand les parents travaillent. Socialisation et découverte d'autres horizons sont des motifs finalement peu évoqués. Les trois quarts des parents sont satisfaits des centres, mais seulement 53 % des enfants. Ce qui les gêne : les contraintes, l'ennui et l'absence de la famille. D'autre part, les activités ne correspondent que partiellement aux souhaits des enfants, à savoir le VTT[1], le foot, la danse et le judo. Quant aux activités culturelles, elles sont aux antipodes de leurs désirs.

1. Vélo tout terrain.

LES BUS SCOLAIRES SERVENT D'EXEMPLE

Grande première dans les Deux-Sèvres, à Souvigné, où le ministre de l'Environnement a baptisé une flotte de 30 cars scolaires fonctionnant avec un mélange de gasoil et 30 % de diester, un biocarburant issu de la culture du colza.

C'est le premier des 100 projets pour lesquels le ministre a débloqué une aide financière de 5 millions de francs. Cette première a même un prolongement régional : les 2 000 hectares de colza, destinés à être transformés en diester, seront cultivés dans la région Poitou-Charente. 160 000 agriculteurs sont concernés par ce procédé, permettant d'utiliser les terres mises en jachère[1] en raison de la politique agricole commune[2]. Finalement ce sont 400 000 hectares qui pourront être consacrés à la production de diester.

1. État d'une terre non cultivée.
2. Politique de l'UE.

LES JEUNES ONT RÉAPPRIS À LIRE

François de Singly est professeur à l'université de la Sorbonne. Il vient de réaliser une enquête sur le thème « Les jeunes et la lecture ». Voici ses conclusions.

Les dernières enquêtes de ce type faisaient apparaître une désaffection des jeunes pour le livre. En 20 ans, le nombre de jeunes lisant au moins deux livres par mois avait chuté de moitié ! Heureusement, depuis 5 ans, la situation a favorablement évolué. Ceux qui « dévorent » les livres sont moins nombreux, mais le nombre de ceux qui avaient « horreur » de lire a diminué. Ils ne sont plus que 9,9 % à ne jamais ouvrir un livre contre 19 % en 1988. 26,2 % lisent entre 1 et 5 livres par an et 20,6 % entre 6 et 11; 23,5 % en lisent de 1 à 2 par mois et 20,2 % trois et plus. Les jeunes lisent peu, mais ils lisent.

C'est là une constatation encourageante.

LE BUDGET DES ÉTUDIANTS EST EN HAUSSE

Les étudiants peuvent se réjouir, le budget dont ils disposent est en augmentation. Une enquête réalisée par « l'Observatoire de la vie étudiante » en témoigne.

Il apparaît, à la lecture de cette enquête, que le budget varie tout de même en fonction de l'origine sociale des parents, et que les bourses pouvant être obtenues ne compensent pas le déséquilibre. 40 % des étudiants vivent chez leurs parents et le budget moyen de l'étudiant célibataire se situe à 5 300F par mois. Somme élevée, qui s'explique

par les enfants de cadres supérieurs représentant plus de 30 % des effectifs universitaires. Les dépenses de l'étudiant varient de 4 362 F, lorsque les parents gagnent moins de 8 000 F par mois, à 8 087 F lorsque ceux-ci gagnent 30 000 F ou plus. Quant aux étudiants, ils dépensent plus que la moyenne en loisirs et moins en alimentation ou en confort d'habitat. Mais les priorités sont les mêmes, quels que soient leurs moyens.

LES GRANDES ÉCOLES À PORTES ENTROUVERTES

Les grandes écoles restent la voie royale de l'enseignement français. Le nombre d'élèves qui y accèdent sans passer par les classes préparatoires est en augmentation.

La progression des admissions sur titre offre actuellement de plus en plus de débouchés aux diplômés de l'université. Jusqu'ici, le prestige et la singularité des grandes écoles semblaient associés au passage par les « prépa » et à la qualité de ce filtre exigeant. Mais les portes s'entrouvrent et il n'est pas irréaliste de viser HEC[1], Centrale[2] ou Supélec[3] en passant par un institut de technologie ou une maîtrise de sciences, de droit ou de lettres. Une enquête a permis de constater que moins de la moitié des élèves des écoles d'ingénieurs (40,2 %) étaient passés par les classes préparatoires. Mais ce n'est pas pour autant que demain, on pourra y

entrer comme dans un moulin, tant le taux de sélectivité reste fort.

1. École des Hautes études commerciales.
2. École d'ingénieurs.
3. École supérieure d'électricité.

LES VISAGES DE L'ART À L'ÉCOLE

L'enseignement de l'art à l'école a de nombreux visages et bénéficie souvent du partenariat professionnel.

Parmi ces visages, figurent les ateliers de pratiques artistiques et culturelles, avec les arts plastiques, le théâtre, le cinéma, la musique, la danse. Les classes culturelles, d'une durée d'une semaine, sont des classes transplantées avec pour thème le patrimoine. Autre facette : les classes à horaires aménagés en

collaboration avec un conservatoire. Le jumelage est un aspect nouveau : il se pratique entre un établissement scolaire et un établissement culturel en vue de développer les actions de partenariat. De son côté, le projet d'action éducative est intégré au projet d'établissement et il est consacré à un thème de travail bien précis. Enfin, il y a aussi les rencontres avec l'œuvre d'art pour une étude approfondie.

« GÉOGRAPHIE DE L'ÉCOLE » : RECUL DES DISPARITÉS ENTRE RÉGIONS

Dans « Géographie de l'école », l'Éducation nationale publie, pour la première fois, les données et les résultats scolaires de toutes les académies.

De ce document, il ressort que

les disparités entre régions se sont atténuées. Il permet aussi de nuancer certaines conclusions faites jusqu'ici de manière hâtive. Sous les bons résultats de certaines académies, on constate que le nombre d'élèves accèdant au bac est inférieur à ce que l'on pourrait espérer. Le lien habituellement fait entre le chômage et les sorties sans diplômes du système scolaire n'est également pas automatique : dans certaines régions (par exemple l'Est), les traditions familiales ou sociales ainsi que la présence d'emplois ne nécessitant qu'une faible qualification jouent pour une sortie de l'école. « Géographie de l'école » est tiré à 45 000 exemplaires, qui sont distribués dans tous les établissements du second degré.

FAUT-IL DÉSESPÉRER DES LYCÉES ?

Contrairement au contenu d'une chanson de Michel Sardou : « *Vous passiez un bac G¹, un bac à bon marché...* », deux sociologues bordelais, Olivier Cousin et Jean-Philippe Guillemet, décrivent des établissements qui, pour accueillir parfois des séries G, ne ressemblent pas à des « poubelles ». Depuis 1986, plusieurs d'entre eux (mais pas tous) ont même amélioré leurs performances en amenant un nombre croissant d'élèves jusqu'au bac. Or, à l'exception d'un lycée qui accueille l'élite de son académie, ces établissements étudiés recrutent parmi les enfants d'agriculteurs, d'ouvriers et d'employés, soit un public populaire, éloigné de la culture scolaire.

La population de ces lycées « en hausse » n'ayant pas changé, l'amélioration des performances s'explique par d'autres facteurs. Ainsi la façon dont ils sont dirigés a des effets sensibles. L'exemple de « Le Vaillant » (pseudonyme d'un lycée polyvalent situé dans une ville moyenne) le souligne. L'arrivée d'un nouveau proviseur en 1985 a transformé radicalement la situation : le bâtiment a été rénové (« *Au plan financier, on peut avoir plus si on se bouge un peu* », affirme-t-il) ; informatique et audiovisuel ont fait leur apparition ; des rencontres régulières avec les délégués élèves ont été instaurées et les conseils de classe redynamisés.

Ce style de direction, notent les auteurs de l'étude, « *entraîne le lycée dans une mobilisation collective* ». Ainsi « *en offrant des gages aux enseignants par la reprise en main de la discipline, la direction peut leur demander de participer à l'élaboration d'une politique d'ensemble* ».

La fierté professionnelle des enseignants engendre une vision positive des élèves

Dans ces lycées, les professeurs se déclarent fiers de leur métier et mettent en avant le plaisir d'enseigner. « *Ils n'ont pas le sentiment d'être dévalorisés et méprisés par les parents et la société. Ils parlent de l'utilité de l'école et de sa fonction éducative et pédagogique.* »

Leur propre fierté engendre une vision positive des élèves. Leur public, populaire, est de plus en plus hétérogène et les adolescents ont un esprit de plus en plus pratique. Pourtant ces professeurs s'adaptent. Leur objectif, c'est l'accès du plus grand nombre au bac, même si certains lycéens ont besoin de quatre à cinq années pour décrocher leur diplôme. L'un des établissements a réussi à multiplier par deux le nombre d'élèves des sections scientifiques sans que les résultats au bac régressent.

L'étude des deux sociologues couvre aussi des établissements dont les performances

ont baissé au cours de la même période. Or il se trouve que leurs équipes de direction sont souvent « *de style administratif* » : elles ont une définition étroite et traditionnelle de leur rôle et se méfient de toute initiative pédagogique non consignée dans les textes officiels.

Repliés sur leur classe, les professeurs y développent une conscience malheureuse. À leurs yeux, « *le métier est déprécié, les familles ne respectent plus l'école et le système s'acharne contre eux* ». Tenter de s'adapter au nouveau public lycéen est une cause perdue « *puisque les bons élèves seront toujours bons et les mauvais toujours mauvais* »...

Le travail d'O. Cousin et de J.-P. Guillemet montre ainsi que les performances des élèves progressent dès lors que les chefs d'établissement et les enseignants, plutôt que de le subir, cherchent à accompagner le nouveau tournant vers l'enseignement de masse. Il n'y a pas là matière à « *désespérer.* »

Catherine BÉDARIDA, © *Le Monde de l'éducation*, juin 1992.

---

1. *Un des bacs passé jusqu'en 1994, dont la qualité a été contestée par certains.*

FAUT-IL DÉFENDRE LES ÉTUDES CLASSIQUES ?

Spécialiste de la Grèce antique, Pierre Vidal-Naquet explique sa conception de l'enseignement de l'histoire. [...]

Comment s'exprime l'engagement de l'historien dans la cité – ce que vous appelez sa mission civique ?

– Tout d'abord, par l'enseignement. À la condition de résoudre certains problèmes. Par exemple, il me paraît inutile de vouloir couvrir les événements jusqu'à aujourd'hui. Sans affirmer comme Aimé Perpillou, professeur à la Sorbonne, « *jusqu'en 1914 c'est de l'histoire, entre 1918 et 1939 c'est de la géographie, et après c'est de la politique* », il faut tout de même maintenir un

minimum de recul. Vouloir à tout prix coller à l'actualité la plus récente me semble être une erreur.

Quels sont les autres problèmes ?

– Le programme fourre-tout de la sixième. Traiter à la fois de l'Égypte, de la Grèce, de la Chine, de l'Inde, me paraît excessif. Il vaudrait mieux procéder à une répartition chronologique et réserver au lycée l'étude des grandes civilisations extérieures. S'il ne tenait qu'à moi, je n'aborderais en sixième que l'Orient, la Grèce et Rome. Il faut enraciner les enfants dans une tradition, leur dire d'où nous venons. Avec le sens de la distance temporelle, ce sont les deux points fondamentaux. Leur apprendre qu'il

y a eu, voilà très longtemps, des cités où des populations de plusieurs milliers de personnes prenaient en public des décisions aussi graves qu'envoyer aujourd'hui des hommes sur la Lune ne me paraît pas une mauvaise chose.

Une tradition morte ?

– Détrompez-vous. Avec les instruments électroniques dont on dispose, ce modèle de démocratie directe serait tout à fait applicable. Au reste, les Athéniens, qui n'étaient pas à court d'idées, possédaient d'autres institutions comme garde-fous. Ainsi l'ostracisme. Lorsque deux personnages politiques nourrissent une hostilité qui devient dangereuse pour la cité, [...]

vous organisez un vote populaire pour savoir lequel il faut garder et lequel il faut exiler. N'est-ce pas un institution admirable ? Périclès, Thucydide, Thémistocle ont été en leur temps des « ostraka ». [...] Certes, l'histoire ne se répète pas et les modèles doivent être aménagés, mais elle peut donner des leçons.

Au lieu de cela, les manuels d'histoire présentent Hérodote comme un reporter et font de Marseille une ville gauloise.

Vous êtes un historien profondément engagé dans son temps et pourtant vous avez fait le choix de l'histoire ancienne. Comment expliquez-vous ce paradoxe ?

– En un sens, le choix de l'histoire ancienne a été pour moi un rempart contre les engagements trop immédiats ou trop massifs. Le risque de partialité est alors évident. Elle m'a obligé à prendre du recul. Mais, pour le petit garçon de douze à treize ans que j'étais durant la guerre, l'Antiquité grecque, c'était Démosthène contre Philippe et Antigone contre Créon. Une leçon que m'enseignait mon père, que je n'ai jamais oubliée, [...] et je n'ai jamais cessé depuis de défendre des causes qui me semblaient justes parce que conformes à la vérité historique.

Pour vous, l'histoire ne doit pas seulement transmettre des connaissances mais aussi diffuser des valeurs ?

– Absolument. Les valeurs sont suffisamment riches et variées pour que tout le monde s'y retrouve. À la condition de rester dans les limites de la vérité. Si on prétend que Napoléon était un mythe solaire, ou que les chambres à gaz n'ont jamais existé, on ment. René Char avait un professeur d'histoire, au demeurant fort sympathique, qui enseignait que Napoléon avait gagné la bataille de Waterloo. Cela avait sûrement son charme…

Vous étiez hostile aux projets de réforme du ministre. Que lui reprochiez-vous ?

– L'histoire ancienne suppose par définition une connaissance des langues. Lorsque je demande aux étudiants désireux de s'engager dans cette voie de commencer par apprendre le latin et le grec, ils tombent des nues. Certes, il n'est pas nécessaire d'en faire dès le lycée. De grands historiens de l'Antiquité comme Moses Finley s'y sont mis sur le tard. Mais il reste des exceptions. Avec la réforme des lycées prévue par le ministre, la place faite aux langues, notamment au latin et au grec, se serait peut-être trouvée honteuse-

ment réduite. Déjà, dans certaines universités comme celle de Dijon, vous avez moins de dix étudiants inscrits en grec, en licence, pour quatre enseignants. Lorsque j'entends certains collègues affirmer qu'on aura besoin d'ici cinq ans d'une centaine de traducteurs, je me demande dans quel vivier on va les trouver.

Il manque aujourd'hui une filière littéraire de haut niveau. Ce qui doit la caractériser ? Un enseignement de distanciation, apporté grâce aux langues comme le latin et le grec ou le russe et le chinois. En tout état de cause, des langues qui obligent à prendre du recul. Les mathématiques ne servent absolument à rien dans toute une série de domaines. Pour être un bon rédacteur dans une préfecture, il vaut mieux avoir appris à lire et à écrire correctement. Il suffit d'aller dans n'importe quel pays étranger, aux États-Unis ou en Angleterre, pour s'apercevoir que le tertiaire est à la recherche de gens ayant une bonne formation littéraire. [...]

Propos recueillis par Frédérique PASCAL,
© *Le Monde de l'éducation*, juin 1992.

LES DIPLÔMES SONT-ILS UTILES ?

Tu seras domestique, mon fils !

Atteinte de la maladie du diplôme, la société française croit que, grâce à l'instruction, tout le monde pourra s'élever dans la hiérarchie sociale. Or nous risquons d'avoir davantage besoin de cantonniers[1], de serveurs, de livreurs de pizzas ou de baby-sitters… que d'emplois à bac + 3 !

Ce sont les étudiants d'aujourd'hui qui feront les travailleurs de demain car les emplois du futur seront qualifiés ou ne seront pas. Cette conviction, confortée par les experts, partagée par l'opinion, inspire la politique française depuis un demi-

siècle. C'est pourquoi il n'y a jamais eu autant d'étudiants, jamais autant de diplômés… et jamais autant de jeunes au chômage. Mais ce fait n'entame pas nos certitudes. Il demeure entendu que la crise économique en est seule responsable et que le retour de la croissance fournira les emplois attendus à tous ces bacheliers, licenciés ou docteurs qui vont aujourd'hui de petits boulots en séjours à l'ANPE[2]. Les métiers de l'avenir ne sauraient qu'être « intelligents ».

Cette vision optimiste conduit à peupler la France du XXIe siècle d'ingénieurs, [...], d'informaticiens, de spécialistes de marketing et de cadres en tous genres travaillant dans les « services ». C'est ce qu'on appelle une « société post-industrielle ». Mais curieusement, les responsables politiques, sommés de trouver des « gise-

ments d'emplois pour les jeunes », n'osent plus évoquer ces superbes « professions d'avenir ». [...] Dernier exemple en date, celui de Jacques Chirac[3] qui, exposant ses remèdes anti-chômage dans *le Point*[4], explique : « *Nous n'avons pas su développer comme ils le méritent les services à la personne, qui sont, par nature, les plus créateurs d'emplois… Il suffit de songer aux personnes âgées dépendantes qui doivent être accompagnées dans leur vieillesse, aux jeunes enfants qu'il faut garder parce que leurs parents travaillent, aux nouveaux métiers liés à la protection de*

---

1. *Ouvrier qui travaille à l'entretien des routes.*
2. *Agence nationale pour l'emploi.*
3. *Maire de Paris à l'époque où l'article a été écrit.*
4. *Hebdomadaire français.*

l'environnement ou à toutes ces activités de service, notamment dans le domaine du commerce, qui constituent un formidable gisement d'emplois. » Traduisons tout cela en termes « politiquement non corrects » : gouvernantes, femmes de ménage, bonnes à tout faire, baby-sitters, jardiniers, gardiens, cantonniers, pompistes, serveurs et livreurs de pizzas, ce qu'on eût appelé au XIXᵉ siècle « la domesticité ». Des professions qui sont, en soi, fort respectables, mais qui devraient être sérieusement réhabilitées pour répondre aux attentes des diplômés.

Il n'importe ! La prolifération annoncée d'emplois à bac − 2 ou − 3 n'affecte en rien la volonté de pousser 80 % des jeunes au bac puis de les enfourner dans l'enseignement supérieur. La contradiction est si lourde de menaces qu'on préfère ne pas la voir. Mieux vaut ignorer que nous sommes en train d'échanger une société gérable contre une autre qui ne le sera pas.

Depuis un siècle, le progrès technique tire le progrès social, une heureuse concordance dont nous n'avons jamais été conscients. Entre 1945 et 1975, la modernisation et l'enrichissement de la France ont fait naître une énorme classe moyenne, résorbant du même coup la coupure dramatique entre la bourgeoisie possédante et le prolétariat. C'est ainsi que ces années devinrent les Trente Glorieuses, dont Jean Fourastié[5] s'était fait le chantre.

Il suffit d'une fable très simple pour comprendre ce modèle. Il était une fois un patron qui faisait travailler quatre ouvriers. Il acquit une nouvelle machine et utilisa deux d'entre eux, promus techniciens, pour la faire tourner. Mais il licencia les deux autres dont il n'avait plus l'utilité. L'un d'eux trouva une place dans un magasin, l'autre se recycla en informatique et devint ingénieur. Tout ce petit monde s'enrichit, consomma davantage et permit des embauches supplémentaires dans d'autres secteurs. Grâce au progrès, les quatre emplois de départ sont devenus cinq et surtout, les tâches robotisées ont été remplacées par des métiers plus intéressants. […]

La France reproduisait à grande échelle cette petite histoire. Les séries statistiques sont éloquentes : les plus basses professions – ouvriers agricoles, ouvriers spécialisés, personnel de maison – ont régressé pendant ces années, tandis que les profes-

sions élevées – techniciens, cadres, ingénieurs, commerçants, médecins, professeurs, etc. – n'ont cessé de s'accroître, profitant à tous, sur le plan matériel comme sur le plan intellectuel. Le tout est de savoir si nous pouvons encore compter sur elles.

Un vieux sage […], Alfred Sauvy[6], se posait la question, il y a cinq ans déjà. Reprenant la parabole du patron et de ses salariés, il estima que la conclusion était trop optimiste car le recyclage vers le haut des deux ouvriers licenciés n'était nullement assuré. Il est plus vraisemblable, m'expliqua-t-il, que le patron enrichi grâce à la machine, a engagé l'un d'entre eux pour garder sa résidence secondaire, à moins que, jugeant cette charge excessive, il n'ait opté pour un système de surveillance automatique, tandis que son ancien ouvrier allait pointer au chômage. Dans un cas comme dans l'autre – et sans envisager une délocalisation en Asie –, le compte du progrès technique n'est pas bon : au mieux, il remplace les ouvriers par les domestiques et, au pis, par les chômeurs. […]

Nous allons vers une société duale avec une minorité de postes qui seront très qualifiés et une majorité de tâches qui le seront fort peu, une société qui, n'étant plus porteuse d'espoirs pour tous, ne pourra que vivre sous tension.

Est-ce à dire que ces emplois pourront être confiés à n'importe qui ? Certainement pas. Il n'est pas nécessaire d'avoir obtenu une licence pour garder des enfants, c'est vrai. En revanche, le maternage n'autorise aucun relâchement de la vigilance. Toutes les mères le savent. Il en va de même pour tous ces « petits métiers » qui exigent plus de conscience que de connaissances. Les qualités réelles des individus seront donc plus importantes que les qualifications certifiées par diplômes, en concluent certains experts.

Face à cette nouvelle demande, les jeunes auront besoin de savoirs plus limités mais d'un professionnalisme à toute épreuve. Cette vertu s'apprenant dans l'entreprise, nous les formons… à l'école. Non contents de faire tourner à plein régime notre distributeur de bacs, nous avons développé, à un rythme effréné, notre enseignement universitaire, doublant en une dizaine d'années le nombre des étudiants. Au point où nous en sommes, près d'un jeune

sur deux entre dans le supérieur, alors que les emplois de cadre ne représentent que le quart de ceux que l'on crée. Dans le même temps, et en dépit des vœux pieux gouvernementaux, le nombre des apprentis ne cesse de diminuer. La raison en est simple : la société française est atteinte de la « *maladie du diplôme* » […] et les parchemins[7] sont délivrés par les professeurs et non par les patrons. C'est ainsi que l'on prépare des jeunes mal formés pour des emplois sous-qualifiés. Une manière d'exploit dont la France est seule capable ! Nous continuons donc à prétendre qu'un diplôme donne droit à un emploi tout en sachant que nous délivrons une fausse monnaie qui sera refusée par les employeurs. Nos banlieues n'ont connu jusqu'à présent que les révoltes de l'échec scolaire, celles de la réussite pourraient être plus désespérées, donc plus terribles.

Résumons le tout. La population française est entretenue dans l'illusion que, grâce à l'instruction, tout le monde peut s'élever dans la hiérarchie sociale. Personnellement, ou par enfants interposés. Pour la majorité, cela est un pur mensonge. Les diplômes obtenus, à l'exception des « jokers », Polytechnique[8], ENA[9], etc., conduiront souvent à un boulot sans intérêt, sans avenir, sans protection et sous-payé. Bref, le fils d'analphabète bardé de diplômes se retrouvera dans une condition professionnelle équivalant à celle de son père. Ce jour-là, le rêve du progrès sera brisé et, avec lui, la cohésion sociale qu'il apportait.

Il nous reste très peu de temps pour inventer une politique capable de gérer une société déchirée et non plus réunie par l'évolution technique et la logique des droits acquis. Encore faudrait-il admettre l'inéluctable afin d'en corriger les effets. Nous faisons aujourd'hui tout juste l'inverse, et, demain, il sera trop tard.

François DE CLOSETS,© *L'Événement du jeudi*,
30 décembre 1993 au 5 janvier 1994.

5. Économiste français qui a vu dans le progrès technique le facteur essentiel du progrès économique et social.
6. Sociologue et démographe français, auteur d'importantes études économiques et démographiques.
7. Papiers symbolisant les diplômes.
8. Grande école qui relève du ministère de la Défense.
9. École nationale d'administration.

REDÉFINIR LES FINALITÉS DE L'ÉCOLE

*Des choix cruciaux restent
à faire en matière d'éducation.
La gestion du système doit admettre
plus de décentralisation ;
les « missions » de l'école doivent être
définies par un débat national. [...]*

Dans quels domaines devront s'effectuer ces choix ?

– Il y a d'abord un problème de gestion du système éducatif. Globalement, c'est un des plus performants de la planète. Mais pour qu'il réponde bien aux besoins de la société, il faut qu'il produise plus d'égalité, plus de diversité, et plus de qualité. Plus d'égalité devant le savoir ; plus de diversité des formes d'excellence. Et plus de qualité du service offert au public. Cette trilogie devrait être le mot d'ordre des années qui viennent pour les politiques qui ont en charge l'éducation nationale.

Les lois de décentralisation ont déjà eu des effets positifs en matière de gestion du système. Mais la question qui se pose maintenant est de savoir s'il faut aller plus loin. Actuellement, l'État est responsable des aspects pédagogiques (ce qu'on appelle l'action éducatrice) et les collectivités territoriales le sont des aspects matériels (la construction et l'entretien des locaux, l'attribution des fonds nécessaires à la vie des établissements). Certains voudraient que l'on transfère tout ou partie des aspects pédagogiques (les programmes, les examens, la formation des maîtres, leur recrutement et le déroulement de leur carrière) aux conseils régionaux et généraux.

Tout transférer reviendrait à priver l'État des moyens d'assurer l'unité du système éducatif, la cohésion culturelle nationale, et l'égalité des citoyens devant l'école. Je n'y suis donc pas favorable. Mais je ne suis pas favorable non plus à l'idée de ne rien transférer, parce qu'il me semble nécessaire d'impliquer les élus locaux dans les

choix scolaires destinés aux populations qu'ils représentent, et parce qu'il est devenu contradictoire de vouloir assurer une gestion nationale de l'action pédagogique et de chercher en même temps à l'adapter aux réalités locales.

Il faut donc à la fois conserver une « éducation nationale » et accroître la décentralisation. Comment faire ? La réponse est sans doute dans le maintien à l'échelon national de ce qui est nécessaire à la cohésion sociale et à l'égalité des citoyens devant le savoir (la définition des finalités, l'organisation des cursus d'études, le niveau exigé aux examens, ainsi qu'une partie des programmes). En contrepartie, rien ne me paraît empêcher une plus grande décentralisation d'autres points (le recrutement des enseignants, une partie des programmes, la formation continue des maîtres...), mais à deux conditions essentielles : d'une part, qu'il existe une définition nationale de ce que doivent être les savoirs minimaux pour tout Français et, d'autre part, qu'il y ait des organismes de coordination des instances décentralisées. Enfin, j'ajoute que l'on peut aussi impliquer le niveau local et l'État par le développement d'une politique de contrats, comme cela a été amorcé entre 1990 et 1993 pour le plan « Université 2000 ». [...]

Une « définition nationale » du système éducatif est-elle encore possible ? Les Français savent-ils vraiment, aujourd'hui, quelle est la mission de l'école ?

– Il est en effet une question plus fondamentale que la décentralisation de la gestion du système éducatif, c'est celle de la définition des finalités de notre dispositif de formation. Celui-ci est en effet quasi exclusivement au service du travail : il est fait, par ses cursus, ses programmes, ses examens, pour préparer les jeunes à leur vie professionnelle. Cette logique convenait

sans doute bien à une société dans laquelle la vie d'un homme adulte était en grande partie remplie par le travail. Mais il y a de moins en moins de temps de travail dans le temps de vie d'un homme. En outre, les techniques de travail évoluent désormais sans cesse. Concevoir la formation comme la préparation au travail que l'on aura à effectuer plus tard ne suffit plus et conviendra de moins en moins. Si l'on ajoute à cela le fait que les connaissances seront de plus en plus accessibles, par des technologies qu'on commence à entrevoir, partout et à tout moment, on comprend que le modèle « formation initiale suivie de formation continue » aura bientôt fait son temps, et qu'il faut commencer à imaginer un dispositif de formation « tout au long de la vie » et « hors les murs de l'école ». Il faudra par exemple réussir à certifier les acquis progressifs et les ajouter au diplôme de base qui pourra ainsi s'enrichir sans cesse. Que restera-t-il alors de notre vieux et sacro-saint baccalauréat ? Et comment seront articulés les apprentissages scolaires et les autres ? C'est ce que des sociologues appellent l'organisation d'une véritable « société éducative », c'est-à-dire d'une société où l'on peut s'éduquer sans cesse et partout. Cela a l'air un peu futuriste, mais ce sera vraisemblablement la question du prochain siècle. C'est-à-dire de demain...

Entretien avec Christian NIQUE[1],
propos recueillis par Alain ROLLAT,
© *Le Monde de l'éducation,* septembre 1995.

---

1. *Il a été, de 1988 à 1995, conseiller de François Mitterrand à la présidence de la République, chargé des questions scolaires et universitaires. Il est aujourd'hui président de la Fédération générale des associations départementales des pupilles de l'enseignement public.*

Les transports

L'aéroport de Nice.

LES CHIFFRES DE TOUS LES TRAFICS

Aujourd'hui :
- *Le trafic routier augmente de 5 % chaque année.*
- *La région Île-de-France compte 21 millions de déplacements motorisés par jour.*
- *85 % des embouteillages français ont lieu à Paris.*
- *10 % de véhicules en plus sur la route engendrent 50 % de bouchons supplémentaires.*
- *58 % des Français souhaitent que la circulation dans les centres-villes soit limitée, même si cela leur impose des efforts.*

- *30 millions de passagers utilisent chaque année le TGV et plus de 26 millions transitent par Roissy, qui est devenu le premier aéroport français devant Orly et le deuxième d'europe.*

D'ici à l'an 2010 :
- *Les déplacements de voyageurs auront doublé.*
- *Les transports de marchandises auront augmenté de 50 %.*
- *La SNCF aura construit 3 500 kilomètres de nouvelles lignes de TGV sur le territoire national.*

© D'après *Ça m'intéresse*, n° 143.

TRANSPORTS COLLECTIFS DE VOYAGEURS

	Voyageurs (millions)		Voyageurs-km (milliards)	
	1980	1993	1980	1993
SNCF réseau principal	253	268	47,04	48,58
dont TGV	*///*	*40*	*///*	*18,93*
SNCF banlieue de Paris	432	553	7,61	9,85
RATP (métro et RER)	1 299	1 538	7,51	9,36
RATP (autobus)	753	848	2,06	2,26
Transports routiers hors RATP :				
Transport urbain	1 272	1 442	...	...
Transport interurbain	378	270	...	...
Transport scolaire	460	527	...	...
Transport de personnel	273	109	...	...
Transport occasionnel	149	236	...	...

Tableaux de l'économie française, © INSEE, 1995-1996.

TRAFIC DES COMPAGNIES AÉRIENNES FRANÇAISES EN 1993

	Passagers (millions)	Passagers-km (milliards)	Fret (millions tonnes-km)
Air France	14,4	43,6	3 760
Air Inter	16,6	9,5	30
Autres compagnies	7,9	18,4	164
Total	**38,9**	**71,5**	**3 954**

Tableaux de l'économie française, © INSEE, 1995-1996.

AÉROPORTS : VINGT ANS DE RÉFLEXION

● Chaque année, plus de 26 millions de passagers transitent par Roissy, 25 millions par Orly, 6 millions par Nice. D'après le ministère des Transports, les infrastructures aéroportuaires actuelles permettent de tenir encore vingt ans, moyennant quelques aménagements. Ainsi, la construction des deux terminaux supplémentaires, Charles-de-Gaulle III, atteindra la capacité maximale de Roissy : 80 millions de voyageurs ! Orly saturera, lui, à 30 millions de passagers. [...]

Enfin, si les terminaux ne sont pas saturés, les usagers doivent affronter les bouchons pour s'y rendre. Les provinciaux, eux, sont soulagés depuis que le TGV s'arrête à Roissy.

© D'après *Ça m'intéresse*, n° 143.

LA RATP

● En 1948 est créée la **Régie autonome des transports parisiens**, Établissement public à caractère industriel et commercial (EPIC), doté du monopole des transports souterrains et des routiers en surface. Son financement est partiellement assuré par l'État.

LA SNCF

● En 1937, les droits d'exploiter et de construire des chemins de fer ont été confiés par décret à une entreprise unique, **la Société nationale des chemins de fer français**, pour 45 ans.

En 1982, cette entreprise est devenue un Établissement public industriel et commercial (EPIC), partiellement subventionné par l'État et contrôlé par lui.

Elle est aujourd'hui la première entreprise française de transport et l'une des dix premières, tous secteurs confondus.

LE RÉSEAU TGV À L'HORIZON 2000
1 920 km de lignes nouvelles

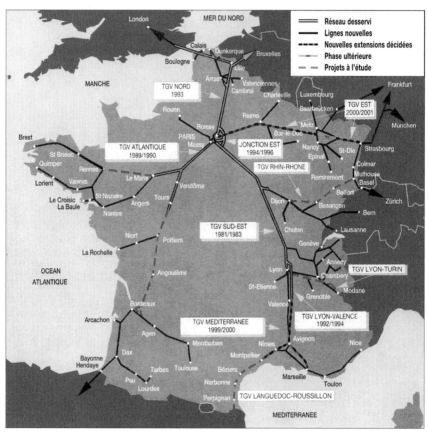

© SNCF.

CONDUCTEUR À TRÈS GRANDE VITESSE

« Une chose est sûre : on ne conduit pas un TGV tout de suite après avoir été embauché à la SNCF ! » prévient Joël Guillaud, qui sait de quoi il parle. Il s'est installé pour la première fois aux commandes du prestigieux train à grande vitesse en 1991, après 18 ans de carrière. En moyenne, il faut compter au minimum 14 ans d'expérience : le temps de parcourir quelques milliers de kilomètres de rails… sans rater les aiguillages ! Joël Guillaud est « entré dans les chemins de fer » en 1973. *« C'était vraiment un rêve d'enfant »,*

avoue aujourd'hui cet homme de 42 ans. Un CAP de mécanique générale en poche, il a passé un premier concours lui permettant d'accéder au poste d'aide-conducteur. Les titulaires du baccalauréat, pour leur part, intègrent directement le niveau de conducteur.

« J'ai fait mes premières armes sur les trains de marchandises, puis les lignes de banlieues. Ce n'était pas encore le TGV, mais c'était déjà un métier complet. En plus de maîtriser la signalisation et les techniques propres à la conduite, il faut avoir de

bonnes notions en mécanique pour être capable d'intervenir en cas de panne. Par ailleurs, c'est une profession qui offre une certaine indépendance, des horaires variables et surtout une vraie responsabilité. »

Seul maître à bord de son train, Joël Guillaud a aujourd'hui le titre de conducteur de routes et de lignes principales, un grade indispensable pour qui veut prétendre conduire un TGV. *« La vitesse, bien sûr, est impressionnante sur ce type de train, mais surtout le confort de la conduite est très appréciable,*

grâce notamment aux systèmes informatique et électronique embarqués. »

Un plaisir assuré pour un salaire mensuel de 17 000 francs brut[1]. Le conducteur d'un train classique gagne, quant à lui, environ 11 000 francs, et un élève conducteur 9 000 francs.

Emmanuel VAILLANT,
© *Les Clés de l'actualité,* n° 110.

---

1. *Salaire brut : salaire avant déduction des charges sociales. Salaire net : salaire après déduction des charges sociales.*

PARIS : LA RATP RETOURNE À SES ORIGINES

Né un beau jour de l'été 1900, le métro parisien a progressivement, au fil des modes successives, perdu de son unité. La RATP annonce un plan de « retour aux sources ». D'ici à l'an 2000, la moitié des stations devrait renouer avec la cohérence.

Herctor Guimard avait su conférer, en son temps, au « métropolitain », son style propre. Bouches d'entrée à la décoration 1900, murs en faïence, le réseau avait alors belle et fière allure. Puis, à la faveur de l'ère de consommation, les couloirs se transforment en supports publicitaires. Et le labyrinthe ainsi formé devient de moins en moins sain pour qui s'attarde dans son antre… « Aujourd'hui, souligne le président de la RATP, le voyageur souhaite d'abord qu'on lui offre un métro propre,

net et sûr, et qu'on lui propose un service de qualité ». C'est en ce sens qu'il a présenté un projet d'envergure : le réaménagement, dans le style originel, d'une dizaine des 325 stations. Le processus s'accélérant, la moitié du réseau devrait être

réhabilitée d'ici à l'an 2000. Quant au RER[1], il retrouvera son aspect des années 1970. Le « look » moderne sera réservé au Météor, nouveau métro automatique.

---

1. *Réseau express régional.*

COMMENT SOULAGER LES ROUTES ET DÉCONGESTIONNER LES VILLES ?

Vingt-quatre millions de véhicules roulent en France. Et le trafic continue de progresser de 5 % par an. Voici ce que nous préparent l'État, les villes et les ingénieurs pour casser cette spirale.

Ils bougent, ils bougent, les Français. Voiture d'abord, mais aussi train, avion, bus, métro, tramway. Tous les moyens sont bons pour satisfaire leur boulimie de kilomètres. En matière de transport, la France a toujours su innover : Concorde, TGV... Pourtant, à l'aube de l'an 2000 – et face à l'accroissement prévisible des déplacements –, le spectre de la thrombose[1] guette les grands axes de communication. D'ailleurs, s'ils restent très attachés à leurs voitures, nos compatriotes admettent volontiers qu'il est temps de prendre des mesures pour limiter la circulation. Près de huit millions de Français, soit 15 % de la population, déplorent être souvent victimes des embouteillages. Et 26 % reconnaissent les affronter de temps en temps.

Les fonctionnaires du ministère des Transports, les ingénieurs de la SNCF, de la RATP, des Aéroports de Paris ou ceux, plus secrets, des principaux constructeurs automobiles, dessinent déjà le paysage du XXIe siècle. [...]

_____
1. Terme médical utilisé lorsqu'un vaisseau sanguin est bouché.

La SNCF lâche ses TGV

Grande vitesse pour les passagers, train géant pour le fret, l'avenir est au rail.

L'effort de construction des lignes TGV va se poursuivre jusque dans les années 2020. Un maillage de plus en plus serré, qui rapprochera les grandes métropoles d'Europe. À cette date, les Européens pourront circuler de Londres à Naples, en passant par Lille, Paris, Lyon, Turin, Milan et Rome. Vers le sud-ouest, il sera possible de voyager à grande vitesse jusqu'à Barcelone, Madrid et Séville. À

l'est, également, du nouveau. Le TGV Paris / Lille / Bruxelles est prévu pour 1998. Mais il ne s'arrêtera peut-être pas en si bon chemin et s'étendra alors plus loin vers l'Europe centrale : Munich, Vienne et Budapest. Le point noir que représente Paris, toujours congestionné, est en partie évité grâce à la gare de Massy et à sa correspondance immédiate pour l'aéroport de Roissy.

Mais l'arme secrète de la SNCF réside dans le transport des marchandises. Baptisée « autoroute ferroviaire », une ligne de conception révolutionnaire relierait Lille à Marseille par le couloir du Rhône. Son principe : embarquer les camions sur des plates-formes roulantes pour soulager le réseau routier. Ces trains spéciaux seraient composés d'une locomotive de tête, d'une rame indéformable capable de supporter 35 poids lourds, d'une voiture réservée aux chauffeurs et d'une locomotive télécommandée en queue, le tout formant un module de 750 mètres de long. En assemblant deux de ces unités, la SNCF ferait rouler des trains géants, longs de 1 500 ou 2 250 mètres. Les études prévisionnelles affirment que le chargement et le déchargement d'un convoi de 1 500 mètres pourraient s'effectuer en trente minutes. À raison d'un départ toutes les six minutes, 20 heures sur 24, ce sont 30 000 camions par jour qui pourraient ainsi voyager... au point mort[1] ! Reste pourtant à boucler le

financement de ce projet colossal, qui devrait coûter au moins 50 milliards de francs.

_____
1. À l'arrêt.

Doubler ou tripler les autoroutes

Seule innovation prévue, des axes réservés aux voitures particulières.

« Au vu du rythme d'accroissement du trafic passagers et marchandises sur l'axe Lille / Paris / Lyon / Marseille, on court à la congestion d'ici à l'an 2000 ». Le constat est de Gilbert Carrère, animateur du débat national sur l'avenir des transports. Pour soulager cet axe prioritaire, vital pour l'économie, un projet est à l'étude : une route nationale à quatre voies qui traverserait la France par l'ouest. Voitures et camions pourraient alors relier Dunkerque à Bordeaux, *via* le Havre et Rennes, en évitant les bouchons chroniques de l'agglomération parisienne. Une telle réalisation, très lourde, ne devrait cependant par être achevée avant l'an 2020. Au chapitre de la construction européenne, les responsables des différents pays travaillent à l'aménagement d'un grand axe autoroutier qui relierait Londres à Marseille et Turin, *via* Paris et Lyon. Rien de vraiment nouveau dans ce projet, animé par le souci commun d'améliorer la fluidité du trafic ainsi que son efficacité. L'avancée majeure de cette fin de siècle pourrait être la naissance de nouvelles autoroutes réservées aux voitures particulières ; les poids lourds se verraient alors cantonnés aux autoroutes classiques. Ces nouvelles voies présenteraient l'avantage de coûter nettement moins cher : leur prix de construction serait inférieur de 30 % à celui des autoroutes actuelles ! En effet, les travaux de tassement et de préparation du terrain seraient considérablement réduits. Premier tronçon à l'étude : l'axe Paris/Lille. Mais il faudra patienter, là encore, près de trente ans.

© *Ça m'intéresse*, n° 143.

La voiture futée fera sauter les bouchons

Renault et Peugeot s'allient pour créer la voiture qui roule toute seule.

Louis Schweitzer (Renault) et Jacques Calvet (PSA[1]) se serrant la main ! Chacun en a rêvé, Prometheus l'a fait. Étrange, ce nom accolé à un programme d'assistance à la conduite automobile, car, entre un demi-dieu se faisant dévorer le foie par des aigles et un concept de voiture intelligente, il y a un fossé que les concepteurs de l'automobile de demain n'ont pas hésité à franchir.

Aboutissement d'une série de recherches entreprises depuis dix ans, cette fameuse poignée de main va établir les bases de ce que pourrait être la conduite du futur. Conducteurs de Peugeot, Citroën ou Renault, n'ayez plus de soucis ! Les bouchons ? Du passé. Grâce aux informations sur le trafic, tout ralentissement vous sera signalé et les itinéraires de délestage vous seront indiqués au travers du système radio RDS[2] et, au besoin, du satellite GPS[3] et de cartes routières réunies sur CD-Rom. Fatigué de surveiller la route ? Une caméra raccordée à un calculateur de traitement de l'image s'en charge et prévient le conducteur négligent de tout écart. Ce système est relié à la direction de l'auto et peut, le cas échéant, en corriger lui-même la trajectoire. Si l'on y ajoute un autre artifice baptisé régulateur de vitesse qui gère automatiquement la distance entre deux véhicules, le pilote se retrouve totalement assisté à bord d'une voiture circulant sur

des rails virtuels. Conduire de nuit, par temps de brouillard et de pluie, devient dès lors un danger dépassé, que le procédé de vision nocturne réduit à une promenade de santé. Deux projecteurs infrarouges situés à l'avant du véhicule décuplent la vision du conducteur. Reliés à une caméra vidéo, ces yeux électroniques sont traités et rendus visibles au conducteur par projection sur le pare-brise.

Ce meilleur des mondes automobiles, devenu réalité au travers des prototypes présentés aujourd'hui, pose néanmoins le problème d'une trop grande assistance du conducteur. Entre la surprotection de la sécurité passive (Air Bag[4], ceintures à prétensionneurs[5]) et ces aides actives, la fonction de conduite est très diminuée. À quoi bon être capable de maîtriser parfaitement votre véhicule si l'électronique peut le faire à votre place en un millième de seconde ? Les constructeurs se défendent de cette sur-assistance, arguant du fait que tous ces systèmes peuvent se désactiver à tout moment. Mais la tentation reste grande de se laisser guider et de désapprendre les bases de la conduite. Un problème qui risque de se poser avant la fin du siècle.

Michel HOLTZ, © *InfoMatin*, 18.10.1994.

1. Peugeot société anonyme.
2. Radio Data System.
3. Global Position System.
4. Coussin gonflable de sécurité.
5. Terme technique désignant un système qui tend la ceinture de sécurité dès qu'un choc se fait sentir.

Île-de-France : métro et périph'[1] à doses massives

Contourner Paris par la route, développer les liaisons interbanlieues, deux priorités pour désembouteiller la cité.

« Un cauchemar national », c'est ainsi qu'un spécialiste du ministère des Transports décrit la situation en Île-de-France. Avec 21 millions de déplacements motorisés par jour (28 millions d'ici à 2015), l'agglomération parisienne est proche de la congestion. Actuellement, priorité est accordée aux liaisons de banlieue à banlieue. Ainsi, la dernière charte des transports prévoit, à terme, la construction d'un réseau de métro automatique autour de Paris. C'est le projet Orbitale, soutenu par la RATP, qui devrait coûter 50 à 60 milliards de francs. Toujours en ce qui concerne les transports en commun, le projet Météor, en cours de réalisation, prévoit de relier la station Cité universitaire à la station Port-de-Gennevilliers. Soit 19,6 kilomètres de lignes et 20 gares. Ce métro entièrement automatique pourra transporter 40 000 voyageurs par heure dans chaque sens. La SNCF, pour sa part, travaille au projet Éole, qui

1. Abréviation pour « périphérique », qui désigne un boulevard autour d'une ville.

vise dans un premier temps à relier la banlieue est à la gare Saint-Lazare, puis à construire deux autres terminaux : Aubervilliers pour le nord-est et Pont-Cardinet pour la desserte ouest.

Quant au réseau routier, la région s'attache en ce moment à boucler la construction de l'A 86 et de la Francilienne, qui deviendront deux « superpériphériques ». Mais on pense également à un réseau souterrain, réservé aux voitures particulières. Baptisé Icare, il ferait le tour de la capitale un peu au-delà de l'actuel boulevard périphérique. La ville de Paris, elle, s'attaque en priorité au doublement du périphérique sud (entre la porte de Bagnolet et la porte d'Auteuil), là encore sous la forme d'une voie souterraine payante. En ce qui concerne la mise en place d'infrastructures, l'avenir est aux péages. Aujourd'hui, en effet, 31 % du budget de la région Île-de-France est consacré aux transports !

■ LA LIGNE LA PLUS FRÉQUENTÉE DU MONDE

Avec la ligne A du RER, qui relie Boissy-Saint-Léger à Saint-Germain-en-Laye, la région parisienne détient au moins un record mondial : celui des trains les plus fréquentés de la planète. Certains jours de novembre 1991, année record, les rames transportaient jusqu'à 68 000 voyageurs par heure. Pour assurer une telle charge, 60 trains circulent aux heures d'affluence, effectuant 311 rotations dans la journée. Mais cela ne suffit pas. La RATP a donc décidé de mettre en place le système Sacem (Système d'aide à la conduite, à l'exploitation et à la maintenance). Il s'agit d'une signalisation qui permettra d'augmenter encore les fréquences de passage. Une fois l'installation généralisée, les trains se suivront à deux minutes d'intervalle aux heures de pointe.

■ ROULER MIEUX : MODE D'EMPLOI

En ville :
• Savoir où l'on se rend, pour ne pas perdre de temps ni en faire perdre aux autres.
• Ne jamais se garer en double file.
• Ne pas forcer le passage aux carrefours encombrés.

Sur la route :
• Préparer son voyage pour éviter les grands axes.
• Consulter les serveurs[1] tels que le « 3615 Route » de la Sécurité routière.
• Respecter les consignes lors des grands départs.
• Ne pas se laisser distraire. En regardant les avions à Orly, par exemple. Car, naturellement, on crée un ralentissement qui va se répercuter loin derrière soi…

1. Organismes privés ou publics exploitant un système informatique permettant la consultation directe de banques de données.

Quand les bonnes idées viennent de la province…

Pas de politique commune, mais une foule d'initiatives locales.

Pour les grandes agglomérations, le problème de la circulation et des transports relève souvent de la quadrature du cercle[1]. Aujourd'hui, il faut en effet diminuer le trafic et respecter l'environnement, tout en freinant les dépenses budgétaires. C'est pourquoi il n'existe pas de politique commune, mais plutôt une multitude d'initiatives locales plus ou moins efficaces. Celles-ci sont souvent le fait de villes qui travaillent depuis des années sur ces problèmes de transports et d'environnement, comme la Rochelle.

1. Problème insoluble.

■ NANTES : REVOILÀ LE TRAM' !

• Nantes et Bobigny ont décidé de faire revivre le tramway, silencieux et non polluant, car électrique.
• Le nombre de kilomètres de lignes augmente régulièrement. Nantes compte déjà une dizaine de kilomètres de tramway « vert ».

■ STRASBOURG : PRIORITÉ AUX PIÉTONS

• Première ville à avoir imposé le 50 km/h *intra-muros*, en mars 90.
• Depuis le début 92, le centre-ville est interdit aux voitures. Mais des places de parkings, des pistes cyclables et des transports en commun ont été créés.

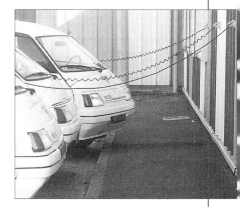

■ LA ROCHELLE : ON Y ROULE À L'ÉLECTRICITÉ

• Un parc locatif de plusieurs centaines de voitures électriques est à la disposition des visiteurs.
• Installées dans les stations-service ou les parkings, des bornes permettent aux conducteurs de recharger eux-mêmes les batteries.

© *Ça m'intéresse*, n° 143.

Le travail

EMPLOI

● L'amélioration récente du marché du travail n'a pas entraîné de modification du taux global d'activité[1]. Le taux d'activité est resté d'une remarquable stabilité depuis la fin des années 80 (environ 55 %).

Entre mars 1994 et mars 1995, la progression constatée pour la population active[2] (+ 142 000 personnes) se situe dans la tendance des années précédentes. Selon l'enquête, 25 280 000 personnes ont un emploi ou en recherchent un en mars 1995.

Comme chaque année, la stabilité du taux d'activité recouvre des différences par sexe et âge, la progression de la population active étant due en presque totalité aux femmes. Le taux d'activité stagne ou baisse pour tous les âges chez les hommes. Dans la tranche d'âge la plus active, celle des 25-49 ans, l'activité des hommes reste légèrement supérieure à 95 % et celle des femmes dépasse les 78 %. De mars 1994 à mars 1995, l'augmentation du taux d'activité féminin est comparable à celle de l'année précédente mais plus faible que celle constatée sur la période 1990-1993. Elle s'observe à partir de 30 ans et elle est particulièrement forte entre 30 et 35 ans et entre 50 et 60 ans. Entre 1993 et 1994, la hausse de l'activité féminine avait seulement concerné la tranche d'âge 40-55 ans.

Chez les moins de 25 ans, l'activité continue de baisser, sauf chez les plus jeunes hommes de 15 à 20 ans ; pour ceux-ci, le taux d'activité stagne en restant légèrement inférieur à 9 %, alors qu'il diminue un peu moins que les années précédentes chez les femmes du même âge, pour atteindre 4,4 %. Il est pos-

sible que le taux d'activité global de cette tranche d'âge arrive à un plancher.

L'activité au-delà de 60 ans est de plus en plus faible, aussi bien pour les femmes que pour les hommes.

Insee Première, n° 389, juin 1995, © INSEE.

_____

1. Rapport entre le nombre d'actifs (actifs occupés + chômeurs à la recherche d'un emploi) et la population totale correspondante.
2. Elle regroupe la population active occupée et les chômeurs.

POPULATION ACTIVE FÉMININE

● Les femmes sont de plus en plus nombreuses à exercer une activité professionnelle. En 1994, entre 25 et 44 ans, près de quatre femmes sur cinq occupent un emploi ou en recherchent un. L'activité féminine atteint son maximum entre 25 et 29 ans : elle concerne désormais huit femmes sur dix contre un peu plus de six sur dix en 1975. Alors que par le passé, les contraintes familiales liées aux naissances et à l'éducation des enfants faisaient baisser le taux d'activité des femmes au-delà de 25 ans, la plupart des femmes d'aujourd'hui n'interrompent plus leur activité professionnelle : le taux d'activité des femmes fléchit à peine entre 30 et 40 ans (77 % d'actives contre 79 % dans la tranche d'âge 25-29 ans en 1994). À

partir de 45 ans, l'activité féminine décline et entre 55 et 59 ans, moins d'une femme sur deux est active.

Les femmes, collection Contours et Caractères, © INSEE, 1995.

CHÔMAGE

● Contrairement aux années précédentes, le nombre de chômeurs a reculé de 180 000 entre mars 1994 et mars 1995, ce qui correspond à une baisse de 0,8 % (de 12,4 % à 11,6 %).

Avec 322 000 créations nettes, la hausse de l'emploi dépasse celle de la population active, restée conforme à la tendance ; ceci reflète l'amélioration du marché du travail dans les secteurs industriels et tertiaires[1]. La reprise économique a bénéficié aux catégories les plus sensibles à la conjoncture : les hommes et, parmi eux, les plus jeunes. Le nombre d'employés augmente mais aussi, contrairement aux années précédentes, celui des ouvriers. Cependant, il s'agit essentiellement d'emplois temporaires : les contrats à durée déterminée et l'intérim enregistrent une forte hausse. Les difficultés restent importantes pour les chômeurs de longue durée et pour les femmes.

Insee Première, n° 389, juin 1995. © INSEE.

_____

1. Secteur primaire : agriculture, pêche.
Secteur secondaire : industrie.
Secteur tertiaire : services (commerce, administration, banque, enseignement, etc.)

UNITÉ
4

LES RÉGIONS

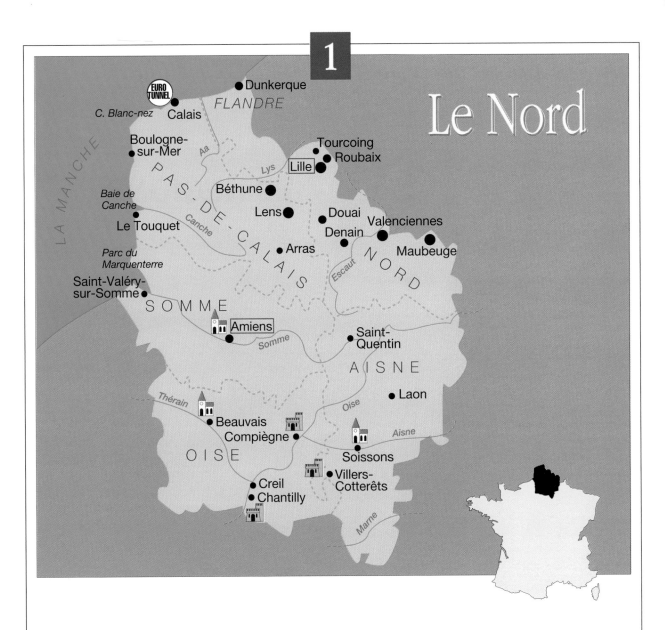

- Dunkerque
- EURO TUNNEL
- FLANDRE
- C. Blanc-nez
- Calais
- Boulogne-sur-Mer
- Aa
- Lys
- Tourcoing
- Roubaix
- Lille
- Béthune
- Baie de Canche
- Lens
- Douai
- Valenciennes
- Denain
- Le Touquet
- Canche
- PAS-DE-CALAIS
- Arras
- NORD
- Maubeuge
- Escaut
- Parc du Marquenterre
- Saint-Valéry-sur-Somme
- SOMME
- Amiens
- Somme
- Saint-Quentin
- AISNE
- Thérain
- Laon
- Oise
- Beauvais
- Aisne
- Compiègne
- OISE
- Soissons
- Creil
- Villers-Cotterêts
- Chantilly
- Marne
- LA MANCHE

Le Nord

NORD-PAS-DE-CALAIS

Préfecture de région : *Lille* (960 000 habitants).
Région formée des départements du *Nord* et du *Pas-de-Calais*.
Principales villes : *Lille, Roubaix, Tourcoing, Valenciennes, Denain, Lens, Béthune, Douai, Dunkerque, Maubeuge, Calais, Boulogne-sur-Mer, Arras.*

■ Comme la Lorraine, le Nord-Pas-de-Calais, où les gens sont si chaleureux, devra oublier la couleur du charbon et les souffrances liées aux crises successives qui ont affecté ce secteur. La région cherche à redorer son image en mettant en valeur l'élégance architecturale de certaines de ses villes et compte sur le tunnel sous la Manche, sur les réseaux d'autoroutes et sur le TGV pour jouer le rôle de carrefour européen qui lui semble naturellement dévolu, puisque le commerce a toujours été un atout pour la Flandre[1].

_____
*1. Plaine qui s'étend en bordure de la mer du Nord,
en France et en Belgique.*

PICARDIE

Préfecture de région : *Amiens* (156 500 habitants).
Région formée des départements de l'*Aisne*, de l'*Oise* et de la *Somme*.
Principales villes : *Amiens, Creil, Saint-Quentin, Compiègne, Beauvais, Soissons, Chantilly, Laon.*

■ La terre de la betterave et du blé est une région qui se bat pour son identité afin d'éviter la confusion avec le Nord tout proche, et elle compte sur le TGV Nord pour gagner la bataille. C'est Pierre Mac Orlan qui disait que pour bien connaître ce pays il fallait y vivre. Y vivre ou y survivre ? Pour l'heure, c'est l'espoir de jours meilleurs qui prédomine.

C'EST À VOIR

NORD-PAS-DE-CALAIS

Le cap Blanc-nez

Il limite au nord-est la baie de Wissant et s'élève à 130 mètres au-dessus du niveau de la mer. Cette falaise, constituée de craie, s'est formée il y a 100 millions d'années. Dès le mois d'avril, elle est envahie par les couples de goélands argentés qui stationnent sur les collines pour nicher[1].

_____
1. Faire leur nid.

Le Touquet

Ses immenses plages doublées de dunes sauvages et son climat très sain en font une station balnéaire appréciée, qui a l'avantage d'être proche de Paris et accessible aux Anglais.

La baie de Canche

Point de rencontre entre eau douce et eau salée, entre sable et craie de la falaise, la baie de Canche est un milieu riche où 480 espèces de plantes et de nombreux animaux vivent en harmonie. Le ruisseau de Camiers alimente un réseau de mares où le paysage végétal surprend par sa diversité. La vie grouille au cœur des dunes et veut bien se montrer à qui sait être patient ; des observatoires ont été installés pour vous permettre d'approcher ce monde mystérieux.

PICARDIE

La cathédrale Notre-Dame d'Amiens

De style gothique, elle est la plus vaste des cathédrales de France et l'une des plus belles d'Europe, au point de faire partie aujourd'hui du patrimoine mondial.

La cathédrale Saint-Pierre de Beauvais

Son chœur est l'un des plus beaux spécimens du gothique et le plus haut du monde. Commencée, interrompue, écroulée, réparée, elle présente finalement une forme inachevée mais le résultat n'en est pas moins admirable.

4 • LES RÉGIONS - LE NORD

115

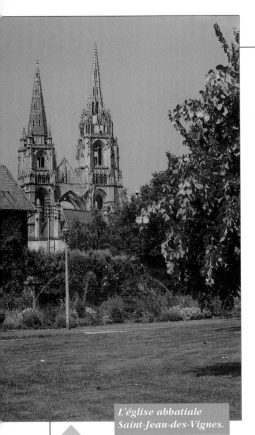

*L'église abbatiale
Saint-Jean-des-Vignes.*

Marquenterre :
paradis pour tous

Sternes, chevaliers gambettes, oies cendrées, milans noirs, cigognes… Ce sont quelque trois cents espèces d'oiseaux (75 % des espèces connues en Europe) qui trouvent havre d'étape[1] et refuge d'hivernage au parc du Marquenterre, à mi-chemin de leurs migrations entre le Grand Nord et les marais sénégalais. Avec ses mille hectares de nature préservée, le domaine du Marquenterre s'organise pour les accueillir de plus en plus nombreuses. Et pour que nous puissions les admirer. Les responsables du parc ornithologique ont la tâche difficile de maintenir un équilibre complexe et fragile entre les eaux, les dunes, les cultures et les oiseaux. Il faut harmoniser les besoins de ces derniers avec ceux de la forêt, des sangliers et des moutons de prés salés qui coexistent sur le même territoire. Un exemple ? Pour que l'avocette accepte de nicher sur place, il faut réguler toute l'année le niveau des eaux et ajouter du gravier sur les îles. Chaque animal a ses exigences. Si le parc du Marquenterre est le paradis des oiseaux, c'est aussi un lieu de promenade où le visiteur peut découvrir héronnières et autres nids, à la longue-vue, depuis des postes d'observation habilement dissimulés. […]

© L'envol en pays de Somme.

1. Lieu de repos.

Soissons

À moins de 100 km de Paris et à 200 km de Bruxelles, première capitale de France sous Clovis puis berceau de l'architecture gothique, Soissons a su préserver et mettre en valeur des monuments offrant un grand intérêt :
• L'église abbatiale Saint-Jean-des-Vignes (XIVe-XVIe siècles) : ses deux grandes flèches de pierres sculptées dominent la ville.
• La cathédrale Saint-Gervais-Saint-Protais : son croisillon méridional (fin XIIe siècle) constitue l'un des chefs-d'œuvre du gothique.
• Dans la crypte Saint-Médard (IXe siècle) se trouvent les tombeaux de Clotaire Ier et de Sigebert, rois mérovingiens.

Le château
de Chantilly

Il fut occupé par les grandes familles princières (Montmorency, Condé). Les améliorations successives ajoutées par les générations de Montmorency, les jardins de Le Nôtre, la terrasse et les aménagements intérieurs en firent un château rival des châteaux royaux. Rasé sous la Révolution, il fut reconstruit à la fin du XIXe siècle.

Le château
de Compiègne

Troisième palais royal et impérial (après Versailles et Fontainebleau), il présente une façade sévère et presque mono-

tone. En 1770, Louis XVI y rencontra sa future épouse Marie-Antoinette, et tous deux s'occuperont activement de son aménagement intérieur. Napoléon III et Eugénie apprécieront à leur tour le palais, y recevant les célébrités de l'époque. C'est ainsi que Mérimée composera, pour distraire les hôtes, la fameuse dictée dans laquelle Eugénie obtint le record des fautes, soit 62.

Le château
de Villers-Cotterêts

Transformé en maison de retraite, il conserve une partie historique ouverte au public, avec le grand escalier au plafond de pierre sculptée, et la salle François Ier dont la cheminée s'orne d'une salamandre.

*Le parc du
Marquenterre.*

HOUILLÈRES DU NORD-PAS-DE-CALAIS : C'EST FINI

L'année 1993 aura coïncidé avec la disparition des houillères du Nord-Pas-de-Calais. La fin d'une épopée industrielle de 270 ans.

La véritable mort de la mine, dans le Nord, remonte en fait déjà à la fermeture du dernier puits de la région, la fosse 9 d'Oignies, en décembre 89. La grande histoire de l'extraction charbonnière avait débuté en 1720 à Fresnes-sur-Escaut. L'exploitation du charbon atteindra son apogée en 1930, avec une production de 35 millions de tonnes. Les houillères du bassin Nord-Pas-de-Calais voient le jour à la Libération, avec la nationalisation et le regroupement de 18 compagnies minières privées, au moment de la « bataille du charbon », lancée par le général de Gaulle pour la reconstruction de la France. Épuisement des gisements et énergies nouvelles ont accéléré la disparition de la mine, un monde à part, qui aura profondément marqué la mémoire collective de la région.

CALAIS FAIT DANS LA DENTELLE

Arrivée à Calais au début du XIXᵉ siècle, l'industrie dentellière reste encore le premier employeur de la ville. Parvenu à survivre à une série de crises impressionnantes, le marché de la dentelle perpétue la tradition tout en confortant une image de produit haut de gamme.

2 500 personnes travaillent toujours au service des 28 entreprises dentellières. Mais pour que ces dernières restent productives et prospères, il a fallu faire appel aux métiers[1] électroniques de conception plus récente. La production de cette dentelle destinée à la grande distribution côtoie toujours la dentelle traditionnelle, haut de gamme et de qualité supérieure. Le savoir-faire que requiert celle-ci se transmet de génération en génération, au cours d'un long apprentissage. Enfin, pour se protéger de la concurrence japonaise, les industries dentellières de Calais font preuve de création en suivant de près les tendances de la mode. L'image artisanale de la dentelle côtoie aujourd'hui l'industrie ultra-moderne, en restant une œuvre d'art.

1. Ici, au sens « d'appareils ».

LES PAVÉS DE PARIS-ROUBAIX CLASSÉS

La course cycliste Paris-Roubaix vient de franchir une étape historique. Ses célèbres pavés seront désormais classés.

« L'enfer du Nord » symbolise, plus que nulle autre course cycliste, le courage, la ténacité, la souffrance. Mais une menace planait sur les célèbres pavés, ces « gros sucres » qui avaient tendance à fondre et sans lesquels cette épreuve n'aurait plus de raison d'être. Bonne nouvelle pour leurs nombreux partisans : le ministre de l'Environnement a engagé la procédure de classement, en tant que monuments historiques, de six secteurs pavés de 8,4 km au total.

AZINCOURT : SUIVEZ LA FLÈCHE

Sur la route du Touquet, Azincourt interpelle notre mémoire collective... lointaine. En 1415, nos arbalétriers essuyaient les flèches des archers anglais. Un musée rappelle la fameuse bataille.

Les leçons d'histoire insistent souvent, davantage sur les victoires que sur les défaites. L'histoire, avec un « H » majuscule, est cependant impitoyable : Azincourt fut le résultat de la politique d'un roi fou – Charles VI – et l'échec d'une noblesse française empêtrée dans ses rivalités. De l'autre côté de la Manche, on s'en souvient encore.

Des Anglais ont ainsi érigé sur le site un musée-café-boutique souvenirs. Au programme de la visite, l'aperçu du site de la bataille, au travers de ce qui est aujourd'hui un champ de blé, coincé entre deux bois, comme le furent nos chevaliers. Yes, Sir...

SEVELNORD, L'USINE PROVIDENCE

L'usine automobile, commune à PSA Peugeot-Citroën et Fiat, qui est installée à Hordain, apparaît d'ores et déjà comme la soupape de sécurité d'une région fortement touchée par le chômage.

L'automate aux oubliettes ? Certes non. Pourtant, tout en reconnaissant l'apport des robots, les responsables de Peugeot, qui conduisent le projet Sevelnord, se proposent de redonner la priorité à l'homme. D'une capacité de production relativement modeste (500 véhicules par jour), l'usine autorise une automatisation moins poussée que d'autres, comme Peugeot-Poissy (1 500 véhicules par jour). Quelque 3 500 personnes travaillent sur le site et fabriquent une gamme de voitures dites « monospaces », commercialisées sous les marques des deux groupes alliés – Peugeot, Citroën, Fiat et Lancia. Dans une région au taux de chômage actuel de 16 %, soit 6 % de plus que la moyenne nationale, l'arrivée de Sevelnord est apparue comme un salut. Aux termes d'une convention signée en juillet 1991, 75 % des emplois sont réservés à la main-d'œuvre locale.

L'usine, créée de toutes pièces, avec un personnel nouveau, comprend des locaux de 230 000 m² installés sur un domaine de 160 hectares, et elle est la première usine européenne de construction de « monospaces ».

NORD : LE TEXTILE AGONISE

En 15 ans d'activité, l'industrie du textile s'est colorée en gris foncé. Un drame social et économique est en train de se jouer dans le Nord de la France.

Les chiffres sont là et plus personne ne tente de s'y opposer ou de se battre. La résignation serait-elle de mise chez nos amis, les « Chti[1] » ? En près de 15 ans, le textile a perdu environ 65 % de ses effectifs, a licencié faudrait-il écrire pour être tout à fait exact.

Ainsi, une à une, les industries ferment leurs portes et les employés désemparés quittent à jamais les ateliers de laine et de fibres. Il est vrai qu'à l'ère où le syndicalisme connaissait ses heures de gloire, les salariés menacés par le licenciement se battaient corps et âme pour retarder une échéance qu'ils savaient inévitable.

Alors aujourd'hui, ils quittent Phildar ou la Lainière, emportant avec eux leurs années de bons et loyaux services et le petit pécule que leur versent les entreprises. Décidément à Lille-Roubaix-Tourcoing, on se meurt en silence.

1. Nom familier pour désigner les habitants du Nord de la France.

LA CATHÉDRALE DE BEAUVAIS EN PÉRIL

Fissures sur les voûtes, inclinaison dangereuse des piliers : la plus haute cathédrale du monde vacille.

La cathédrale de Beauvais, la plus lumineuse, la plus pure, la plus haute des cathédrales gothiques du monde, avec ses voûtes vertigineuses qui s'élèvent à cinquante mètres au-dessus du sol, se désagrège inexorablement. Nul ne peut dire à quel moment les évolutions atteindront un seuil au-delà duquel elles dégénéreront en scénario catastrophe. De petits morceaux de pierre calcaire viennent déjà se briser sur les dalles, malgré les filets de protection.

Une des raisons de ce désastre est à mettre sur le compte des fondations, côté chœur où, en

1499, au moment où elles ont été creusées, les bâtisseurs se sont arrêtés sur la terre meuble. Le

problème du financement reste entier, car l'État fait la sourde oreille.

ILS Y ONT VÉCU
ils en ont parlé...

La fosse

Dans la plaine rase, sous la nuit sans étoiles, d'une obscurité et d'une épaisseur d'encre, un homme suivait seul la grande route de Marchiennes à Montsou, dix kilomètres de pavé coupant tout droit, à travers les champs de betteraves. Devant lui, il ne voyait même pas le sol noir, et il n'avait la sensation de l'immense horizon plat que par les souffles du vent de mars, des rafales larges comme sur une mer, glacées d'avoir balayé des lieues de marais et de terres nues. Aucune ombre d'arbre ne tachait le ciel, le pavé se déroulait avec la rectitude d'une jetée, au milieu de l'embrun aveuglant des ténèbres. [...]

Depuis une heure, il avançait ainsi, lorsque sur la gauche, à deux kilomètres de Montsou, il aperçut des feux rouges, trois brasiers brûlant au plein air, et comme suspendus. D'abord, il hésita, pris de crainte ; puis, il ne put résister au besoin douloureux de se chauffer un instant les mains.

Un chemin creux s'enfonçait. Tout disparut. L'homme avait à droite une palissade, quelque mur de grosses planches fermant une voie ferrée ; tandis qu'un talus d'herbe s'élevait à gauche, surmonté de pignons confus, d'une vision de village aux toitures basses et uniformes. Il fit environ deux cents pas. Brusquement, à un coude du chemin, les feux reparurent près de lui, sans qu'il comprît davantage comment ils brûlaient si haut dans le ciel mort, pareils à des lunes fumeuses. Mais, au ras du sol, un autre spectacle venait de l'arrêter. C'était une masse lourde, un tas écrasé de constructions, d'où se dressait la silhouette d'une cheminée d'usine ; de rares lueurs sortaient des fenêtres encrassées, cinq ou six

lanternes tristes étaient pendues dehors, à des charpentes dont les bois noircis alignaient vaguement des profils de tréteaux gigantesques ; et, de cette apparition fantastique, noyée de nuit et de fumée, une seule voix montait, la respiration grosse et longue d'un échappement de vapeur, qu'on ne voyait point.

Alors, l'homme reconnut une fosse.

Émile ZOLA, *Les Rougon-Macquart, Germinal*.

Fantaisie

Les anecdotes abondent qui peuvent refléter le caractère picard : elles sont à la fois lourdes et légères. On peut toutefois citer celle-ci comme un modèle de flegme un peu britannique qui rapproche le Picard de ses voisins d'outre-Manche : – « Hé Picard ! Ta maison brûle » « J'm'en f..., j'ai l'clé dans m'poque.[1] » Il faut savoir se créer des certitudes consolantes. Cette philosophie n'est pas plus sotte que tant d'autres. Elle a, en premier mérite, celui d'être brève. On peut aimer la fantaisie picarde, qui souvent rappelle l'esprit des anciens conteurs : elle porte en soi le calme des expériences qui ne sont point stériles et ce scepticisme un peu goguenard[2] qui donne de l'agrément à la vie villageoise.

Pierre MAC ORLAN, *Les Provinces de France*, © Éditions Odé.

———————————
1. « J'm'en fous, j'ai la clé dans ma poche. »
2. *Moqueur*.

VICTOR HUGO

À Saint-Valéry-sur-Somme, en septembre 1887, il écrivit *Oceano Nox*.

Au bas d'un dessin dédié à Juliette Drouet, son grand amour, il composa ces vers :

Ô souvenirs, beaux jours, douceurs passées
Rappelle-toi ce ciel, ces rues, ces grands tableaux,
Quand nous laissions errer, confondant nos peines,
Nos pas sur ces rochers, nos âmes sur les flots.

AMIENS

Pierre Choderlos de Laclos, auteur des *Liaisons dangereuses* y est né, ainsi que Roland Dorgelès, auteur des *Croix de bois*.

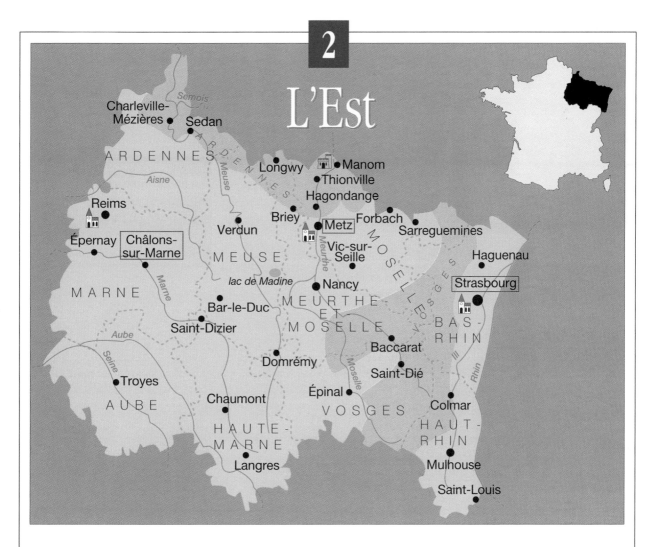

2

L'Est

Charleville-
Mézières • Sedan

A R D E N N E S

Semois

Aisne

Longwy • Manom
• Thionville
Hagondange

Reims

Briey

Forbach

Épernay Châlons-
sur-Marne

Verdun

Metz Sarreguemines

M E U S E

Vic-sur-
Seille

Haguenau

lac de Madine

M A R N E

Marne

Nancy

Strasbourg

Bar-le-Duc

M E U R T H E -
E T -

B A S -
R H I N

Aube

Saint-Dizier

M O S E L L E

Baccarat

Seine

Troyes

Domrémy

Saint-Dié

A U B E

Chaumont

Épinal

V O S G E S

Colmar

H A U T -
M A R N E

H A U T -
R H I N

Langres

Mulhouse

Saint-Louis

LORRAINE

Préfecture de région : *Metz*
(195 000 habitants).
Région constituée des départements
de la *Meurthe-et-Moselle,* de la *Meuse,*
de la *Moselle* et des *Vosges.*
Principales villes : *Nancy, Metz,
Thionville, Hagondange, Briey, Forbach,
Épinal, Longwy, Saint-Dié, Sarreguemines,
Verdun, Bar-le-Duc.*

■ Terre d'entre-deux, ancienne
Lotharingie, c'est seulement après
la seconde guerre mondiale que
la région Lorraine a pris forme.
Bastion de la France face à la
puissance allemande, la Lorraine
a donné l'image d'une terre
nationaliste qui a vu naître
Jeanne d'Arc, Maurice Barrès[1] et
de nombreux généraux. Région
de sidérurgie et de charbon,
elle apparaît comme l'archétype
de la région industrielle en crise,
guettée par le vieillissement.
Mais les cristalleries de Baccarat

et la papeterie, avec les fameuses
images d'Épinal, semblent se
maintenir.

*1. Écrivain et homme politique
du XXᵉ siècle.*

ALSACE

Préfecture de région : *Strasbourg*
(389 000 habitants).
Région constituée des départements
du *Bas-Rhin* et du *Haut-Rhin.*
Principales villes : *Strasbourg, Mulhouse,
Colmar, Saint-Louis, Haguenau.*

■ Marge frontalière, lieu de
confluence des cultures française et
allemande, c'est une des régions les
plus dynamiques démographique-
ment. Pendant des siècles, elle a vécu
essentiellement de son agriculture ;
pourtant, l'Alsace, ce n'est pas
que le vin blanc et la choucroute.
Strasbourg est le siège de plusieurs
institutions internationales,
en particulier le Conseil de l'Europe
et le Parlement européen.

CHAMPAGNE-
ARDENNE

Préfecture de région : *Châlons-sur-
Marne* (61 500 habitants).
Région constituée des départements
des *Ardennes,* de l'*Aube,* de la *Marne* et
de la *Haute-Marne.*
Principales villes : *Reims, Troyes,
Charleville-Mézières, Châlons-sur-Marne,
Saint-Dizier, Épernay, Sedan, Chaumont.*

■ D'un côté, les coteaux
champenois et ce champagne qui
fait honneur à la France, de l'autre
la métallurgie ardennaise, et au
milieu, un secteur qui a beaucoup
souffert, celui de la bonneterie[1].
La Champagne-Ardenne relie la
Bourgogne à la Belgique et de
ce fait a bien du mal à développer
sa propre identité. Elle souffre
de surcroît de sous-peuplement et
de concurrence entre ses villes.

*1. Industrie, commerce d'articles
d'habillement en tissu à mailles
(bas, chaussettes, etc.).*

Verdun : l'ossuaire de Douaumont.

extrême. Les spécialistes affirment que Madine est l'un des rares sites d'Europe à permettre des vitesses très élevées, en raison de sa situation sur un plateau qui offre parfois des vents puissants.

Nancy

La ville est composée de trois parties différentes : l'une du Moyen Âge, l'autre de la Renaissance et la dernière du siècle des Lumières. Celle-ci fut fondée par Stanislas, qui a donné son nom à la place la plus célèbre de la ville. On ne saurait parler de Nancy sans citer l'École de Nancy, fondée par le verrier Gallé (1846-1904) et dont le rôle fut essentiel dans les arts décoratifs de la fin du XIXe siècle.

Le château de la Grange à Manom

Ce superbe château fut construit par Robert de Cotte en 1714 sur les vestiges d'un château féodal ruiné par la guerre de Trente Ans et dont subsistent aujourd'hui encore les douves. Conservant de remarquables collections de mobilier, objets d'art, céramiques et tableaux, cet édifice, classé monument historique, est toujours empreint des souvenirs de la famille de Fouquet qui procéda à son acquisition.

Verdun

Chaque année, environ 400 000 personnes font une halte sur les champs de bataille, tristement célèbres, de Verdun. Cette ville, dont certaines enquêtes affirment qu'elle est la deuxième ville française la plus connue dans le monde après Paris, doit sa

notoriété à l'image même de la barbarie de la guerre, en particulier de celle qu'on avait appelée la « der des ders[1] ». Sans renier ce passé, visible à chaque pas dans les rues de Verdun, la ville veut manifester son souci d'être un symbole pour la paix d'aujourd'hui et de demain. Son projet de centre mondial de la Paix s'établit dans cet esprit.

---

1. Il s'agit de la première guerre mondiale, appelée avec un optimisme aujourd'hui démenti : la dernière des dernières.

Baccarat

Son musée du cristal réunit les créations anciennes et contemporaines de la célèbre cristallerie.

Verres en cristal de Baccarat.

Vitraux de Chagall.

La cathédrale Saint-Étienne de Metz

Construite du XIIIe au XVIe siècle, elle se singularise notamment par ses 6 500 m^2 de verrières (la plus grande surface en France) qui lui ont valu le surnom de « Lanterne de Dieu ». À admirer tout particulièrement : la nef, haute de 42 mètres, les vitraux de Chagall, la tour de la Mutte (90 mètres) qui doit son nom à la célèbre cloche de 11 tonnes qu'elle abrite, la « Chaise de saint Clément », taillée dans un fût de colonne en marbre, ou encore la représentation en bois (XVe siècle) du « Graoully », dragon légendaire terrassé par saint Clément, 1er évêque de Metz.

Le lac de Madine

Conçu au départ comme un réservoir d'eau potable pour l'agglomération de Metz, le lac de Madine est devenu un site touristique visité par 300 000 personnes par an. D'une superficie de 1 100 hectares, il est apprécié aussi bien des amateurs de baignade en famille que des fous d'ornithologie ou des passionnés de planche à voile

C'EST À VOIR

ALSACE

La cathédrale Notre-Dame de Strasbourg

Sa flèche, de 142 mètres de haut, a résisté à tous les bombardements. Sa construction, commencée au XIIIᵉ siècle, s'étend sur les XIVᵉ et XVᵉ siècles, tout en conservant à l'édifice le style gothique le plus pur et le plus hardi qui soit en France.

CHAMPAGNE-ARDENNE

Le sacre de Charles VII en 1429.

Reims

Le baptême de Clovis en 497 en fit la ville des sacres, dont le cérémonial sera maintenu jusqu'à Charles X.
La cathédrale Notre-Dame est un chef-d'œuvre de l'architecture gothique à son apogée, où vingt-huit rois reçurent leur pouvoir de droit divin.

■ En bref...

LA MEUSE AU RYTHME DE LA « DER DES DERS »

L'univers des « poilus » n'aura plus de secret pour vous si vous passez par Verdun et sa citadelle.

L'office de tourisme de la Meuse a décidé de faire revivre ce qu'il considère comme étant « le plus important site touristique de la première guerre mondiale » : la citadelle de Verdun. Celle-ci, construite au IXᵉ siècle et réaménagée au XIXᵉ, constitua l'univers quotidien mais aussi la base stratégique des soldats français pendant la bataille de Verdun, en 1916. Aujourd'hui, on peut, à bord de véhicules autoguidés, déambuler au cœur des souterrains qui abritèrent 10 000 hommes. Une demi-heure, c'est peu pour découvrir les sept kilomètres de galeries de la citadelle et pourtant, tout a été fait pour que les visiteurs se mettent dans l'ambiance de cette bataille française historique, puisqu'une tranchée a même été reconstituée. Les organisateurs espèrent accueillir 150 000 personnes annuellement : petits et grands auront peut-être l'occasion de dé-

couvrir un peu de la vie de leurs ancêtres « poilus ». Alors, si vous passez par la Lorraine…

LORRAINE : LE TIMBRE CRISTALLIN

Baccarat, Saint-Louis, Daum[1] : des noms qui sonnent comme des verres de cristal lors d'un coup d'ongle sur leur rebord.

La Lorraine s'enorgueillit, à juste titre, de perpétuer une tradition vieille de plus de quatre siècles : la production de cristal, à laquelle travaillent encore aujourd'hui plus de 4 000 verriers. Baccarat, Nancy (Daum), Vannes-le-Châtel, Saint-Louis-lès-Bitche, mais aussi Lemberg et Wingen-sur-Moder (Lalique) ou Portieux, autant de sites prestigieux qui jalonnent ainsi la fameuse route du cristal. Tous accueillent chaleureusement les visiteurs. Près de Saint-Louis, la Maison du verre et du cristal de Meisenthal retrace l'épopée des premiers verriers, l'évolution des techniques, et présente de très belles pièces de toutes les époques.

1. Famille de verriers très réputée.

LONGWY : HISTOIRE DE LA FAÏENCE

Le premier congrès international de céramologie[1] s'est tenu à Longwy. L'apport de la chimie a notamment été mis en avant en archéologie de la faïence.

Longwy, capitale de ces célèbres vases de faïence bleue, a accueilli bon nombre d'historiens de l'art, mais également des archéologues férus de chimie qui ont démontré tout ce que la science pouvait apporter à la connaissance de l'histoire des sites fouillés. Ainsi, la chimie facilite-t-elle, par l'analyse de la composition des argiles utilisées, la résolution des problèmes d'appartenance. Par déduction, les productions locales sont cernées, les objets de provenance extérieure identifiés. L'état des travaux a été établi pour l'assistance par Maurice Picon, chercheur du CNRS à Lyon, et Jean Rosen, coordonnateur du Groupe de recherches sur la faïence française. Ce dernier applique actuellement la méthode sur le site de Meillonnas, près de Dijon, où la chimie a d'ores et

déjà permis, sinon d'établir des certitudes, du moins de lever bien des hypothèses.

1. Science de la céramique.

LA FIN DES MINES DE FER

Les « gueules jaunes[1] » ont fait entendre le bruit de leurs excavatrices en plein centre-ville, manifestant leur peur du lendemain : rien n'y a fait, les mines fermeront.

Ils ont occupé le centre de Metz, espérant que Lormines et les pouvoirs publics reviendraient sur des décisions prises bien avant qu'ils en aient connaissance. Et irréversibles. Les mineurs ne peuvent aujourd'hui qu'attendre les échéances : l'extinction progressive des bassins sidérurgiques de Lorraine. En commençant par les installations de Mairy-Mainville. Les autres suivront, comme l'avait annoncé le P-DG d'Usinor-Sacilor. Ne se posent plus, désormais, que (!) les problèmes

1. Surnom des sidérurgistes dans l'argot du Nord.

relatifs à la reconversion des personnels. La direction de Lormines se veut rassurante et souligne le reclassement de 400 sidérurgistes. Les syndicats souhaitent des garanties.

UN HAUT-FOURNEAU CLASSÉ

Le maire d'Uckange, en Moselle, a annoncé le classement, au rang des monuments historiques, du haut-fourneau n° 4 de l'usine Lorfonte, fermée en décembre 1991. Mis en service au début des années 1960, rénové à plusieurs reprises, le « U-4 » est encore en bon état et rendra hommage aux sidérurgistes lorrains, au nombre de 78 000 en 1974 et qui ne sont plus que 14 000 aujourd'hui.

LE VIN DE MOSELLE

Chantés par le poète gallo-romain Ausone ou par Jacques Brel[1], les vins de Moselle égayent les tables de la contrée, des plus familiales aux plus renommées, et ajoutent un goût de terroir à la gastronomie régionale.
De Vic-sur-Seille au Pays de Sierck en passant par le Val Messin, les Pinots gris, blancs, noirs, Auxerrois et autres Muller Thurgau perpétuent la tradition d'une époque où, réputés pour leur qualité, les vins des coteaux mosellans paraient les meilleures tables de France.

---

1. *Célèbre chanteur belge décédé en 1978.*

ÉMAUX DE LONGWY : DU BLEU AU ROUGE

En reprenant l'entreprise, le groupe Kostka a insufflé aux Émaux de Longwy une nouvelle créativité et le dynamisme d'un réseau de 600 points de vente.
Les fidèles des faïences bleues ne s'y retrouvent plus. Fondés en 1798, les Émaux de Longwy étaient jusqu'ici prisés par une

clientèle d'amateurs locaux et traditionalistes. Avec Kostka, le chiffre d'affaires de l'entreprise fit, dès la première année de la reprise, un bond en avant de 50 %. Aujourd'hui, 600 boutiques diffusent les célèbres plats ou vases bleus… devenus rouges ou jaune d'or. Le travail est toujours exécuté à la main, mais formes et couleurs évoluent. Pour notre plaisir.

ALSACE : PÔLE DE LA BIOTECHNOLOGIE

L'Alsace fait figure de terrain de combat dans le secteur médical. Les principaux adversaires : le Suisse Ciba-Geigy et l'Américain Eli Lilly. L'enjeu : la biotechnologie.
La biotechnologie, pour les non-initiés, consiste en l'étude du vivant, et plus particulièrement des gènes, pour une application pratique dans des domaines tels que la pharmaceutique, l'agroalimentaire ou l'esthétique. L'Alsace semble avoir été choisie par les plus grands pour devenir un terrain de recherche privilégié. Il est vrai que cette région est particulièrement attractive avec les chercheurs du CNRS, de l'INSERM[1] ou de l'université Louis-Pasteur. Mais l'annonce faite par Ciba-Geigy, firme pharmaceutique suisse, de construire un centre de recherche de biotechnologie en Alsace, a mis le feu aux poudres[2]. Ainsi, 24 h plus tard, Eli Lilly, son rival américain, doublait le montant de son programme de recherche pour l'unité de Fergersheim, près de Strasbourg. Un nouveau défi pour les sociétés régionales, qui entendent bien ne pas rester à la traîne. Transgène, qui compte 130 personnes et qui a déposé 48 brevets, ne devrait pas se faire trop de soucis, grâce à la qualité de ses chercheurs, réputés dans le monde entier.

---

1. *Institut national de la santé et de la recherche médicale.*
2. *Provoquer une réaction de colère.*

ALSAPRINT[1] : L'ÉCOLOGIE AU SERVICE DE LA PRESSE

Le papier recyclé est à la mode. Depuis plus de vingt ans déjà, les Papeteries « Matussière et Forest » y consacrent leur énergie, effort récompensé par le prix Éco-Produit.
La production de papier est bien connue pour la pollution qu'elle entraîne : déchets toxiques et énergie polluante lui ont donné une bien mauvaise image. Le recyclage est une solution et les Papeteries « Matussière et Forest » l'ont bien compris : depuis 1970, l'unité de Turckheim intègre dans son processus de fabrication le désencrage. Ce procédé permet d'obtenir du papier recyclé, grâce à des bains de savon, qui font remonter à la surface l'encre des imprimés. L'innovation de « Matussière et Forest » consiste en un papier recyclé à 100 % et, surtout, de qualité technique améliorée. C'est une première au niveau mondial et Alsaprint a d'ailleurs été récompensé par le prix Éco-Produit. C'est en fait toute la politique de.recyclage de « Matussière et Forest » qui vient ainsi d'être mise à l'honneur.

---

1. *Appellation d'un papier.*

JAMBON D'ARDENNE : LA QUALITÉ ET LE CHOIX

Qu'il soit belge ou français, le jambon d'Ardenne est fumé ou séché.
Les Ardennais de Belgique font remonter les origines de leur jambon fumé à l'Empire romain. C'est leur forêt qui lui donne son parfum : baies de genévriers, branches de genêts et feuilles de thym. Celles-ci doivent se consumer lentement dans le fumoir avec, de préférence, de la sciure de hêtre ou de chêne, qui teintera le jambon de brun rougeâtre et parfumera sa chair.

Le jambon des « Ardennes de France », lui, a été créé il y a une dizaine d'années. Il ne peut obtenir son label qu'à condition de répondre à des critères précis de sélection, à partir de porcs ayant subi un engraissage d'au moins 16 semaines et une alimentation exclusive à base de céréales. Il doit être sec à l'intérieur, moelleux à l'extérieur.
Fumé ou séché, belge ou français, le jambon d'Ardenne ne manque ni de partisans ni de concurrents envieux.

CHAMPAGNE : UN TRAIN FUTURISTE AU SERVICE DE LA COMMUNICATION

Quand le roi de la bulle[1] change d'air, l'industrie du champagne fait peau neuve.
C'est en décembre qu'a été inauguré le circuit de visite de la maison Piper-Heidsieck. Exit le petit train bringuebalant[2], vive la modernité ! Ce sont maintenant huit nacelles futuristes, glissant grâce à un circuit électromagnétique, qui emportent les visiteurs dans le monde magique et pétillant du champagne. Il faut dire que la société n'a pas lésiné sur les moyens : ces nouvelles installations ont coûté la bagatelle de 10 millions de francs. Selon le directeur des relations publiques de Piper-Heidsieck, cet investissement devrait permettre de réaliser leur ambition : « devenir la maison de champagne la plus visitée ». Il faut dire que le résultat est au-delà de toutes les espérances : la visite, qui dure 17 minutes et qui peut être commentée en six langues, débute par une galerie amusante où le ciel est bleu, les oiseaux sifflent et où des mains géantes coupent le raisin. Mais surtout, les ignares que nous sommes peuvent découvrir tous les secrets de la fabrication du breuvage le plus réputé au monde.

---

1. *Par allusion aux bulles de champagne.*
2. *Sans stabilité.*

La Meuse

[...]

Adieu, Meuse endormeuse et douce à mon enfance,
Qui demeures aux prés, où tu coules tout bas.
     Meuse, adieu : j'ai déjà commencé ma partance
En des pays nouveaux où tu ne coules pas.

     Voici que je m'en vais en des pays nouveaux :
Je ferai la bataille et passerai les fleuves ;
Je m'en vais m'essayer à de nouveaux travaux,
Je m'en vais commencer là-bas les tâches neuves.

     Et pendant ce temps-là, Meuse ignorante et douce,
Tu couleras toujours, passante accoutumée,
Dans la vallée heureuse où l'herbe vive pousse,

O Meuse inépuisable et que j'avais aimée.
                    Un silence.

     Tu couleras toujours dans l'heureuse vallée ;
Où tu coulais hier, tu couleras demain.
Tu ne sauras jamais la bergère en allée,
Qui s'amusait, enfant, à creuser de sa main
Des canaux dans la terre, – à jamais écroulés.
     [...]
                 Charles PÉGUY, *Jeanne d'Arc à Domremy.*

Langres

Nous avons ici une promenade charmante. C'est une grande allée d'arbres touffus qui conduit à un bosquet d'arbres rassemblés sans symétrie et sans ordre. On y trouve le frais et la solitude. On descend par un escalier rustique à une fontaine qui sort d'une roche. Ses eaux reçues dans une coupe coulent de là, et vont former un premier bassin ; elles coulent encore et vont en remplir un second ; ensuite reçues dans des canaux, elles se rendent à un troisième bassin, au milieu duquel elles s'élèvent en jet. La coupe et ces trois bassins sont placés les uns au-dessous des autres, en pente, sur une assez longue distance. Le dernier est environné de vieux tilleuls. Ils sont maintenant en fleurs ; entre chaque tilleul on a construit des bancs de pierre. C'est là que je suis à cinq heures. Mes yeux errent sur le plus beau paysage du monde. C'est une chaîne de montagnes entrecoupées de jardins et de maisons au bas desquelles serpente un ruisseau qui arrose des prés et qui, grossi des eaux de la fontaine et de quelques autres, va se perdre dans une plaine.

                 Denis DIDEROT, *Lettres à Sophie Volland, 1759.*

Strasbourg

                         À M. le Dr Bucher.

La Cathédrale, toute rose entre les feuilles d'avril, comme un être que le sang anime, à demi humain,
     Le grand Ange rose de Strasbourg qui est debout entre les Vosges et le Rhin,
     Contient bien des mystères dans son livre et des choses qui ne sont pas racontées
     Pour l'enfant qui vers ce frère géant lève les yeux avec bonne volonté.
     Salut, Mères de la France là-bas, Paris et Chartres et Rouen,
     Grandes Maries toutes usées et chenues[1], ô Mères toutes noires de temps !
     Mais qu'il est jeune ! qu'il est droit ! comme il tient fièrement sa lance !
     Qu'il fait de plaisir à voir dans le soleil, plein de menaces et d'élégance,
     [...]
                 Paul CLAUDEL, in *Corona benignitatis anni Dei,*
                                    © Gallimard.

───────────
1. Vieilles.

GEORGES DE LA TOUR

Né à Vic-sur-Seille de parents boulangers, il deviendra peintre officiel de Stanislas de Lorraine, puis du roi Louis XIII. Aujourd'hui, Vic-sur-Seille lui rend hommage dans le splendide Hôtel de la Monnaie aménagé en musée. Grâce à de très belles reproductions, l'ensemble de l'œuvre de l'un des plus grands maîtres du clair-obscur est pour la première fois rassemblé dans un même lieu.

RIMBAUD

De ses pérégrinations à travers les Ardennes, il ne reste guère de traces visibles qu'à Charleville-Mézières. Jean Nicolas Arthur Rimbaud est né rue Thiers, le 20 octobre 1854. Sa mère, Vitalie Cuif, était originaire de Roche où sa famille possédait une ferme.
Femme énergique et autoritaire, elle avait 27 ans lorsqu'en 1852 elle rencontra, place de la musique (l'actuel square de la gare), le capitaine d'infanterie Rimbaud, alors cantonné à Mézières.
Leur mariage fut célébré l'année suivante.
Arthur Rimbaud fut le second enfant d'une famille qui en comptera quatre, deux filles et deux garçons.
Le père, fréquemment absent, quittera définitivement sa famille dès 1860 et c'est donc Mme

ILS Y ONT VÉCU

ils en ont parlé...

Rimbaud qui élèvera seule ses enfants dans la stricte discipline que lui dictait un souci profond des principes moraux.

Après avoir fréquenté l'Institut Rossat, Arthur, et son frère Frédéric, poursuivent leur scolarité au collège de Charleville-Mézières, aujourd'hui bibliothèque municipale, place de l'Agriculture.

Brillant élève, Arthur y accumule les prix et se lie d'amitié avec son professeur de lettres, M. Izambard, qui l'initie aux poètes contemporains. C'est à cette époque qu'il emménage quai de la Madeleine, aujourd'hui quai Rimbaud, et qu'il écrit ses premiers poèmes.

Dès l'année 1870, le jeune poète fait sa première fugue et part pour Paris avec un billet de chemin de fer valable jusqu'à Saint-Quentin, ce qui lui vaut quelques jours de prison avant son retour à Charleville-Mézières.

Il ne cessera alors de vouloir quitter sa ville natale vers laquelle il reviendra pourtant invariablement jusqu'en 1880. On le voit à la recherche d'un emploi de journaliste à Charleroi, d'un idéal communard[1] à Paris...

En 1871, il rencontre Verlaine et lui présente son *Bateau ivre*...

C'est le début d'une amitié tumultueuse marquée par la personnalité excessive de Rimbaud.

À Londres comme à Paris, les brouilles sont violentes.

Le jeudi 5 octobre 1882, paraît dans le journal *Le Courrier des Ardennes* le premier article d'une série intitulée « Nos Ardennes ». Verlaine y dépeint les paysages et les hommes de cette région qui, dans le sud du département, lui était si familière : la Champagne ardennaise.

Prolégomènes[1]

Il y a en France des contrées aussi belles que les Ardennes. Il n'y en a peut-être pas de plus belles, il n'y en a surtout pas de plus françaises, à n'importe quel point de vue.

Patriotisme, froid mais d'autant plus sûr, bon langage et jolis patois, agriculture, industrie, instruction, et, ce qui ne gâte rien, même en ce moment-ci, moralité : nos Ardennes présentent à l'observateur, ou même au simple touriste, toutes les qualités et toutes les richesses de la terre et de l'âme française. J'allais oublier cette fine gaieté, cette malice sans fiel, apanage[2] incontestable du « naturel », de nos villes et villages champenois et ardennais proprement dits.

Le sol lui-même, n'est qu'un microcosme français, qu'un heureux résumé de la patrie. Craie, argile, excellentes terres labourables, arborifères, et tout le reste ; le département s'étend comme un long ruban diapré[3], comme une Égypte un peu moins fertile et presque aussi sauvage par endroits.

Toutes les boissons s'y boivent, cordialement mais sobrement, nées du territoire même et sur le territoire, et l'on croque ici à belles dents la pomme et la poire, tandis que la cerise et la couèche[4] font la joie des enfants et pas toujours la tranquillité des parents.

Chez nous, le gourmet et le gourmand trouvent des légumes de toute saveur, de la viande de toutes supériorités, du gibier de toute plume et de tout poil, du poisson comme il y en a peu, et, vers la Semoy, de la truite comme il n'y en a pas.

Paul VERLAINE.

---

1. *Préface.*
2. *Privilège.*
3. *De couleur changeante et variée.*
4. *Orthographe non conforme à la norme actuelle pour « quetsche » (fruit).*

Après une nouvelle scène orageuse à Bruxelles, Verlaine tire sur son ami qui voulait l'empêcher de rejoindre sa femme. Cet acte lui coûtera deux ans de prison.

Rimbaud, quant à lui, regagne Roche où, pendant l'été 1873, il achève *Une Saison en enfer*. À nouveau, les voyages se succèdent : Londres, Stuttgart, Milan, Vienne, Alexandrie, Batavia... toujours ponctués de retours à Charleville-Mézières ou à Roche, jusqu'au printemps 1880 qui marque le début de ses aventures africaines. On ne le verra plus dans les Ardennes avant l'été 1891, lorsqu'il se remet difficilement d'une amputation de la jambe droite. Mort à Marseille le 10 novembre suivant, Rimbaud est enterré dans le cimetière de Charleville-Mézières.

Aujourd'hui, le souvenir de Rimbaud est évoqué par le musée qui lui est consacré et par le monument élevé en 1901, dans le square de la gare, qui célèbre autant l'aventurier que le poète.

Vers le sud du département, ce sont les souvenirs de Verlaine qui demeurent. [...]

© Conseil général, bureau du tourisme et des affaires culturelles, Charleville-Mézières.

---

1. *Propre à ceux qui se sont battus au moment de la Commune.*

ILS Y ONT VÉCU

ils en ont parlé...

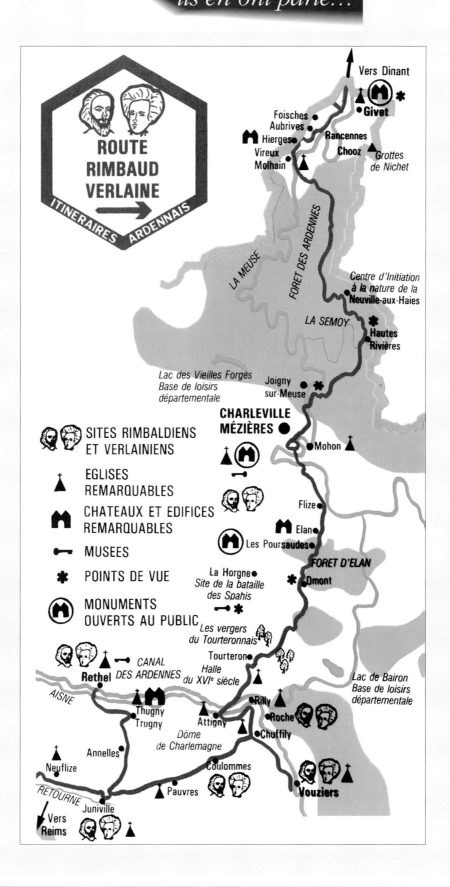

ROUTE RIMBAUD VERLAINE
ITINÉRAIRES ARDENNAIS

Vers Dinant

Foisches
Aubrives
Hierges
Vireux
Molhain
Givet
Rancennes
Chooz
Grottes de Nichet

FORÊT DES ARDENNES

LA MEUSE

Centre d'Initiation à la nature de la Neuville-aux-Haies

LA SEMOY

Hautes Rivières

Lac des Vieilles Forges
Base de loisirs départementale

Joigny sur-Meuse

CHARLEVILLE MÉZIÈRES

Mohon

SITES RIMBALDIENS ET VERLAINIENS

EGLISES REMARQUABLES

CHATEAUX ET EDIFICES REMARQUABLES

MUSEES

POINTS DE VUE

MONUMENTS OUVERTS AU PUBLIC

Flize

Elan
Les Poursaudes

FORÊT D'ELAN

La Horgne
Site de la bataille des Spahis

Omont

Les vergers du Tourteronnais

Tourteron

Halle du XVIe siècle

Lac de Bairon
Base de loisirs départementale

CANAL DES ARDENNES

Rethel

AISNE

Thugny Trugny

Annelles

Neuflize

Attigny

Dôme de Charlemagne

Rilly
Roche
Chuffily

Coulommes

RETOURNE

Juniville

Pauvres

Vouziers

Vers Reims

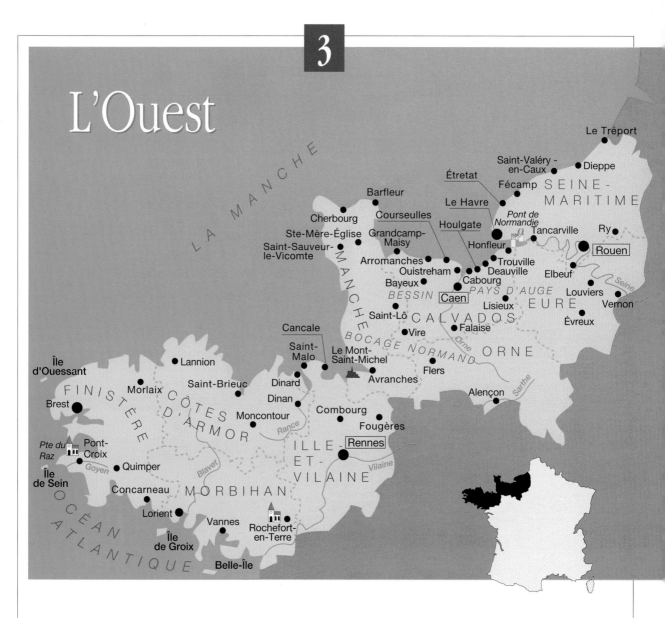

3

L'Ouest

LA MANCHE

Le Tréport
Saint-Valéry-en-Caux · Dieppe
Étretat
Fécamp · SEINE-MARITIME
Barfleur
Le Havre
Cherbourg · Courseulles · Houlgate · Pont de Normandie · Tancarville · Ry
Ste-Mère-Église · Grandcamp-Maisy · Honfleur · Rouen
Saint-Sauveur-le-Vicomte · Arromanches · Trouville · Elbeuf
Ouistreham · Deauville · Louviers
Bayeux · Cabourg · PAYS D'AUGE · Vernon
BESSIN · Caen · EURE
Saint-Lô · CALVADOS · Lisieux · Évreux
Vire · Falaise
Cancale · BOCAGE NORMAND · ORNE
Saint-Malo · Le Mont-Saint-Michel · Orne
Île d'Ouessant · Lannion · Dinard · Flers
Saint-Brieuc · Avranches
Morlaix · CÔTES D'ARMOR · Dinan · Alençon · Sarthe
Brest · Moncontour · Combourg
FINISTÈRE · Rance · Fougères
Pte du Raz · Pont-Croix · Rennes
Goyen · Blavet · ILLE-ET-VILAINE
Île de Sein · Quimper · Vilaine
Concarneau · MORBIHAN
OCÉAN · Lorient
ATLANTIQUE · Vannes · Rochefort-en-Terre
Île de Groix
Belle-Île

HAUTE-NORMANDIE

Préfecture de région : *Rouen*
(385 000 habitants).
Région composée des départements de l'*Eure* et de la *Seine-Maritime*.
Principales villes : *Rouen, Le Havre, Évreux, Elbeuf, Dieppe, Vernon, Fécamp, Louviers.*

■ À une encablure de la région parisienne, la Normandie de l'industrie effectue doucement, mais sûrement, sa mutation. À commencer par un mariage de raison entre les deux métropoles que sont Rouen et Le Havre, portes ouvertes sur la mer et qui constituent un des complexes portuaires les plus importants d'Europe. Construction navale, fonderie, textile et élevage ne sont plus ce qu'ils étaient.

Les raffineries de pétrole (Total, Shell, etc.), l'industrie chimique (Exxon Chemical, Atochem, etc.), l'automobile (Renault), les centrales nucléaires et les usines à papier (Chapelle-Darblay) ont ouvert de nouveaux horizons.

BASSE-NORMANDIE

Préfecture de région : *Caen*
(191 500 habitants).
Région composée des départements du *Calvados*, de la *Manche* et de l'*Orne*.
Principales villes : *Caen, Cherbourg, Alençon, Lisieux, Saint-Lô, Flers.*

■ Séparée de la Bretagne par le Mont-Saint-Michel, la Normandie est un pays de chaumières à colombages[1], marquée par le souvenir du débarquement des troupes alliées en 1944.

Le fameux camembert fait partie de son image, même si celle-ci a quelque peu évolué. Le Bocage[2] s'est séparé du Nord, plus industriel. La pomme ne nourrit plus son homme, même si les vergers sont toujours aussi beaux.
Caen, la préfecture, s'est ouverte vers l'université et la recherche, pour ne pas être en reste. Cherbourg mise sur le nucléaire. Même Alençon préfère l'industrie de transformation à la dentelle. Ici on joue franchement la carte de l'avenir, sans oublier que l'agriculture doit elle aussi se transformer.

---

1. Charpentes de façades apparentes.
2. Paysage caractéristique de l'Ouest, formé de prairies closes ; c'est aussi le nom d'une partie de la Normandie.

BRETAGNE

Préfecture de région : *Rennes*
(245 100 habitants).
Région composée des départements des *Côtes-d'Armor*, du *Finistère*, de l'*Ille-et-Vilaine* et du *Morbihan*.
Principales villes : *Rennes, Brest, Lorient, Saint-Brieuc, Quimper, Saint-Malo, Vannes, Fougères, Morlaix, Concarneau, Dinard, Dinan, Lannion.*

■ La Bretagne doit certainement ses particularismes et son identité culturelle marquée à sa position maritime. Peuplée de Celtes, envahie par les Romains puis par les « Grands Bretons », elle n'a été rattachée à la France qu'en 1532. Ses campagnes parsemées d'églises, de chapelles, de calvaires[1] témoignent de son attachement ancestral à la religion catholique. L'État a énormément investi ces dernières années pour que la Bretagne ne soit plus une région livrée à elle-même. Est-ce la région des vacances ? Des îles (Groix, Sein, Ouessant, Belle-Île) ? Des menhirs, de l'artichaut et des choux-fleurs, ou encore de la pêche ?
C'est à la fois tout cela.
Mais c'est aussi une région qui veut désormais se suffire à elle-même en évitant la désertification.
L'agriculture passe à des modes de production plus intensifs ; l'agroalimentaire se diversifie, ainsi que les industries électroniques et télématiques.

_____

1. Croix typiques de la Bretagne.

C'EST À VOIR

Étretat

Le littoral du Pays de Caux déroule sur des kilomètres ses falaises de craie, hautes de 100 mètres. Étretat fut au début du siècle une plage à la mode et reste aujourd'hui une ville touristique.

Le Calvados

Entre Grandcamp-Maisy et Honfleur, entre Vire et l'estuaire de la Seine, le littoral du Bessin de la Côte de Nacre et de la Côte fleurie présente plus de 120 km de plages de sable fin ponctuées de falaises ou d'avancées rocheuses. Familiales ou mondaines, célèbres ou plus modestes, les stations balnéaires comme Courseulles, Ouistreham, Cabourg, Deauville, Trouville ont conservé le charme et l'authenticité qui ont forgé leur réputation.
Pommiers, colombages, manoirs et châteaux du Pays d'Auge ; églises, abbayes, fermes fortifiées du Bocage et du Bessin : l'intérieur du Calvados a pour cadre une campagne verdoyante et un environnement privilégié. L'élevage des chevaux est ici une véritable religion et les haras comptent parmi les plus prestigieux du monde.
Le Calvados a su préserver un patrimoine architectural, artistique et religieux d'une exceptionnelle richesse : les villes d'art comme Caen, Bayeux, Honfleur et Falaise nous invitent à feuilleter les pages de notre histoire ; les sites et musées du Débarquement et de la bataille de Normandie, que fréquentent chaque année des millions de visiteurs venus du monde entier, témoignent de l'importance de ce tourisme historique.

La tapisserie de Bayeux

Longue de 68,50 m et exposée au musée de Bayeux, la célèbre tapisserie fut probablement exécutée en Angleterre au XVe siècle et devait orner le chevet de la cathédrale Notre-Dame. Elle raconte qu'en 1066, Guillaume le Conquérant, parti de Dieppe à l'assaut de l'Angleterre, remporta la victoire d'Hastings et se fit couronner roi d'Angleterre.

Le Mont-Saint-Michel

La « Merveille de l'Occident » que l'évêque d'Avranches commença à construire en 708, sur la demande que l'archange Saint-Michel lui avait faite, lors d'une apparition. Chaque été, les Imaginaires, parcours-spectacle enchanteur, permettent la visite nocturne de l'abbaye.

BRETAGNE

Moncontour

C'est une petite cité de caractère. De son château, il ne reste que les oubliettes[1], mais les remparts témoignent toujours d'un passé prestigieux. Chaque année, l'avant dernier dimanche d'août, la ville retrouve ses fastes d'antan dans une évocation historique qui remet en scène son passé médiéval. La cité s'anime de spectacles, danses, défilés et d'animations de rues, tavernes, repas médiévaux…

1. Souterrains dans lesquels on emprisonnait les gens.

Vannes

Ville de fond de golfe, deux fois millénaire, c'est l'ancienne capitale des Vénètes[1] et, à la fin du XVIIe siècle, le lieu de résidence des ducs de Bretagne et des parlementaires bretons. Elle allie la majesté de ses remparts bordés de jardins et d'anciens lavoirs au charme discret de ses rues anciennes.

1. Peuple qui occupait la Bretagne au Ier siècle.

Rochefort-en-Terre

« Roche-forte » sur un éperon schisteux entouré de profonds vallons, elle est renommée pour ses logis XVIe et XVIIe, ornés de géraniums-lierres, et sa collégiale Notre-Dame de la Tronchaye.

Dinan

Ancienne cité des ducs, ceinte des remparts les plus importants de Bretagne, en surplomb de 75 mètres au-dessus de la Rance, elle est le domaine par excellence de la maison à pans de bois dont la période de construction, du XIVe au XVIIIe siècle, coïncide avec l'ère de grande prospérité liée à la fabrication du drap et de la toile.

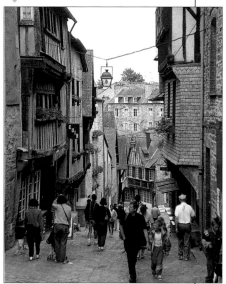

La pointe du Raz

Pointes et criques se succèdent le long de la côte déchiquetée jusqu'à la pointe du Raz. Le charme opère, et pour peu que la mer soit houleuse, le spectacle est encore plus grandiose. La pointe du Raz a été classée « site national » en 1989.

Pont-Croix

Petite cité juchée sur un promontoire dominant le Goyen, elle a gardé d'un passé animé des ruelles pavées qui dévalent vers la rivière et un pont à moulin-mer. Sa collégiale Notre-Dame-de-Roscudon, du XIIIe siècle, est représentative d'une école d'architecture florissante.

Saint-Malo

C'est le bastion naturel commandant l'estuaire de la Rance. Saint-Malo, devenu port de la Course[1], de la Traite[2] et des commerces lointains fut le lieu d'embarquement pour les îles, les mers du Sud et les Indes, et le fief de riches armateurs, constructeurs des hôtels de granit aux hautes cheminées et toits pointus intra-muros, ainsi que des célèbres malouinières[3].

1. Ici, opération d'un navire corsaire.
2. Traite des Noirs.
3. Nom des petits manoirs situés dans l'arrière-pays breton.

YVES ROCHER : UNE ENTREPRISE MORBIHANNAISE SUR LA VAGUE VERTE

Précurseur de la beauté par les plantes, Yves Rocher surfe sur la vague verte.

En 1992, le chiffre d'affaires d'Yves Rocher a atteint 5,3 milliards de francs, en croissance de plus de 12 % sur 1991. L'entreprise nage dans le vert, avec ses magasins répartis dans 82 pays. Son usine de La Gacilly, près de Rennes, dans le Morbihan, est elle aussi très verte. Une usine propre où l'on récupère 95 % des déchets, où les cartons et le verre sont recyclés, où le gaz remplace le fuel. Les 5 à 6 millions d'aérosols qui y sont conditionnés chaque année, sont remplis à l'air pur pour remplacer les CFC[1] accusés de détruire la couche d'ozone. La société s'est vue décerner le prix de l'Environnement 92 pour l'industrie.

1. *Chlorofluorocarbures.*

MONT-SAINT-MICHEL : LE SECRET DE LA MÈRE POULARD

Née à Nevers en 1851, Annette Boutiaud, épouse Poulard, restauratrice du célèbre site, garda jalousement le secret de ses fameuses omelettes jusqu'à sa mort, en 1931. Il fut cependant divulgué peu de temps après par son fils qui, dans une lettre à un ami, affirmait qu'il se résumait à battre, séparément, les blancs et jaunes des œufs… Essayez !

UN PONT DE GÉNIE EN NORMANDIE

L'ouvrage, entièrement financé par la chambre de commerce du Havre, a coûté 2,5 milliards de francs. Il survole d'un seul tenant les 856 mètres du chenal navigable à l'entrée de l'estuaire de la Seine. 7 000 automobilistes devraient l'emprunter chaque jour dès cette année. Ils devront acquitter la somme de 32 F (40 F pour les poids lourds) à chaque passage. Et déjà, les deux tiers des entreprises et la totalité des transporteurs implantés dans la zone d'influence du pont annoncent qu'ils vont l'utiliser. […]

Avec ce pont, Le Havre et Honfleur sont désormais à quelques minutes l'une de l'autre. Une étape dans la continuité autoroutière Grande-Bretagne-Espagne est franchie. Le complexe industrialo-portuaire de la Basse-Seine s'en trouve renforcé. Il devrait être mieux placé dans la bataille avec les grands ports du Nord comme Anvers et Rotterdam. Cet ouvrage va également resserrer les liens entre les deux Normandie administratives, une fois les travaux de ses bretelles d'accès achevés, surtout côté sud. Désenclavée à l'ouest, l'agglomération havraise va développer ses échanges, notamment avec la Bretagne. Les cités balnéaires de la Côte fleurie, comme Deauville ou Cabourg, vont en tirer profit. Dans le domaine touristique, la levée de l'obstacle constitué par la baie de Seine bénéficiera à l'ensemble du littoral ouest, de la baie de Somme au Mont-Saint-Michel.

Le chantier aura été particulièrement respectueux de la nature environnante. Des ingénieurs écologues ont été associés à l'ensemble des phases de la construction. Leurs travaux ont permis de mettre au point des techniques nouvelles en matière de protection des milieux spécifiques que l'on ne trouve que dans les estuaires. Aujourd'hui, nombre de spécialistes néerlandais viennent visiter la réserve naturelle créée autour du chantier pour y découvrir des techniques inédites permettant de maîtriser les vasières, ces zones alluvionnaires couvertes et découvertes à chaque marée. […]

© *Info Matin*, 20 et 21 janvier 1995.

PLUIE DE PARACHUTES SUR SAINTE-MÈRE-ÉGLISE

« They did it ! » Les Normands ont levé les yeux vers le ciel comme il y a 50 ans et ont aperçu des corolles kaki aussi nombreuses que les étoiles. Le dimanche 5 juin 1994, à 14 h 45, 600 parachutistes américains des célèbres 82e et 101e Airborne ont sauté sur les marais d'Amfreville, à quelques lieues de Sainte-Mère-Église. Auparavant, une quarantaine de « papys-sauteurs », vétérans têtus des mêmes divisions, avaient réédité leur saut de la nuit du 5 au 6 juin 1944. Dans la foule, l'angoisse le disputait à l'émotion : le parachute de l'un d'entre eux s'est brusquement mis en torche. le casse-cou a réagi vaillamment en ouvrant le parachute de secours. Malgré un atterrissage un rien brutal, le vétéran s'en est tiré avec un léger tassement des vertèbres. […] L'embouteillage monstre, dû à l'affluence et aux parkings inondés, n'a pas permis à tout le monde d'assister à cet hommage aux camarades morts au combat. L'occasion tout de même de se promener dans le village au célèbre clocher, transformé en gigantesque kermesse.

Anne-Sophie MARTIN,
© *Info Matin*, 6 juin 1994.

ILS Y ONT VÉCU
ils en ont parlé…

Oasis aride

La lande de Lessay est une des plus considérables de cette portion de la Normandie qu'on appelle la presqu'île du Cotentin. Pays de culture, de vallées fertiles, d'herbages verdoyants, de rivières poissonneuses, le Cotentin, cette Tempé[1] de la France, cette terre grasse et remuée, a pourtant, comme la Bretagne, sa voisine, la Pauvresse-aux-Genêts, de ces parties stériles et nues où l'homme passe et où rien ne vient, sinon une herbe rare et quelques bruyères bientôt desséchées. Ces lacunes de culture, ces places vides de végétation, ces terres chauves pour ainsi dire, forment d'ordinaire un frappant contraste avec les terrains qui les environnent. Elles sont à ces pays cultivés des oasis arides, comme il y a dans les sables du désert des oasis de verdure. Elles jettent dans ces paysages frais, riants et féconds, de soudaines interruptions de mélancolie, des airs soucieux, des aspects sévères. […]

Jules BARBEY D'AUREVILLY, *L'Ensorcelée.*

1. *Vallée étroite de la Grèce chantée par les poètes anciens.*

ILS Y ONT VÉCU
ils en ont parlé...

L'estuaire

Puis il expliqua la côte en face, là-bas, là-bas, de l'autre côté de l'embouchure de la Seine – vingt kilomètres, cette embouchure – disait-il. Il montra Villerville, Trouville, Houlgate, la rivière de Caen, Luc, Arromanches, et les roches du Calvados qui rendent la navigation dangereuse jusqu'à Cherbourg. Puis il traita la question des bancs de sable de la Seine, qui se déplacent à chaque marée et mettent en défaut les pilotes de Quillebœuf eux-mêmes, s'ils ne font pas tous les jours le parcours du chenal[1]. Il fit remarquer comment Le Havre séparait la basse de la haute Normandie. En basse Normandie, la côte plate descendait en pâturages, en prairies et en champs jusqu'à la mer. Le rivage de la haute Normandie, au contraire, était droit, une grande falaise, découpée, dentelée, superbe, faisant jusqu'à Dunkerque une immense muraille blanche dont toutes les échancrures cachaient un village ou un port : Étretat, Fécamp, Saint-Valéry, Le Tréport, Dieppe, etc.

GUY DE MAUPASSANT, *Pierre et Jean.*

_____

1. Canal.

Combourg

À mon retour de Brest, quatre maîtres (mon père, ma mère, ma sœur et moi) habitaient le château de Combourg. Une cuisinière, une femme de chambre, deux laquais et un cocher composaient tout le domestique : un chien de chasse et deux vieilles juments étaient retranchés dans un coin de l'écurie. Ces douze êtres vivants disparaissaient dans un manoir où l'on aurait à peine aperçu cent chevaliers, leurs dames, leurs écuyers, leurs valets, les destriers[1] et la meute du roi Dagobert.

Dans tout le cours de l'année aucun étranger ne se présentait au château, hormis quelques gentilshommes, le marquis de Monlouet, le comte de Goyon-Beaufort, qui demandaient l'hospitalité en allant plaider au Parlement. Ils arrivaient l'hiver, à cheval, pistolets aux arçons[2], couteau de chasse au côté, et suivis d'un valet également à cheval, ayant en croupe un gros porte-manteau de livrée[3].

Mon père, toujours très cérémonieux, les recevait tête nue sur le perron, au milieu de la pluie et du vent. Les campagnards introduits racontaient leurs guerres de Hanovre, les affaires de leur famille et l'histoire de leurs procès. Le soir, on les conduisait dans la tour du nord, à l'appartement de la *reine Christine*, chambre d'honneur occupée par un lit de sept pieds en tous sens, à doubles rideaux de gaze verte et de soie cramoisie, et soutenu par quatre amours dorés. Le lendemain matin, lorsque je descendais dans la grand'salle, et qu'à travers les fenêtres je regardais la campagne inondée ou couverte de frimas, je n'apercevais que deux ou trois voyageurs sur la chaussée solitaire de l'étang : c'étaient nos hôtes chevauchant vers Rennes.

Ces étrangers ne connaissaient pas beaucoup les choses de la vie ; cependant notre vue s'étendait par eux à quelques lieues au delà de l'horizon de nos bois. Aussitôt qu'ils étaient partis, nous étions réduits, les jours ouvrables au tête-à-tête de famille, le dimanche à la société des bourgeois du village et des gentilshommes voisins.

FRANÇOIS-RENÉ DE CHATEAUBRIAND, *Mémoires d'outre-tombe.*

_____

1. Chevaux de bataille.
2. Parties de la selle.
3. Costumes des domestiques.

Vers Tancarville

À Madame...

Nous étions sept dans le break, quatre femmes et trois hommes, dont un sur le siège à côté du cocher, et nous montions, au pas des chevaux, la grande côte où serpentait la route.

Partis d'Étretat dès l'aurore, pour aller visiter les ruines de Tancarville, nous somnolions encore, engourdis dans l'air frais du matin. Les femmes surtout, peu accoutumées à ces réveils de chasseurs, laissaient à tout moment retomber leurs paupières, penchaient la tête ou bien bâillaient, insensibles à l'émotion du jour levant.

C'était l'automne. Des deux côtés du chemin les champs dénudés s'étendaient, jaunis par le pied court des avoines et des blés fauchés qui couvraient le sol comme une barbe mal rasée. La terre embrumée semblait fumer. Des alouettes chantaient en l'air, d'autres oiseaux pépiaient dans les buissons.

Le soleil enfin se leva devant nous, tout rouge au bord de l'horizon ; et, à mesure qu'il montait, plus clair de minute en minute, la campagne paraissait s'éveiller, sourire, se secouer, et ôter comme une fille qui sort du lit, sa chemise de vapeurs blanches.

GUY DE MAUPASSANT, *Miss Harriet.*

Dinan

Dinan, orné de vieux arbres, remparé de vieilles tours, est bâti dans un site pittoresque, sur une haute colline au pied de laquelle coule la Rance, que remonte la mer ; il domine des vallées à pentes agréablement boisées. Les eaux minérales de Dinan ont quelque renom. Cette ville, tout historique, [...], montrait parmi ses antiquités le cœur de du Guesclin[1] : poussière héroïque qui fut dérobée pendant la Révolution, au moment d'être broyée par un vitrier pour servir à faire de la peinture ; la destinait-on aux tableaux des victoires remportées sur les ennemis de la patrie ?

FRANÇOIS-RENÉ DE CHATEAUBRIAND, *Mémoires d'outre-tombe.*

_____

1. Homme de guerre breton (1320-1380) passé au service du roi de France.

SUR LES TRACES D'EMMA

Flaubert n'a rien inventé, il s'est contenté de joliment transposer. *Madame Bovary* est inspiré par la vie de Delphine Delamare, l'épouse de l'officier de santé de Ry (Yonville dans le roman), grosse bourgade de Haute-Normandie. Curieusement, la maison du docteur est devenue la pharmacie, l'officine de M. Homais vend des gadgets et fait teinturerie, et l'hôtel du Lion d'Or est devenu rôtisserie. *« La rue, unique, longue d'une portée de fusil est [toujours] bordée de quelques boutiques... »*, lesquelles se nomment maintenant Grenier Bovary, Jardin d'Emma, Vidéo Bovary, Galerie Bovary. Rarement un village s'est à ce point placé non pas sous la coupe d'un auteur mais sous celle d'une de ses œuvres (le nom de Flaubert n'est pas une fois repris). Les fanas pousseront sur la N 31 en direction de Rouen jusqu'à la Huchette, belle demeure qu'on aperçoit de la route sur la droite et qui fut celle où Emma fauta avec Rodolphe ; les simples amateurs iront au musée des Automates où 300 personnages animés leur raconteront toute l'histoire de la tendre Emma, de sa première rencontre avec Charles à sa fin tragique, passant par l'inoubliable scène du fiacre rouennais. Et en voiture, Léon !

© *Le Nouvel Observateur*, 2-8 juillet 1992.

SAINT-SAUVEUR-LE-VICOMTE

Jules Barbey d'Aurevilly y vécut, y rêva et y connut dans son enfance nombre de personnages qui revivront dans ses romans. Il fit de longues promenades dans les environs romantiques de la bourgade. Après plus de vingt ans d'absence, il revient en 1856, et y trouve définitivement l'inspiration de ses grandes œuvres, inspiration qui lui avait déjà dicté *L'Ensorcelée* (1852) et qui lui fait élaborer son *Chevalier des Touches* (1864) et *Un Prêtre marié* (1865). C'est là et à Valognes qu'il compose *Les Diaboliques* et trouve le germe d'*Une Histoire sans nom*. [...] Il repose dans le petit cimetière de l'Hospice, situé en contrebas du château. Il a sa rue à Saint-Sauveur et son buste sur la place du château.
Un musée Barbey-d'Aurevilly est installé dans le vieux donjon. Tout le pays du Cotentin sert de cadre à l'œuvre de Barbey :

le château du Quesnay, mont Taillepied, la Sangserière, château du Néhou (maintenant arasé) dans *Un Prêtre marié* ; lande de Rauville-la-Place et lande de Lessay dans *L'Ensorcelée* ; château d'Ollonde (à 8 km de Saint-Sauveur) dans *Une Histoire sans nom*. Non seulement les paysages, mais les personnages eux-mêmes, dont les noms sont à peine transformés, sont normands. [...]

© *France littéraire*.

CABOURG

Entre 1907 et 1914, Marcel Proust y fit de fréquents séjours estivaux. C'est le Balbec

ILS Y ONT VÉCU
ils en ont parlé...

La légende du Mont-Saint-Michel

Je l'avais vu d'abord de Cancale, ce château de fées planté dans la mer. Je l'avais vu confusément, ombre grise dressée sur le ciel brumeux.
Je le revis d'Avranches, au soleil couchant. L'immensité des sables était rouge, l'horizon était rouge, toute la baie démesurée était rouge ; seule, l'abbaye escarpée, poussée là-bas, loin de la terre, comme un manoir fantastique, stupéfiante comme un palais de rêve, invraisemblablement étrange et belle, restait presque noire dans les pourpres du jour mourant.
J'allai vers elle le lendemain dès l'aube à travers les sables, l'œil tendu sur ce bijou monstrueux, grand comme une montagne, ciselé comme un camée[1], et vaporeux comme une mousseline. Plus j'approchais, plus je me sentais soulevé d'admiration, car rien au monde peut-être n'est plus étonnant et plus parfait.
Et j'errai, surpris comme si j'avais découvert l'habitation d'un dieu à travers ces salles portées par des colonnes légères ou pesantes, à travers ces couloirs percés à jour, levant mes yeux émerveillés sur ces clochetons qui semblent des fusées parties vers le ciel et sur tout cet emmêlement incroyable de tourelles, de gargouilles, d'ornements svelts et charmants, feu d'artifice de pierre, dentelle de granit, chef-d'œuvre d'architecture colossale et délicate.

Guy DE MAUPASSANT, *Contes*.

_____
1. *Bijou délicat.*

---

d'*À l'ombre des jeunes filles en fleurs*. On retrouve à Balbec l'ambiance mondaine de Cabourg, la disposition en éventail des rues de la ville, le nom et la situation du Grand-Hôtel avec les grandes glaces de la salle à manger qu'on relève en été. C'est au Grand-Hôtel que Proust passait chaque fois quelques semaines. On reconnaît dans son roman les environs de Cabourg : La Croix d'Heuland, Riva-Bella (transformé en Rivebelle), Bénerville (Berneville), etc.
© *France littéraire*.

LE LIT DE MARCEL

Est-ce bien le sien ? On n'en est pas sûr. En tout cas, c'était bien sa chambre, celle du Grand-Hôtel de Balbec. [....] Elle est située au dernier étage, presque sous les combles, mais donne sur la mer. Pas de moquette, le plancher est d'origine ainsi que la salle de bains. On jettera un coup d'œil sur la bibliothèque (livres de, sur et autour de Marcel Proust et partition de *la Sonate de Vinteuil*) et on se régalera du livre d'or et des textes, parfois très longs, qu'y ont laissés les amoureux de la *Recherche*, certains célèbrissimes, d'autres anonymes. Au rez-de-chaussée, on continue de dîner dans « l'aquarium » protégé de la mer par une immense baie vitrée.
© *Le Nouvel Observateur*, 2-8 juillet 1992.

BARFLEUR

Jules Renard y passa des vacances en 1888, y écrit *L'Écornifleur* et y situa l'action d'un roman dont il devait tirer sa pièce *Monsieur Vernet*. Il revint vingt et un ans plus tard (1909), à la fois heureux et fâché que les gens du cru n'eussent pas lu *L'Écornifleur* : « S'ils le lisent, ils me recevront avec des coups de pied au c... »
© *France littéraire*.

L'Île-de-France

4

Préfecture de région : *Paris* (9 318 821 habitants dont 2 152 423 *intra-muros*). Région formée des départements de *Paris*, de la *Seine-et-Marne*, des *Yvelines*, de l'*Essonne*, des *Hauts-de-Seine*, de la *Seine-Saint-Denis*, du *Val-de-Marne* et du *Val-d'Oise*.
Principales villes : *Paris, Boulogne-Billancourt, Montreuil-sous-Bois, Argenteuil, Saint-Denis, Versailles,* *Nanterre, Vitry-sur-Seine, Aulnay-sous-Bois, Créteil, Melun, Meaux.*

■ Située au cœur de la France et considérée comme une région privilégiée, l'Île-de-France était le lieu où, avant la décentralisation, se prenaient toutes les décisions. Dotée d'une agriculture très riche, elle bénéficie aussi d'un énorme réseau industriel, et les provinciaux ont souvent reproché aux Parisiens de limiter la France à la capitale. Pourtant, la vie n'y est pas toujours facile : « métro, boulot, dodo », c'est encore le sort de milliers de banlieusards qui préféreraient sans doute profiter du patrimoine culturel plutôt que… du béton.

C'EST À VOIR

1. La Défense avec la Grande Arche - 2. L'Arc de Triomphe (place Charles-de-Gaulle) - 3. Le palais de Chaillot - 4. La tour Eiffel - 5. La tour Montparnasse - 6. Le cimetière du Montparnasse - 7. Saint-Louis-des-Invalides - 8. Le pont Alexandre-III - 9. Le Grand Palais - 10. Le Petit Palais - 11. L'Assemblée nationale - 12. Le palais et le jardin du Luxembourg - 13. L'église Saint-Germain-des-Prés - 14. Le musée d'Orsay - 15. L'Obélisque de la place de la Concorde - 16. L'église de la Madeleine - 17. Le parc Monceau - 18. Le Moulin Rouge - 19. La place Blanche - 20. L'Opéra Garnier - 21. La colonne de la place Vendôme - 22. Le Forum des Halles* - 23. Le musée du Louvre et sa pyramide - 24. Les jardins des Tuileries - 25. Le musée Carnavalet* - 26. La place des

BOURGOGNE

L'abbaye de Vézelay

Fondée vers 850 par Girart de Roussillon, héros bourguignon de légende, l'abbaye de Vézelay abrite dès le milieu du XIᵉ siècle les reliques de sainte Madeleine. Vézelay fut au Moyen Âge le point de départ de l'un des quatre itinéraires qui menaient à Saint-Jacques de Compostelle. Érigée en basilique en 1920, Sainte-Madeleine surplombe un site magnifique, inscrit au Patrimoine mondial de l'Unesco.

La « colline éternelle » marie dans un équilibre parfait verdure, remparts et maisons d'un autre âge.

L'abbaye de Fontenay

Fondée en 1118 par saint Bernard, c'est l'une des plus célèbres abbayes du monde, qui permet d'imaginer ce qu'était un monastère cistercien, au XIIᵉ siècle, vivant en autarcie à l'intérieur de son enceinte.

Beaune

Réputée pour la dégustation de vins délicieux, cette ville d'art est aussi connue pour ses vieilles demeures aux tuiles vernissées et ses remparts. Ses célèbres Hospices, chef-d'œuvre de l'art flamand bourguignon, ont été fondés en 1443 par Nicolas Rolin.

Alésia

Rarement défaite nationale aura constitué un tel vecteur de communication. Vingt siècles après le dépôt majestueux des armes par Vercingétorix, une autre bataille fait rage : elle met aux prises quelques érudits farouchement opposés. Alésia était-elle située à Alise-Sainte-Reine, en Côte-d'Or, ou à Alaise dans le Doubs ? Fouilles minutieuses et photographies aériennes emportent la conviction en faveur de la Bourgogne.

FRANCHE-COMTÉ

Le Jura

Il fallait bien que ça arrive un jour, que les strass et le luxe voyant cèdent la place au calme, à la tranquillité et à la simplicité. Cette tendance est en passe de modifier les modes touristiques et c'est le Jura qui en est le plus grand bénéficiaire. Cette région, jusqu'alors délaissée par les médias, est aujourd'hui sollicitée par la presse française. Géo[1], Grands Reportages[2], Marie-Claire[3] ne s'y trompent pas, le Jura sera la destination de demain. Il est donc temps de faire la publicité de ce coin méconnu, de son terroir, de ses traditions gastronomiques et artisanales... Mieux vaut tard que jamais !

1, 2, 3. *Magazines.*

Le Lion de Belfort

Réalisé par Bartholdi, comme la statue de la Liberté à New York, il symbolise la force et la résistance des défenseurs de la ville en 1870 et manifeste le retentissement national que connut leur héroïsme. Cette œuvre gigantesque – il mesure 22 mètres de long et 11 mètres de haut – s'adosse à la paroi rocheuse qui porte le château : elle est sculptée à même le roc, dans le grès rouge des Vosges.

La Saline royale d'Arc-et-Senans

Claude-Nicolas Ledoux, architecte, proposa à Louis XV le plan idéal d'une cité vouée à l'industrie du sel. Seule la moitié en fut construite mais la saline fonctionna, et elle est aujourd'hui classée au Patrimoine mondial de l'Unesco.

■ En bref…

ÇA PLANE À DIJON !

Le mois de juin a sans doute été le plus beau de tous pour la base de Dijon-Longvic.

En effet, le meeting de la Fondation des œuvres sociales de l'air a choisi cet endroit comme arènes, où ont rivalisé avions de combat et patrouilles aéronautiques. Cette réunion a fait vrombir le ciel de Dijon, qui a vécu au rythme des ballets incessants, livrés avec les plus belles inventions technologiques. Ainsi, Mirage 2000 et Awacs ont côtoyé le Sea Harrier, le Mig 29 ou encore le Sukoï et les Alpha-jet de la Patrouille de France. Ce brassage de techniques et d'agilité aérienne est celui des nations. En effet, Belges, Canadiens, Espagnols, et bien d'autres encore, se sont livrés à un show aérien, au profit de cette association caritative.

VIGNOBLES

Les crus du domaine de Romanée-Conti, en Bourgogne, sont désormais distribués au Japon par Suntory, le plus grand distillateur du pays du Soleil Levant. Le prix d'une bouteille de ce vignoble, qui ne s'étend que sur 1,8 hectare, pourra atteindre 12 000 francs.

CLUNY : TABERNACLE DU MOYEN ÂGE RELIGIEUX

Après quatre années de travaux de réaménagement, le musée Ochier de Cluny, en Saône-et-Loire, a rouvert ses portes du temps jadis.

Le passé de la France religieuse ne se conçoit pas sans Cluny, où Guillaume, duc d'Aquitaine, fondait en 910 une abbaye placée sous la règle de saint Benoît d'Aniane. Menée par des abbés prestigieux tels Odon ou Hugues le Grand, qui y construisit la plus grande église de la chrétienté – jusqu'à l'édification de Saint-Pierre-de-Rome –, Cluny devint l'instrument majeur de la réforme théologique du XIe siècle. Un patrimoine historique incomparable que le public peut redécouvrir dans sa splendeur ineffable. Le palais du XVe siècle, rénové, qui abrite le musée, recèle les vestiges de l'édifice religieux, les résultats de fouilles archéologiques des lieux, l'ancienne bibliothèque de plus de 4 000 ouvrages, ainsi qu'une galerie dévolue aux expositions temporaires.

Un circuit organisé permet une visite au cœur de ce temple, qui abrita autrefois pouvoir et érudition.

BEAUNE AU CŒUR DE LA BOURGOGNE

Non loin des prestigieux vignobles qui ont fait toute son histoire, la Porte de Beaune témoigne désormais de la volonté affichée d'une région de diversifier son économie. Quarante hectares attendent preneurs, industriels ou prestataires de services.

Nombrilisme oblige, nombreuses sont les communes à se prétendre « centre de l'Europe ». Beaune n'échappe pas à la règle mais non sans raison : la deuxième ville de Côte-d'Or fait montre, en effet, d'arguments convaincants. Carrefour autoroutier, desservie par le TGV qui la relie à Paris en 2 heures et à Lyon en 1 heure 15 minutes, Beaune possède des atouts indéniables, et elle est bien décidée à s'en servir. Au sud-est du centre-ville, à 200 mètres à peine du péage de l'autoroute A 6, une zone de 40 hectares est aujourd'hui prête à accueillir bureaux d'étude et industries d'avenir, mais aussi hôtels, commerces, prestataires de loisirs. Jouant de son attrait touristique, auquel elle ajoute à présent l'imagination économique et le savoir-faire de sa jeunesse, Beaune espère amener à elle investisseurs et créateurs d'emplois : à terme, 800 nouveaux postes pourraient être ainsi générés par les implantations sur le site. De quoi saouler nos Bourguignons de bonheur !

FRANCHE-COMTÉ - BOURGOGNE : L'UNION FAIT LA FORCE

Finies les batailles de clochers : les deux voisines veulent s'allier et se rapprocher.

La Bourgogne et la Franche-Comté ont décidé de s'allier pour le bien de leur avenir économique et social. Les deux voisines souhaitent oublier les vieux antagonismes et développer des actions conjointes grâce à une mise en commun de leurs atouts. Ainsi, cette collaboration, qui avait déjà été amorcée sur le plan universitaire, s'étendra à l'agriculture, la politique, la culture et la recherche. Les Conseils économiques et sociaux des deux régions ont la ferme intention de plaider pour l'union, et donc pour la force.

ILS Y ONT VÉCU

ils en ont parlé...

Saint-Sauveur-en-Puisaye

Je m'appelle Claudine, j'habite Montigny[1] ; j'y suis née en 1884 ; probablement je n'y mourrai pas.
Mon *Manuel de géographie départementale* s'exprime ainsi : « Montigny-en-Fresnois, jolie petite ville de 1 950 habitants, construite en amphithéâtre sur la Thaize ; on y admire une tour sarrasine bien conservée… » Moi, ça ne me dit rien du tout, ces descriptions-là ! D'abord, il n'y a pas de Thaize ; je sais bien qu'elle est censée traverser des prés au-dessous du passage à niveau ; mais en aucune saison vous n'y trouveriez de quoi laver les pattes d'un moineau. Montigny construit « en amphithéâtre » ? Non, je ne le vois pas ainsi ; à ma manière, c'est des maisons qui dégringolent, depuis le haut de la colline jusqu'en bas de la vallée ; ça s'étage en escalier au-dessous d'un gros château, rebâti sous Louis XV et déjà plus délabré que la tour sarrasine, épaisse, basse, toute gainée de lierre, qui s'effrite par en haut, un petit peu chaque jour. C'est un village, et pas une ville ; les rues, grâce au ciel, ne sont pas pavées ; les averses y roulent en petits torrents, secs au bout de deux heures ; c'est un village, pas très joli même, et que pourtant j'adore.
Le charme, le délice de ce pays fait de collines et de vallées si étroites que quelques-unes sont des ravins, c'est les bois, les bois profonds et envahisseurs, qui moutonnent et ondulent jusque là-bas, aussi loin qu'on peut voir… Des prés verts les trouent par places, de petites cultures aussi, pas grand-chose, les bois superbes dévorant tout. De sorte que cette belle contrée est affreusement pauvre, avec ses quelques fermes disséminées, si peu nombreuses, juste ce qu'il faut de toits rouges pour faire valoir le vert velouté des bois. […]

COLETTE, *Claudine à l'école*, © Albin Michel.

1. En réalité Saint-Sauveur-en-Puisaye.

Verrières[1]

La petite ville de Verrières peut passer pour l'une des plus jolies de la Franche-Comté. Ses maisons blanches avec leurs toits pointus de tuiles rouges s'étendent sur la pente d'une colline, dont les touffes de vigoureux châtaigniers marquent les moindres sinuosités. Le Doubs coule à quelques centaines de pieds au-dessous de ses fortifications, bâties jadis par les Espagnols, et maintenant ruinées.
Verrières est abritée du côté du nord par une haute montagne, c'est une des branches du Jura. Les cimes brisées du Verra se couvrent de neige dès les premiers froids d'octobre. Un torrent, qui se précipite de la montagne, traverse Verrières avant de se jeter dans le Doubs, et donne le mouvement à un grand nombre de scies à bois, c'est une industrie fort simple et qui procure un certain bien-être à la majeure partie des habitants plus paysans que bourgeois. Ce ne sont pas cependant les scies à bois qui ont enrichi cette petite ville. C'est à la fabrique de toiles peintes, dites de Mulhouse, que l'on doit l'aisance générale qui, depuis la chute de Napoléon, a fait rebâtir les façades de presque toutes les maisons de Verrières. […]

STENDHAL, *Le Rouge et le Noir, Chronique de 1830.*

1. En réalité Grenoble.

COLETTE

Elle naît et passe son enfance à Saint-Sauveur, au cœur de la Puisaye, ce pays de forêts, d'eau et de bocages que seuls les esprits chagrins trouvent monotone.
Dans *La Maison de Claudine* et *Sido*, elle évoque souvent son pays natal, qui reste, écrit-elle : *« une relique, un terrier, une citadelle, le musée de jeunesse ».*

UN MUSÉE POUR COLETTE

En 1995 se sont ouvertes les portes du musée Colette, dans le château de Saint-Sauveur-en-Puisaye, commune où est née celle qui restera une des plus grandes femmes de lettres françaises de ce siècle. Le conseil municipal du village avait voté un plan de financement qui plaça le projet du musée sur la voie de la réalisation. Initiative soutenue par le conseil régional, puisqu'il apporta une aide de 1,4 million de francs. L'auteur de *La Vagabonde* a donc désormais sa « maison ».

PASTEUR

Sa maison natale se trouve à Dole et son laboratoire à Arbois.

SAINT-FARGEAU

L'adaptation télévisée du roman de Jean d'Ormesson[1] *Au plaisir de Dieu* a remis le château de Saint-Fargeau à l'honneur. Des personnages célèbres l'ont habité, dont Jacques Cœur[2] et la Grande Mademoiselle[3], cousine du roi, sans oublier un petit marmiton du nom de Lulli.

1. Académicien, auteur contemporain.
2. Conseiller du roi Charles VII et financier célèbre.
3. Duchesse de Montpensier, cousine de Louis XIV.

POIL DE CAROTTE

« Poil de carotte » était un rouquin nivernais. C'est en effet à Chitry que Jules Renard puisa l'essentiel de son inspiration. Humaniste et naturaliste avant que d'être humoriste parisien, il se fit l'ethnologue attentif et attendri de la paysannerie nivernaise qui le porta, en enfant du pays, à la mairie de Chitry.

4 • LES RÉGIONS - LE CENTRE-EST

Le Sud-Ouest

AQUITAINE

Préfecture de région : *Bordeaux* (697 000 habitants).
Région constituée des départements de la *Dordogne*, de la *Gironde*, des *Landes*, du *Lot-et-Garonne* et des *Pyrénées-Atlantiques*.
Principales villes : *Bordeaux, Bayonne, Pau, Agen, Périgueux, Dax, Mont-de-Marsan, Villeneuve-sur-Lot, Libourne.*

■ Les vignes d'un côté, les fruits et les céréales de l'autre et la montagne au Sud. Difficile de ne pas aimer l'Aquitaine où les Pyrénées semblent former une barrière avec l'Espagne. La chasse, la pêche et le rugby sont des activités bien connues. Le vin, le foie gras du Périgord et le pruneau d'Agen ont fait la réputation gastronomique de la région. La côte offre de superbes plages, tandis que dans l'arrière-pays, les Landes, plantées de pins, constituent la plus grande forêt d'Europe. Mais Bordeaux et son port commercent moins et au Sud, le problème du Pays basque – qui tient à préserver sa langue et sa culture – ne peut être ignoré. Néanmoins l'Aquitaine a une carte essentielle à jouer au sein du sillon atlantique.

MIDI-PYRÉNÉES

Préfecture de région : *Toulouse* (650 000 habitants).
Région constituée des départements de l'*Ariège*, de l'*Aveyron*, de la *Haute-Garonne*, du *Gers*, du *Lot*, des *Hautes-Pyrénées*, du *Tarn* et du *Tarn-et-Garonne*.
Principales villes : *Toulouse, Tarbes, Albi, Montauban, Castres, Rodez, Mazamet, Millau, Auch, Cahors, Decazeville, Foix.*

■ C'est la plus vaste des régions françaises et ses paysages offrent une infinie variété. Mais, victime de la dénatalité et de l'exode rural, elle est partiellement restée à l'écart de la révolution industrielle. Un déséquilibre manifeste s'est créé entre le Nord et le Sud. Toulouse a tendance à étouffer le reste de la région en monopolisant les entreprises de haute technicité, comme l'Aérospatiale, les universités, mais les autres villes se sont mises au travail de manière à développer leur propre identité.

LANGUEDOC-ROUSSILLON

Préfecture de région : *Montpellier* (250 000 habitants).
Région constituée des départements de l'*Aude*, du *Gard*, de l'*Hérault*, de la *Lozère* et des *Pyrénées-Orientales*.
Principales villes : *Montpellier, Perpignan, Nîmes, Alès, Béziers, Sète, Narbonne, Carcassonne, Mende.*

■ Terre de vignes qui bénéficie d'un climat méditerranéen, c'est

LE HAVRE SE REFAIT UNE FAÇADE

Adopté en 1987 par la municipalité, le plan de redynamisation de l'espace côtier du Havre vient d'entrer dans sa phase la plus prestigieuse.

Durant près de trois ans, les Ateliers du littoral, créés pour la circonstance, vont s'attaquer au remodelage de trois kilomètres de côtes. L'objectif : renouer avec le passé balnéaire de la ville en rendant son unité à la façade havraise, avec l'appui d'un paysagiste de renom. À l'arrière des plages – avec un retour à la tradition des cabines familiales –, le relais sera pris par des jardins, longés de promenades. Du côté des initiatives privées, il faut noter la création envisagée d'un centre de loisirs aquatiques et de balnéothérapie.

AUTOMOBILE : POUR UN RECYCLAGE PLUS EFFICACE

Le recyclage des quelque deux millions de véhicules qui, chaque année en France, partent à la casse, pose d'énormes problèmes. Objectif : l'auto « zéro déchets ».

Ces voitures en fin de vie laissent derrière elles 450 000 tonnes de résidus de broyage et 30 000 tonnes d'huiles qui s'égarent dans la nature. Les voitures hors d'usage arrivent chez les casseurs-démolisseurs qui récupèrent environ 20 000 tonnes de pièces détachées (soit 6 % du marché) revendues aux automobilistes peu fortunés ou expédiées vers des marchés secondaires, comme l'Afrique ou les pays de l'Est. Tout ce qui ne peut pas faire de l'argent passe au broyeur. Face à cette situation, les ministres allemand et français de l'Environnement ont préparé des décrets réglementant sévèrement les rejets automobiles, pour en finir avec les entassements de vieilles bagnoles et les rejets sauvages d'huiles et de pneus dans la nature. Équiper les voitures de pots catalytiques c'est bien mais ce n'est pas suffisant. C'est la voiture tout entière qui va devoir s'essayer au « zéro déchet ». Pour y arriver, les constructeurs cherchent à simplifier les familles de matériaux utilisés. Par exemple, la Twingo de Renault n'en compte plus que sept, contre plusieurs dizaines sur des modèles antérieurs.

LA PEINTURE AU SERVICE DU PATRIMOINE

La municipalité d'Auvers-sur-Oise a accepté la création d'une Zone de protection du patrimoine architectural et urbain (ZPPAU) interdisant la défiguration des paysages dans le Val-d'Oise.

Cette création assure, pour les amoureux de la nature et de l'art, la protection du pays de Van Gogh, immortalisé par les nombreuses œuvres de ce peintre. Les paysages et constructions de cette région, célébrés dans le monde entier grâce à Cézanne, Pissaro, Daumier… devront donc rester aussi semblables que possible à ceux qu'ont connus les peintres. Ainsi, chaque habitant désirant réaliser la moindre modification aux façades devra se conformer aux règles de la ZPPAU.

EN ALSACE, LES POLLUEURS SONT (AUSSI) LES PAYEURS

Il aura fallu attendre de nombreuses années pour que la pollution causée par les entreprises chimiques de Mulhouse, qui avaient infesté les eaux de la Dollern et de l'Ill, soit condamnée. Des travaux ont été entrepris afin que la nappe phréatique puisse être à nouveau utilisée. 35,35 millions de francs ont été versés par deux entreprises, somme qui a permis aux communes de la région de rembourser l'emprunt contracté à l'époque pour lutter contre cette pollution chimique.

POUR LES ÉCOLOGISTES, MICHELIN DÉRAPE

Le groupe Michelin souhaitait construire un circuit d'essais pour pneumatiques, en plein cœur de la plaine des Maures, dans le Var. Aussitôt, scientifiques et écologistes ont élevé une vigoureuse protestation, et le ministre de l'Environnement a alors réclamé une étude sur les conséquences de cette construction pour la nature environnante. En effet, cette plaine des Maures est l'une des plus importantes zones naturelles d'Europe : sur les 5 000 hectares, 53 espèces animales et végétales protégées ont été recensées. La bataille juridique est entamée.

UN MARCHÉ GRANDEUR NATURE

Agneaux, terrines, volailles, fromages, œufs, miel et cidre sont en vente directe grâce à une poignée d'exploitants d'Angers et de Segréen, qui ont créé « le marché à la ferme ».

L'idée a germé devant le succès d'une manifestation organisée afin de promouvoir les produits fermiers. Plus d'un millier de visiteurs s'étaient rendus sur les terres de dix exploitants lors de ce dimanche à la campagne. Du coup, les agriculteurs ont franchi le pas afin de développer chez eux un marché journalier et de capter ainsi une clientèle angevine soucieuse de qualité et de saveurs authentiques. Même si la demande est pressante, la sélection entre marchands est rigoureuse. Tout l'hiver, ils se sont invités les uns chez les autres pour juger les produits et surtout en améliorer la qualité. L'ambition affirmée du marché est de vendre des produits sains en réservant le meilleur accueil possible à la clientèle.

UN « TOILETTAGE » DES PANNEAUX DE SIGNALISATION ROUTIÈRE

Il y a trop de panneaux inutiles, redondants ou altérés sur les routes françaises. Ils ont donc fait l'objet d'un « toilettage ».

Cette opération, demandée par le ministère des Transports aux préfets de régions, s'est faite avant l'été. Parmi les panneaux inutiles, redondants ou altérés figuraient en tête ceux dits « d'entrée d'agglomération », qui impliquent automatiquement une réduction de la vitesse à 50 km/h. Venaient ensuite toutes les signalisations paraissant inadéquates, comme certains « stops » qui, sans inconvénient pour la sécurité, pouvaient être remplacés par des panneaux « cédez le passage ». Ce toilettage a été substantiel puisqu'une étude avait chiffré à 30 ou 50 % le nombre de panneaux de signalisation et de messages divers que l'on pouvait supprimer sans difficulté. La signalisation touristique a elle aussi été révisée.

LIMOUSIN : UNE AUTOROUTE INTÉGRÉE

L'autoroute A 20, entre Vierzon et Brive, fera l'objet d'un effort particulier de la part de l'État pour son intégration dans le paysage.

Cette autoroute, dite Occitane, reliera d'ici à la fin de la décennie les villes de Vierzon (Cher) et de Brive (Corrèze). Un tron-çon de 290 kilomètres qui assurera la continuité autoroutière de Paris à Toulouse et, au-delà, Barcelone.

Elle n'aura pas pour seule originalité d'être gratuite. C'est aussi la première autoroute à bénéficier d'un engagement particulier de l'État pour assurer la qualité de son intégration dans le paysage. Son coût est équivalent à 1 % du coût total de l'équipement routier, et se fait sous la forme d'un engagement contractuel avec les collectivités concernées. Une idée force a été retenue : faire de l'autoroute une fenêtre ouverte sur les régions traversées. Cette idée se concrétisera autour de trois axes prioritaires : protection et valorisation des paysages, promotion des initiatives économiques (régionales et locales) et, enfin, mise en valeur du patrimoine.

Sur ce projet, un premier contrat, la « charte d'itinéraire Creuse – Haute-Vienne », a été signé entre la préfecture de région, les collectivités, les départements, les syndicats intercommunaux et les associations de protection de la nature.

RÉCUPÉRATION DES PILES : OPÉRATION PILOTE DANS LE VAR

Les 450 000 habitants de Toulon et de 18 communes du Var ont été invités à participer à une opération de récupération des piles usagées.

Cette invitation à ne plus jeter de piles dans les ordures ménagères, mais à participer à une vaste opération de récupération, est unique en son genre et permet de traiter le mercure contenu dans ces déchets. En effet, environ six tonnes de mercure, provenant de la consommation des piles, sont rejetées chaque année en France dans le milieu naturel. C'est la raison pour laquelle le Syndicat intercommunal de traitement des ordures ménagères de la région toulonnaise a pris cette initiative, en mettant une centaine de conteneurs à la disposition du public pour récupérer ces piles.

DU VERRE...
ÉCOLOGIQUE

Les Alsaciens sont des gens disciplinés et ils l'ont encore prouvé, en organisant de façon méthodique la collecte du verre. Une manière de protéger l'environnement et de gagner de l'argent.

Quatre-vingt-quinze communes du département du Haut-Rhin ont prouvé que le recyclage du verre pouvait dégager des bénéfices. Ainsi, pour l'année 1992, les 8 200 tonnes de verre qui ont été récupérées ont permis de réaliser un bénéfice net de 700 000 francs. Les services de la ville de Mulhouse avaient signé une convention avec les communes du département : ces dernières ont bien voulu jouer le jeu et les 320 000 habitants qu'elles regroupent ont désormais pris l'habitude d'utiliser les 340 conteneurs mis à leur disposition. Le poids annuel de récupération du verre par personne est impressionnant, puisqu'il se situe aux environs de 32 kg.
Ce verre est ensuite revendu à une filiale du groupe BSN qui le retraite. En 1981, lorsque l'opération fut lancée,

12 communes de la banlieue mulhousienne avaient souscrit au contrat. Les bénéfices ainsi réalisés auront permis d'une part d'acheter un semi-remorque pour le transport du verre à destination de l'usine et, d'autre part, d'offrir la somme de 400 000 francs au Centre hospitalier de Mulhouse.

DES VILLES
QUI CHERCHENT
LEUR IDENTITÉ

Reconstruites il y a 50 ans, les villes de l'après-guerre cherchent toujours leur identité. Elles sont devenues des villes ordinaires mais manquent de convivialité. Alors, nombreuses sont celles qui engagent d'ambitieux programmes.

Peu de villes, telle Saint-Malo, ont été reconstruites en tenant compte du passé historique. Les autres ont au contraire tiré un trait sur ce passé et se sont alors tournées vers le progrès, à la grande joie des architectes de l'époque qui ont pu ainsi donner libre cours à leurs concepts novateurs. Du coup, on a oublié que le cadre de vie avait été amélioré, et toutes ces villes reconstruites font aujourd'hui le même constat : les immeubles ont mal vieilli, le béton a noirci et les normes de l'époque ne sont plus adaptées à notre vie nouvelle. Ainsi, à Saint-Nazaire comme à Lorient, on regrette d'avoir tourné le dos à la mer. Aujourd'hui, on tente de renouer avec les quartiers maritimes pour ne pas couper la ville et aggraver de ce fait la ségrégation sociale. Réaménager les villes n'est pas chose facile et, à Lorient, un colloque réunissant 300 élus en a fait le constat.

APRÈS LES
URBAINS,
LES NÉO-RURAUX

L'urbanisation a atteint ses limites en centre-ville et après les banlieusards, voici les « néo-ruraux », qui s'éloignent de plus en plus des grandes métropoles.

Même si l'urbanisation ne cesse d'accroître l'exode rural, une nouvelle tendance apparaît : alors que les Français préféraient les centres-villes, ils se tournent désormais vers des zones dites « péri-urbaines », plus paisibles. L'urbanisation a atteint ses limites et ce sont les petites communes proches des villes qui bénéficient de ce mouvement. En effet, les Français ont tendance à fuir les grandes métropoles aux espaces industrialisés pour s'installer dans des zones plus rurales, où la qualité de vie est meilleure. Un seul inconvénient pour les « néo-ruraux », comme on les a surnommés : ces havres de paix sont de plus en plus éloignés des villes mais la tranquillité, ça se mérite !
Une telle tendance s'inscrit pourtant dans le cadre de l'urbanisation : celle-ci est toujours aussi forte mais ses adeptes se répartissent désormais différemment... et la désertification des campagnes continue de s'intensifier.

ÉPURER
LES EAUX
FRANCILIENNES

La région Île-de-France et l'Agence de l'eau Seine-Normandie ont signé un accord portant sur une dépense totale de 10 milliards de francs, en cinq ans, pour nettoyer les cours d'eau franciliens.

Jusqu'ici, les eaux usées de la région n'étaient épurées qu'à hauteur de 40 %.

Le contrat permettra principalement la construction de trois nouvelles stations d'épuration à Colombes (Hauts-de-Seine), Bonneuil-en-France (Val-d'Oise) et Dammarie-les-Lys (Seine-et-Marne).

BANLIEUES : LA RÉHABILITATION DES FRICHES INDUSTRIELLES

Elles symbolisaient autrefois le plein emploi, la vitalité des banlieues. Abandonnées depuis plusieurs années, les vieilles et fières bâtisses aujourd'hui se redressent.

« Objets inanimés, avez-vous donc une âme ? » Quel va-et-vient sinistre que celui des pelleteuses, des grues, dépêchées à l'ultime stade de la détresse : la démolition. À Montreuil, à Saint-Denis, des architectes ont su percevoir les derniers battements de cœur des usines délabrées, des fabriques oubliées. Les contraintes imposées par les structures existantes leur ont lancé un défi qui a été relevé : l'ancienne distillerie Pernod, les anciennes biscuiteries de la Basquaise et d'autres édifices, carcasses de temps révolus, ont aujourd'hui trouvé une nouvelle destination. Ils sont ici transformés en locaux artisanaux, là en logements sociaux. La rénovation a battu son plein, « sans raser de façon aveugle » et en conservant la mémoire des lieux.

BOTERO À PARIS : L'ART MONUMENTAL

Les Champs-Élysées transformés en galerie d'art : de la Concorde au rond-point, les « géants » de Fernando Botero ont surveillé les allées et venues des Parisiens.

Surprenantes pour les uns, outrancières pour les autres : les 31 sculptures monumentales – dont certaines atteignent 4 mètres de haut – qui ont jalonné la plus belle avenue du monde jusqu'à la fin janvier, n'ont laissé aucun passant indifférent. Leur « père », Fernando Botero, artiste colombien reconnu, a trouvé ici l'occasion de rétablir le dialogue avec un public dont la sensibilité peut être éloignée de l'art moderne. Parallèlement à l'exposition des Champs-Élysées, Paris rendait également hommage à Botero par des parterres fleuris, réalisés à partir de cartons de l'artiste.

LOUIS DANDREL, MUSICIEN URBAIN

Depuis 30 ans, Louis Dandrel se promène dans les villes du monde entier, un magnétophone en bandoulière.

Compositeur et ancien rédacteur en chef de *France-Musique*, il est en mesure de différencier « à l'oreille » toutes les villes visitées. Il est l'auteur d'un disque et d'une exposition sonore baptisés « Fenêtres sur villes », ainsi que de nombreuses compositions musicales urbaines. « Beaucoup imaginent que les bruits de toutes les villes se ressemblent, alors que chacune a sa propre identité sonore » explique Louis Dandrel. « Aux signes d'une grande évidence, comme Big Ben, s'ajoutent des signes distinctifs : à Rio, les chauffeurs de bus swinguent avec l'accélérateur, en Italie on klaxonne comme nulle part ailleurs… Mais la ville est aussi irriguée de paroles et de silences révélateurs ». Louis Dandrel est également l'inventeur de « l'audiosphère » qui permet de simuler n'importe quel espace sonore.

LE CRIME DE LA RUE DE L'ABBAYE

Paris sent la spéculation. Partout on y désosse les immeubles. On laisse leurs pauvres carcasses à vif quelques mois, tandis que l'on creuse à 30 ou 40 pieds sous terre. Puis on bourre et l'on rebouche soigneusement. On ferme à nouveau les fenêtres et le tour est joué. La façade reprend son rang, l'air de rien. Et, derrière, c'est l'infamie ordinaire des locaux compressés.

Paris sent le faux. Dans les arrondissements centraux se poursuivent ces opérations de maquillage et d'« embellissement » qui traduisent la faillite doctrinale des administrations chargées du contrôle des sites, égarées dans les tourbillons de l'âge postmoderne, qui est celui du simulacre, du signe vide et prétentieux. Ainsi, rue de l'Abbaye, l'un des immeubles de la capitale dont l'image compte parmi les plus familières va-t-il être « rectifié », transformé en un pastiche du XVIIIe siècle, lui dont les titres de roture[1] remontent pourtant au XVIIe. Ceci avec l'aval de deux architectes des Bâtiments de France, MM. Dupont et Duval. Le premier a donné un avis favorable en 1988, renouvelé par son successeur trois ans plus tard. L'un et l'autre ont donné leur accord à un faux.

Il y a maintenant dix ans, dans la triste affaire de l'Opéra Bastille, on avait démoli l'ancien café de la Tour d'Argent, cette brave bâtisse qui marquait l'entrée du faubourg Saint-Antoine. Ceci pour nous infliger un pastiche symétrique, ordonné, construit en béton plaqué de pierre de taille, totalement inepte. L'architecte des Bâtiments de France qui, en cette occasion, « tint la main » de Carlos Ott, s'appelait Duval. Quelle constance !

On connaît des maisons qui sont belles de leurs rides, de leurs blessures, de leurs irrégularités. Rue de l'Abbaye, c'en est une ; elle n'appelle aucune chirurgie esthétique. Ses qualités tiennent à l'histoire du lieu et tout simplement à son pittoresque. Il est inutile de se plonger dans les théoriciens du patrimoine […] et de croiser les multiples critères du monument historique pour sentir que sa réfection est un crime. Il suffit d'avoir deux sous de bon sens et d'amour de la ville.

Pour comprendre néanmoins les arguments que fournit l'histoire, il suffit d'observer l'état actuel de l'édifice. On y distingue le rythme d'autrefois, le rez-de-chaussée bas et peu ouvert, les anciens étals devenus fenêtres ; l'entresol s'y écrase littéralement. Bien sûr, l'histoire de cet immeuble est sans gloire. Une photographie le montre en 1907 ou 1908 tel qu'il est resté, borgne et déjà perclus. Dans une campagne d'affiches pour Cinzano qui fit grand bruit il y a vingt ans, on l'y voyait, tout pimpant, coincé entre deux gratte-ciel de la Défense. C'est l'un des plus parfaits témoins d'un certain Paris.

Les baies de cette infortunée maison sont crevées depuis des années ; la façade se fissure ; des étais métalliques semblent vouloir nous convaincre qu'elle est vraiment fichue et qu'il faut rénover cette vieillerie. Heureusement, l'affaire s'est enlisée et peut-être n'est-il pas trop tard pour agir contre cette absurdité. Réjouissons-nous avec Balzac qui expliquait que, « *si les spéculations en maisons à Paris sont sûres, elles sont longues et capricieuses car elles dépendent de circonstances imprévisibles* » et agissons. Il faut de toute urgence créer ces fameuses circonstances imprévisibles.

Car voici qu'un architecte nommé Heim de Balsac arrive avec son beau projet. Le rez-de-chaussée serait rehaussé et l'entresol disparaîtrait dans de grandes arcades à deux niveaux, frappées d'une pauvre clef ;

[…] la façade serait enrichie d'un entablement factice et, sous le toit, la corniche de plâtre pourvue de nouvelles moulures et d'absurdes denticules. On ferait disparaître jusqu'à la trace des fenêtres qui avaient été bouchées. Rue Cardinale, on introduirait des symétries incongrues, rue de l'Échaudé une fausse porte cochère. Sur le toit, on modifierait radicalement les lucarnes et supprimerait l'un des groupes de souches de cheminées, évidemment devenues inutiles comme la plupart des cheminées parisiennes.

On ne peut admettre un tel massacre. Soit on accorde à ces constructions une valeur strictement historique et archéologique, et il convient de les maintenir pieusement en l'état, soit on leur reconnaît une valeur plus générale et de nature poétique, et il faut maintenir la cohérence d'un paysage. Ou bien, qu'on les rase. […] Survivance d'un arrière-quartier qu'ont épargné les travaux haussmanniens en deçà de la percée du boulevard Saint-Germain, il doit conserver son identité. Il n'a en tout cas rien à voir avec cette sous-culture architecturale d'une administration déboussolée qui conduit aujourd'hui à abriter des casernes de sapeurs-pompiers derrière des façades pseudo-mansardées, à cureter indignement et à plaquer de la fausse pierre sur des structures anciennes.

François CHASLIN,
© *Le Monde,* 21 octobre 1993.

---

1. *Absence de noblesse.*

Familles

CHOISIT-ON SON MODE DE VIE FAMILIAL ?

En apparence, aujourd'hui, la société ne condamne officiellement plus à la marginalité ceux et celles qui veulent vivre l'aventure conjugale ou parentale selon leur désir personnel. Choisit-on réellement, pour autant, sa manière de vivre en famille ? Si des marges de liberté ont été conquises, en particulier par les femmes, il est clair que la réponse ne peut qu'être nuancée.

Certaines contraintes, particulièrement typiques des années quatre-vingt/quatre-vingt-dix, pèsent sur la stratégie des couples : l'accession à la propriété, souvent loin du centre des villes, accroît les charges financières, impose de longs déplacements, complique la vie quotidienne ; la difficulté à mener de pair responsabilités parentales et emploi stable prolonge le célibat (ou la cohabitation instable) et influe sur la décision de mettre ou non des enfants au monde. L'accès encore controversé aux moyens de contraception et à l'IVG (interruption volontaire de grossesse) provoque, en particulier chez les jeunes, des naissances non désirées.

De façon plus diffuse, et du fait de la vogue actuelle des thèmes qui touchent à la famille, les images médiatiques, les publicités, les feuilletons à succès, les débats superficiels sur la sexualité ou la parentalité assènent leurs messages contradictoires, parmi lesquels il est bien difficile de trouver ses propres référents. L'opinion, faute de données sérieuses, continue à faire peser des soupçons de déviance ou de pathologie sur les enfants – et parfois les adultes – qui vivent dans un milieu familial « atypique ». Peut-on réellement, dans ces conditions, renvoyer aux intéressés l'entière responsabilité du destin familial qu'ils assument ? La stratégie familiale reste l'art de gérer le possible et l'impossible, même si l'éventail des « possibles » s'est élargi.

A.P., *L'État de la France 1992*,
© Éditions La Découverte.

UNE NOCE À GRAND PRIX

Le plus beau jour de la vie représente une belle facture.

Le mariage est aujourd'hui un événement auquel beaucoup de temps et d'argent sont consacrés, les fêtes grandioses revenant dans les mœurs et à la mode.

Les mariés ont des goûts de luxe et doivent en moyenne débourser entre 30 000 et 50 000 F pour une noce réussie. Ces dépenses concernent les « indispensables » : la robe avec accessoires environ 3 000 F, le costume 2 000 F, les alliances entre 1 000 et 5 000 F la paire, la « paperasse » 1 000 F... et le repas de 100 à 150 F par personne. Heureusement, la liste de mariage compense. Évaluée à 15 000 F en général, elle se compose surtout d'objets de luxe, allant de l'argenterie à un voyage aux Antilles.

RENCONTRES : LES LOGICIELS DU MARIAGE

Si le bal ou les bancs de l'université sont toujours propices aux grandes rencontres, le prince charmant peut aussi se cacher, désormais, dans la mémoire d'un ordinateur. Il existe en France environ 800 agences se proposant de vous aider à trouver l'âme sœur...

Sur 18 millions de célibataires, veufs ou divorcés, recensés aujourd'hui en France, 10 % sont candidats au mariage. Ayant épuisé tous les biais traditionnels de rencontres, plus de 200 000 personnes s'informeraient chaque année auprès de l'une des quelque 800 agences matrimoniales de France, 50 000 d'entre elles se décidant finalement à la signature d'un contrat. Entreprises vénales mais toutefois généreuses, vampires de la solitude, les avis divergent sur ces établissements feutrés, qui vendent de l'espoir pour un coût variant de 6 000 à 15 000 francs. À ce prix, les candidats au mariage se voient proposer, chaque mois, de une à sept sélections tirées du fichier informatique. Au pays de la rencontre assistée, dont la devise est « ici s'arrête le hasard », l'ordinateur est roi et permet de recouper les désirs de chacun et les profils compatibles. Le coup de foudre n'a plus guère droit de cité. Pourtant, qui sait si la grande blonde souhaitant ardemment faire sa vie avec un brun ténébreux ne trouverait pas plutôt le bonheur avec le gentil « poil de carotte » qui attend, doucettement, son 42e rendez-vous dans l'alcôve d'à côté ?

LE MARATHON DE L'AMOUR

Une lune de miel sur le macadam de New York pour y courir le marathon : l'amour qui unit Jean-Éric André et Nathalie Ludwig n'est pas à bout de souffle. Jean-Éric, militaire de carrière, est originaire d'Eaubonne (Val-d'Oise). Il a transmis à sa fiancée, une Lorraine de Nancy, sa passion pour la course à pied. Pour eux, la vie n'est pas forcément une épreuve d'obstacles mais une longue course de fond, et le chemin du bonheur passera par un voyage de noces à New York. Ils effectueront le célèbre marathon, main dans la main. Amour quand tu nous tiens...

LES FAMILLES RECOMPOSÉES NE SONT PLUS MARGINALES

L'augmentation du nombre des divorces a fait apparaître environ un million de ces structures familiales où un couple cohabite avec des enfants nés d'une union précédente.

Les photos s'échappent de l'album, et Sébastien, onze ans, peste contre le manque de pages. Il y a tant de photographies dans cet épais livre à couverture noire, tant de personnages dans la vie de ce petit garçon dont les deux parents se sont séparés et ont chacun reformé un couple avec de nouveaux enfants. Chaque anniversaire est fêté en double, « là, c'était chez mon père, avec les bougies qui n'arrêtaient pas de se rallumer. Ma sœur, enfin ma demi-sœur, était venue avec son copain, et il y avait aussi mes deux petits frères. Là, c'est dans le jardin avec ma mère et ma grand-mère qui apporte le gâteau. Derrière se cache Jean-Pierre, le copain de ma mère, avec le vélo qu'ils m'ont offert. » Lors des fêtes de Noël, c'est encore plus compliqué : « On frôle le délire avec tous les grands-parents. Je fais un dessin pour chacun, sinon je me ruinerais en cadeaux ! » Les albums des familles recomposées tentent de retracer des histoires d'amour et de déchirure, des périodes de calme et de turbulence, des liens de filiation et des relations complexes. Tout acteur qui a eu un rôle dans cette pièce a le droit d'y être présent. Le déroulement de la chronique familiale se moque de règles bien établies, notamment celle de l'unité de lieu : l'idée d'un foyer unique qui réunit les membres du groupe est caduque. Il existe désormais plusieurs domiciles, et le terme de famille va désigner un réseau de foyers que relie la circulation d'enfants de couples séparés.

Ces familles « en kit » sont de plus en plus nombreuses. L'Insee estime leur nombre à 661 000 sur la base des données recueillies lors du dernier recensement de 1990. Or ce mode de calcul sous-estime largement le phénomène, car il ne comptabilise que le couple, marié ou non, qui vit avec un enfant né de l'union précédente de l'un des deux conjoints. Les statisticiens privilégient donc l'une des deux moitiés du couple précédent, la mère le plus souvent, puisque dans neuf cas sur dix c'est elle qui obtient la garde de l'enfant après un divorce ou une séparation. Comme, dans le même temps, on sait que les hommes « recomposent » une famille plus facilement que les femmes, le nombre de foyers concernés par ce phénomène peut être estimé à près d'un million. Au total, 20 % des familles ne correspondent plus au traditionnel schéma du couple qui élève tous ses enfants et seulement ses enfants. Un foyer sur cinq…

Ces familles recomposées intriguent. Elles font leur apparition dans les scénarios de film, deviennent des sujets d'enquête ou d'humeur pour les auteurs d'essais et de romans. Le plus grand nombre considère avec bienveillance ces grandes tribus qui ont autant d'enfants que les familles nombreuses d'autrefois. D'autres s'interrogent sur leur mode de fonctionnement, le type de liens que tissent les acteurs de cette famille résolument moderne, les droits et devoirs des uns envers les autres. Quelques-uns enfin déplorent l'effondrement de la famille traditionnelle, dont la figure géométrique, le triangle qui unit le père, la mère et les enfants, avait le mérite de la simplicité. Mais plus personne n'ignore leur existence.

Le phénomène est massif, mais il est aussi récent. On est bien loin du XVIIIe siècle, lorsque près d'un mariage sur trois était un remariage consécutif au veuvage, ou du début du XXe siècle, lorsqu'un divorce pour faute permettait à une seconde union de « réparer » la première. Le phénomène de la recomposition est la conséquence en droite ligne du grand bouleversement, depuis les années 70, que représente l'augmentation des divorces. Ceux-ci concernent un couple sur trois en France, dont un sur deux en région parisienne. Aujourd'hui, un mariage sur quatre est un remariage pour au moins un des époux.

Mais cette fin du couple conjugal n'entraîne pas la fin du couple parental. Les parents conservent des liens malgré leur séparation et tout est fait pour leur permettre d'exercer encore leur rôle vis-à-vis d'un enfant dont ils n'ont pas forcément la garde. Point d'orgue de cette évolution, la loi du 8 janvier 1993 dispose que l'autorité parentale partagée est la norme en cas de divorce et limite toute procédure d'adoption par le beau-père à une adoption simple.

On reste père ou mère quelles que soient les circonstances. Même si la traduction de ce principe dans la réalité n'est pas évidente. Un enfant sur quatre seulement voit son père tous les quinze jours, un sur trois une fois par mois, un sur trois n'a plus de relations avec lui. Au début des années 80, le parent qui souhaitait obtenir la garde de son enfant en cas de divorce expliquait au juge qu'il avait refondé une famille « *normale* », que son nouveau conjoint s'entendait très bien avec l'enfant et que ce dernier l'appelait « *Papa* ». Dorénavant, le parent qui souhaite vivre avec l'enfant raconte le plus souvent au magistrat que, bien qu'il ait renoué une nouvelle union, les liens avec le père ou la mère biologique ne sont pas rompus et, d'ailleurs, il n'est pas question que l'enfant appelle son beau-parent « *Papa* » ou « *Maman* »…

Les sociologues se penchent avec délectation sur ce phénomène de société. En dépit de leur nombre en augmentation constante, les familles recomposées sont contraintes d'improviser. « *Elles vivent leur destinée dans une grande solitude*, explique Irène Théry, chercheur à l'Observatoire sociologique du changement de la Fondation nationale des sciences politiques. *Rien dans l'expérience de leurs aînés ne vient les guider ou les orienter* ». Pour elle, la famille recomposée ne peut fonctionner que si le lien de filiation est assuré et le passé assumé. [...]

Michèle AULAGNON,
© *Le Monde*, 20 mai 1995.

NOËL

La Fête des enfants

À peine se réveillent-ils, se frottent-ils encore les yeux, qu'ils se ruent déjà au salon.

Mis au lit au début de la veillée, ils ont entendu longtemps, à travers la porte de leur chambre, les voix des parents, les rires des amis, avant de trouver enfin un sommeil mêlé d'angoisse et de personnages merveilleux. Ça y est, le jour, l'heure tant attendus sont arrivés. Au pied du sapin, les cadeaux sont là, vite déballés. Soulagement. Hier encore planait la menace de

maman : « *Si tu n'es pas sage, le père Noël ne passera pas.* » Il est passé. Les enfants découvrent, les yeux écarquillés, l'objet de leur convoitise, le présent qu'ils espéraient de toute la force de leurs rêves et de leurs petits poings.

Depuis l'Antiquité, le solstice d'hiver, ou le changement d'année, était une époque de cadeaux. À l'ère chrétienne, le présent de Noël, rappel des offrandes faites au Christ sauveur, est devenu une institution. Sous toutes les latitudes, des millions de personnes participent au même rite, au même moment. Autrefois réservé aux enfants, le cadeau s'offre aujourd'hui à tous, petits et grands, pour notre plus grand bonheur.

Les traditions

• La veillée

Agitation, impatience ou recueillement : la nuit de Noël n'est pas, loin s'en faut, neutre en émotions. Avec l'heure de Noël, fête familiale entre toutes, sonne celle des retrouvailles et de repas interminables. La veillée illustre ce partage, aujourd'hui de l'abondance, autrefois du feu. De l'aïeul au dernier-né, chacun se réunissait autour de l'âtre où la bûche bénite, choisie pour brûler jusqu'à minuit, jouait un rôle essentiel. Ici et là, selon la tradition locale, on lui attribuait la faculté d'accueillir les anges, de faire fructifier la récolte, de protéger les siens : les parties non consumées étaient soigneusement conservées par la maîtresse de maison, qui les plaçait sous son lit ; en cas d'orages, elles étaient remises au feu et écartaient la foudre. Aujourd'hui, nul ne sait si la bûche de chocolat ou de glace, servie immanquablement au

dessert de la fête, est parée d'autant de vertus…

• La crèche

Du latin « *cripia* », le mot crèche désignait initialement la mangeoire aux bestiaux, telle celle où Marie déposa l'Enfant Jésus dans l'étable où elle accoucha, faute d'avoir pu trouver un autre gîte.

Le mot s'étendit à la reproduction tout entière de l'étable. La représentation de la crèche dans l'église remonte à saint François d'Assise, en 1223.

Jusque-là, les crèches étaient vivantes – tradition reprise aujourd'hui – et l'église s'opposait à les recevoir en son sein. Saint François d'Assise eut, le premier, l'idée de santons.

Encouragée par la Contre-Réforme, la Nativité s'imposa dans toute l'Italie, pour gagner enfin l'Europe entière.

Dès lors, les crèches se sont multipliées, pour être de toutes les fêtes de Noël, dans tous les foyers.

• Le sapin, symbole de vie

Il reste vert au milieu de la nature en deuil hivernal : le « roi des forêts » est aussi celui de Noël. Il devrait son rang à l'Arbre du Paradis, centre du jardin d'Eden et du mystère de la Création. Selon les historiens, la coutume du sapin de Noël serait née en Allemagne ou en Alsace, vers le XVe siècle. Des documents établissent qu'à l'ap-

proche des fêtes, les gens se ruaient vers les forêts, à tel point que des gardes étaient spécialement dépêchés pour éviter les abus. Au XIXe siècle, la tradition s'étendit à toute l'Europe et par le biais de l'immigration allemande et alsacienne, elle gagna même les États-Unis. Aujourd'hui, des enfants du monde entier se retrouvent autour du sapin, y compris dans certains pays où la température atteint 40° le 25 décembre !

• La messe de minuit

Autrefois, la veillée n'avait de sens que parce qu'elle permettait d'attendre l'office[1]. La messe de minuit était la plus joyeuse de l'année, avec ses chants, sa crèche, et quelquefois même des représentations théâtrales de la Nativité.

Les offrandes au Sauveur, agneaux, oiseaux ou pains bénits, faisaient partie d'un immuable cérémonial, portées, selon les provinces, par de jeunes garçons, par une jeune vierge ou encore par les bergers.

Au Moyen Âge, d'autres célébrations, comme l'office de l'âne ou la fête des fous, excessives et jugées licencieuses par l'Église, furent interdites. Aujourd'hui, la messe de minuit permet à tous les paroissiens, même les moins pratiquants, de se retrouver au moins une fois par an.

---

1. *Cérémonie religieuse.*

LE FRONT
ET L'ARRIÈRE

L'illusion pessimiste selon laquelle la vieillesse des nations sonnerait la retraite de l'économie repose sur deux préjugés également infondés.

Premier préjugé : les vieux quittent la vie professionnelle parce qu'ils ne

peuvent ni ne veulent poursuivre leur activité.

Or, bien loin d'être des déserteurs ou des impotents, les retraités des deux dernières décennies ont, dans leur grande majorité, rendu leur tablier à leur corps défendant. Les économies développées ont chassé les plus anciens de la vie active, parce qu'elles s'avéraient incapables de fournir du travail à tout le monde. Si les écono-

mies développées se mettaient à manquer de bras, les prématurés de la retraite constitueraient à l'évidence une immense armée industrielle de réserve, prête à renforcer la population active.

Second préjugé : les « actifs » sont seuls à produire et les « inactifs » ne font rien d'utile. Autrement dit, le retraité de demain, comme la femme au foyer d'hier, sont des oisifs, les parasites de l'économie officielle.

Or, les économistes ont désormais démasqué la gigantesque création de richesses dont l'économie domestique est à l'origine. Ces mêmes économistes comptent sur la généralisation du travail féminin pour alimenter la population active dans les décennies à venir. Qui, dès lors, relaiera la femme « active » dans la gestion de l'économie familiale qu'elle ne peut plus raisonnablement assumer ? Qui assurera la continuité de la famille et de l'éducation des enfants, que le couple moderne, ivre de libertés, ne prend plus assidûment en charge ? Qui donc, sinon les vieux du troisième âge ?

Sur le front économique comme à l'arrière du bastion familial, tous les ingrédients paraissent réunis pour que les pays modernes rappellent leurs vieux qu'ils ont tenus à l'écart pendant trois ou quatre décennies. Car les vieux du deuxième millénaire formeront inévitablement une espèce nouvelle et constitueront une véritable génération supplémentaire.

En effet, contrairement à une croyance répandue, les grands-parents sont une invention récente. Le monde traditionnel, du fait de la brièveté de la vie, ne connaissait que la famille à deux générations. Le cercle familial ne pouvait être qu'horizontal : frères et sœurs, cousins, cousines... Le second étage, celui des pères et mères ou des oncles et tantes, ne durait pas longtemps, puisqu'un individu perdait en moyenne son premier parent à 14 ans. L'apparition d'une famille verticale à trois, puis quatre générations est la marque des temps modernes dans le monde développé. Aujourd'hui, un enfant de cinq ans a la quasi-certitude d'avoir au moins un arrière-grand-parent.

Or, médecins et biologistes enseignent que le troisième âge (de 60 à 75 ans) devient rapidement l'équivalent de ce qu'était l'âge mûr (de 40 à 60 ans) au milieu du siècle. Ceux que, par conformisme, nous nommons encore les « vieux » ne se rencontrent déjà plus au troisième âge, mais au quatrième (plus de 75 ans). Au début du troisième millénaire, la vieillesse aura encore reculé, au-delà du seuil du quatrième âge.

Dans les premières décennies de l'an 2000, les générations du troisième âge seront nombreuses tandis que celles du quatrième – les « vrais » vieux – resteront faiblement représentées puisqu'elles sont formées des classes creuses de l'entre-deux-guerres. C'est donc une nouvelle génération forte en nombre et en capacité d'action, qui viendra s'immiscer entre les jeunes et les vieux : elle ne sera plus une première étape de la vieillesse, mais un second épisode de la force de l'âge. Il est impensable que dans vingt ans l'économie et la société n'utilisent pas cette génération disponible. Au contraire, les prétendus « retraités » de l'an 2000 se verront, à l'instar des femmes de cette fin de siècle, sollicités sur le front de la vie professionnelle, sollicités à l'arrière par les foyers désertés : ils seront écartelés et, comme souvent lorsqu'on porte l'étiquette de l'oisiveté, appelés pour toutes les missions, débordés de tâches multiples.

Cette génération supplémentaire, parce qu'elle est encore réputée oisive, n'aura pas été comptée dans les forces productives. Elle viendra comme un profit exceptionnel dans les comptes de la nation, un surplus providentiel que l'économie escomptait ranger du côté des pertes. Ainsi, la vieillesse des nations pourrait faire discrètement la richesse des nations.

Michel CICUREL,
La Génération inoxydable, © Grasset.

JEUNES À 120 ANS

Une initiative de la Fondation Ipsen a permis de dresser une carte de France des centenaires.

La palme revient à Jeanne Calment, qui demeure dans le département des Bouches-du-Rhône et qui affiche allégrement 120 printemps (elle est née le 21 février 1875). Derrière Jeanne, ses trois cadettes qui résident en Ille-et-Vilaine, dans la Creuse et à Paris et qui, elles, n'ont que… 112 ans ! On compte en France 4 000 centenaires, et bon nombre d'entre eux ont été localisés. Le doyen des hommes a 111 ans et vit en Isère. Il est suivi par deux cadets de 110 ans, dans le Maine-et-Loire et le Bas-Rhin. Des records qui ne demandent qu'à être battus !

UN MILLION DE PERSONNES ÂGÉES DÉPENDANTES

Elles sont plus d'un million en France à être âgées de 65 ans et plus et à avoir besoin de l'aide à domicile d'une tierce personne.

Pourtant, l'an dernier, elles n'étaient que 42 000 à bénéficier de cette aide. On estime à 7 830 000 le nombre de personnes de 65 ans et plus, vivant chez elles ou chez un proche. Sur ce chiffre, on évalue à un million le nombre de celles ayant besoin d'une aide, principalement pour sortir, car elles souffrent de problèmes physiques ou de troubles de l'orientation. 150 000 sont confinées au lit ou dans un fauteuil. L'aide qui est apportée consiste en une prise en charge de quatre heures et demie par semaine, réparties en huit ou neuf visites.

3

Exclus et solidarité

LA FRANCE DES « QUARTIERS MALHEUREUX »

La Délégation interministérielle à la Ville a publié une sorte de radiographie des quartiers français les plus défavorisés. Éloquent.

Dans les 546 quartiers passés au peigne fin[1], il y a deux fois plus de chômeurs que la moyenne nationale, le nombre de familles immigrées y est trois fois supérieur et il y a quatre fois plus de HLM[2]. Ces chiffres témoignent de l'échec de la construction des grands ensembles, en particulier les ZUP[3], menée entre 1949 et 1974. Dans ces quartiers, près de 8 % des ménages comptent six personnes ou plus, les étrangers constituent plus de 18 % de la population et le taux de chômage moyen se situe à 20 %.

1. Examinés en détail.
2. Habitations à loyer modéré.
3. Zones à urbaniser en priorité.

LES SANS DOMICILE FIXE (SDF)

• Combien sont-ils ?

Aucun chiffre vraiment fiable n'existe sur le nombre des SDF en France. Les estimations les plus sérieuses varient du simple au double : ils seraient 200 000 selon une enquête comman-

dée par la Caisse des dépôts et consignations, mais 400 000 d'après un rapport d'ATD-quart-monde[1] au Conseil économique et social. À Paris, les évaluations varient entre 14 000 et 60 000.

• Où dorment-ils ?

L'hébergement des SDF en région parisienne est très en deçà des besoins : environ 1 700 places d'urgence dans les asiles de nuit, lieux redoutés en raison des conditions d'accueil très dures, en grands dortoirs. Chaque hiver, malgré le froid, une centaine de places restent vacantes dans les asiles. D'autre part, quelque 3 800 places sont offertes dans les CHRS[2] qui, face à la demande croissante, trient soigneusement leur clientèle.

1. Aide à toute détresse – Quart-monde.
2. Centres d'hébergement et de réinsertion sociale.

LES FILS DES NOUVEAUX PAUVRES

Le major de l'Armée du salut, Jacques Pierquin, est formel : les nouveaux pauvres sont apparus dans les années 70 et leurs enfants sont dans notre environnement aujourd'hui.

Patrick a 27 ans mais en paraît 40. Il est pieds nus dans des chaussures qui bâillent et ne sait même plus avouer ce qu'il désire. Hervé, 23 ans, originaire du Cher, possède un CAP de boulangerie mais, devenu allergique à la farine, il est venu

Les Restos du cœur de Coluche.

dans la capitale pour trouver du travail. Hélas…

Des cas semblables, il y en a des centaines et des centaines. Les exclus sont entre 200 et 400 000, dont plus de 30 000 en région parisienne. Parmi eux, 200 000 au moins sont sans logement.

MARSEILLE : LE MAILLON DE LA DERNIÈRE CHANCE

À Marseille, les SDF sont environ 2 000. À l'asile du centre Forbin, où 275 lits sont à leur disposition, c'est le maillon de la dernière chance.

Chez les pensionnaires, en majorité Nord-Africains et Polonais, 40 % des cas relèvent de la psychiatrie et une bonne moitié de l'alcoolisme. Parmi ces gens, rejetés par notre société, nombreux sont ceux qui n'ont plus de famille ou s'en sont détachés. Ainsi, cet homme de 67 ans qui, en quelques semaines, a perdu son épouse et sa fille toutes deux victimes du cancer.

D'autres sont venus à la rue parce que les « petits boulots » dont ils vivaient se font de plus en plus rares. Que faire pour ces gens-là, sinon faire preuve de mansuétude ? Les œuvres caritatives ne sont pas assez nombreuses. Mais peut-on encore faire quelque chose pour ces laissés-pour-compte depuis tant d'années ?

LA MIE DE PAIN

C'est une association caritative qui a vu le jour en 1887. Sans bruit, elle continue à œuvrer et, cet hiver, elle aura distribué 120 000 repas à Paris. Elle s'efforce également de mettre en contact des restaurateurs et des représentants d'autres corps de métier qui ont envie d'aider ceux qui sont dans le besoin.

DIXIÈME HIVER POUR LES RESTOS DU CŒUR

Créés par Coluche en 1985, les Restos du cœur ne désarment pas. Cet hiver encore, plus de 17 000 bénévoles servent, jusqu'à la mi-mars, quelque 31 millions de repas aux personnes défavorisées.

« Aujourd'hui, on n'a plus le droit, ni d'avoir faim ni d'avoir froid », chantaient les amis de Coluche, réunis autour du généreux fantaisiste, à l'heure où celui-ci eut la géniale idée des Restos du cœur. Solidarité, partage : quasi institutionnels, les Restos du cœur fonctionnent, pour moitié, grâce aux dons de particuliers. Durant trois mois, ils combattent l'hiver, la pauvreté, le désespoir, en distribuant quotidiennement 400 000 paniers-

repas, dans 1 200 centres répartis dans toute la France.

L'ASSOCIATION SANS DOMICILE SOLIDARITÉ (SDS)

Ce n'est pas un asile de nuit, mais c'est ouvert quand tous les lieux publics parisiens ferment leurs portes. Jusqu'à cinq heures du matin, quand ouvre le métro, on y vient jouer aux cartes, se reposer, se laver, échanger des trucs pour éviter les contrôleurs SNCF et des « adresses ». Et surtout, discuter avec les éducateurs ou des sympathisants de Sans domicile solidarité, la première association fondée en France par des SDF pour des SDF. Créée en 1993, l'association réclame le rétablissement des droits perdus par les SDF. À commencer par le droit de vote qu'ils n'ont pas dans les faits, puisqu'ils n'ont pas d'adresse.

© D'après *Libération,* juillet 1993.

LA VOIX DES SANS-ABRI

« Le Réverbère », journal bimensuel écrit et vendu par des sans domicile fixe sort depuis le mois d'août 1993. Une initiative inspirée des pays anglo-saxons.

« Et si on parlait de toit »… le sous-titre du *Réverbère* est explicite. À la une du premier numéro, sorti fin juillet 1993 à Paris et dans les grandes villes françaises, un sujet de société : *« L'homme serait-il le seul produit non recyclable ? »* Contrairement à *Macadam*, premier journal vendu lui aussi à la criée par des SDF en France, mais rédigé par

des journalistes professionnels, *Le Réverbère* se revendique « cahier des sans-abri, par les sans-abri ». Chacun peut donc y écrire et les meilleurs textes, selon les thèmes choisis, sont publiés. Au sommaire des numéros 2 et 3 : l'exclusion, l'Europe, la société de consommation…

60 000 exemplaires vendus au premier numéro

Lancé par un ex-vendeur de *Macadam*, Georges Mathis, *Le Réverbère* a été tiré à 20 000 exemplaires dans un premier temps, par un imprimeur parisien qui a fait le pari de payer son travail sur ce premier tirage, les autres collaborateurs étant bénévoles. Deux tirages supplémentaires du numéro 1, de 20 000 exemplaires chacun, ont été nécessaires pour répondre à la demande. *« Il se vend comme des petits pains »*, affirme son créateur, *« chaque exemplaire est acheté 3 francs par le vendeur, qui le revend 10 francs. »* Selon Jean-Philippe, graphiste au chômage, quelques-uns des deux cents vendeurs du *Réverbère,* qui parcourent les couloirs du métro et les alentours des gares, parviennent à gagner 800 F certains jours.

Cette expérience de presse des sans-abri s'inspire des initiatives anglo-saxonnes : *Street News*, le magazine des sans-abri new-yorkais, et *Big Issue*, en Grande-Bretagne, du même type.

Protéger les sans-abri

Le Réverbère établit des fiches de paie à ses collaborateurs car, sans elles, pas de couverture sociale adéquate ni de logis. D'autre part, les fonds recueillis ont permis l'ouverture d'un centre d'entraide, où les sans-abri peuvent laver leur linge, se reposer et trouver un peu de convivialité.

Pierrick BÉQUET, © D'après *Les Clés de l'actualité,* n° 69, du 2 au 8 septembre 1993.

France, terre d'accueil ?

IMMIGRATION[1]

La France est de longue date un pays d'immigration. Le mouvement a pris de l'ampleur dès le XIXᵉ siècle et s'est amplifié au lendemain de la première guerre mondiale, d'importants contingents de Belges, Polonais, Italiens, Nord-Africains ou Indochinois venant compenser en partie l'hécatombe militaire. La crise économique des années trente et la seconde guerre mondiale ont mis en veilleuse ce phénomène, mais celui-ci est réapparu avec force après la Libération, non plus tant pour compenser des pertes de guerre, plus modestes qu'en 1914-1918, mais surtout à partir de 1954, pour répondre aux besoins en main-d'œuvre d'une économie en pleine expansion. Les arrivants vinrent cette fois, pour l'essentiel, d'abord d'Espagne et du Portugal, puis du Maghreb, d'Afrique noire et des Antilles. De 1946 à 1990, le nombre total d'étrangers recensés en France est passé de 1,7 à 3,6 millions (le taux d'immigration étant supérieur à celui des naturalisations). Ils représentent actuellement 6,3 % de la population totale.

1. À l'intention de ceux qui souhaitent, pour leur gouverne ou pour des raisons professionnelles, faire le point sur ce sujet, Larousse réédite au sein de sa collection Références, « La mosaïque France : histoire de l'immigration et des étrangers en France ». Précisant les concepts en jeu, cette œuvre collective, que l'on doit à une pléiade d'auteurs prestigieux (universitaires et spécialistes de la question), rappelle l'histoire des flux migratoires dans l'Hexagone.

LA COMMUNAUTÉ D'ORIGINE ÉTRANGÈRE

L'honorable M. Tang, alias Bounmy Rattanavan, est un personnage complexe. Le groupe dont il est le directeur général, Tang Frères S.A., « pèse » 700 millions de francs de chiffre d'affaires et emploie 500 personnes dans ses cinq supermarchés, ses trois restaurants et ses multiples sociétés (commerce alimentaire de détail, vins et spiritueux, export-import, location de machines à coudre, immobilier). Pourtant, il a le succès discret. Grand, le visage lourd mais avenant, à peine âgé de quarante ans, déjà grisonnant, il reçoit au fond d'une cour dans un modeste local éclairé au néon et carrelé comme une cuisine.

Quel est son vrai nom ? Celui de sa carte de visite n'est que la traduction laotienne de Tang, patronyme chinois de la région de Chaozhou dans la province de Canton. Il le partage avec une nombreuse famille vouée aux affaires. Un frère aîné, Bou, est président de la société, un neveu, Somphone, administrateur, et une parente, Bénédicte, tient un commerce. Né au Laos d'un père émigré de Chine du Sud, Bounmy Rattanavan, de nationalité française, a épousé une ravissante Laotienne prénommée Sou-

thaseum, qui lui a donné deux bambins. Bouddhiste, il a appris à lire et à écrire chez les sœurs de la Providence, dont il garde un excellent souvenir. Après son bac, passé au lycée français de Vientiane, il fut envoyé comme boursier à l'Institut national des sciences appliquées (INSA) de Lyon. À présent, il passe ses courtes et rares vacances à visiter le monde et ne rêve que de commercer à travers les océans. Il est membre de la puissante association des natifs de la région de Chaozhou, dont les mille délégués se sont réunis en 1991 à Paris. Mais cette fidélité au terroir ancestral ne l'a pas empêché de fonder, en 1988, un conseil pour l'intégration des Chinois.

Rayer le mot « Chinatown »

Hormis le culte qu'il voue à sa famille – dix frères et sœurs émigrés en Australie et en France, – Bounmy Rattanavan ne paraît avoir que deux passions. Celle des affaires d'abord. Fuyant le Laos en 1976, à vingt-trois ans, il créait avec son frère sa première maison de commerce. Il s'agissait alors d'importer d'Extrême-Orient des produits alimentaires destinés aux négociants et restaurateurs asiatiques de Paris.

En 1981, les frères Tang louaient à la SNCF un garage de 2 000 mètres car-

rés débouchant sur l'avenue d'Ivry, dans le treizième arrondissement. Ils y installaient sommairement un supermarché. Depuis, la société a racheté à Paris et en banlieue plusieurs fonds de commerce en mauvaise posture. La clientèle atteinte est, selon les points de vente, composée d'un tiers, voire d'une moitié de non-Asiatiques. Premier importateur français de produits alimentaires orientaux, M. Tang veut à présent devenir le numéro un de l'exportation vers la Chine. Il s'attaque aux appareils médicaux, qu'il ambitionne d'expédier là-bas en pièces détachées et de faire monter quelque part du côté de Shanghaï.

Sa seconde passion est l'intégration.

« *Réservés par nature et par éducation, nous ne communiquons pas assez* », reconnaît-il. Aussi encourage-t-il toute initiative tendant à lancer des passerelles entre la culture française et la culture chinoise. Courtoisement, il se désole des rumeurs désobligeantes que la presse fait courir sur la communauté asiatique de Paris. Il lui arrive même de se fâcher. Son association a intenté deux procès en diffamation à des périodiques. Il recommande à ses compatriotes naturalisés de s'inscrire sur les listes électorales et de participer aux scrutins. [...]

M. A.-R., © *Le Monde*, 31 janvier 1993.

LA RÉFORME DU CODE DE LA NATIONALITÉ

Le nouveau « code de la nationalité » a été adopté par le Parlement. Il rendra plus difficile l'acquisition de la citoyenneté française, notamment aux enfants d'immigrés qui devront désormais, pour devenir Français, en faire la demande à partir de 16 ans.

Naître Français est une chose, le devenir en est une autre. En effet, le gouverne-

ment a fait adopter par l'Assemblée nationale un projet de loi visant à réformer le « code de la nationalité ». Ce code regroupe depuis 1927, un ensemble de lois qui ont été insérées dans le code civil. Il définit aussi bien la qualité des Français d'origine que les règles permettant aux étrangers d'acquérir la nationalité française.

Le droit du sang et le droit du sol

Depuis plus d'un siècle, elle reposait sur un double principe : le « droit du

sang » et le « droit du sol ». Était automatiquement français l'enfant dont l'un des deux parents est lui-même français, c'est le droit du sang. Avec le droit du sol, la citoyenneté était automatiquement attribuée à sa majorité légale – 18 ans – à tout enfant né en France de parents étrangers. À cela deux conditions : il devait résider dans le pays et y avoir un domicile depuis l'âge de 13 ans. [...]

© *Les Clés de l'actualité.*

LES CLANDESTINS

Voici ce qui fait peur à la France : les immigrés clandestins. Venus d'Afrique sans papiers, on les a pris un soir de contrôle, et les voilà en prison. On pourrait commencer par les regarder, ces invisibles. Du coup, on verrait bien la tête qu'ils ont : ce sont des hom-

mes. La plupart sont en prison pour rien. Un détail, un papier vert qui permet de travailler. On va les renvoyer chez eux. À la misère. C'est prévu. Il y a déjà tant de chômage ici qu'on finit par ne plus rien dire. Pas de place pour tout le monde. Nous vivons vraiment des années sans pitié. Reste la honte :

qui peut regarder ces hommes en face, et leur dire qu'ils ont eu tort d'essayer ? Qu'ils doivent accepter leur destin. Qu'ils feraient mieux de ne pas exister du tout. Puis cette autre question, la dernière : et si cela nous arrivait à nous ? Si nous devions partir ? Aurions-nous leur courage ? Que penserions-nous des habitants du pays qui veut tout garder pour lui ?

Chaque année, ils sont un peu plus de 6 000 à séjourner en prison pour être entrés en France sans autorisation. À la prison des Baumettes, à Marseille. À la Santé, en plein Paris. C'est là qu'on les retrouve. Ces six mille-là, dans les statistiques, on les fait entrer dans la colonne « délinquance ». Mais le plus souvent, ils n'ont rien fait. Ils étaient seulement là, parmi nous, en passagers clandestins. Ils se sont fait arrêter un soir, un jour sans chance. Ce jour-là, c'est d'abord le dépôt. Suivent la prison et l'expulsion. Le retour à tout ce qu'on a fui. L'assignation à la misère.

En prison, ils sont encore des clandestins. À peine à leur place dans le système. Ce sont les plus démunis des prisonniers. Sans timbres, sans savon, sans papier WC, parce que sans argent, quelquefois sans nom.

Ils attendent dans les prisons de la République, au fond de cellules qui ressemblent à des caves. Bruit de serrure, porte qui grince, café, promenade, déjeuner, promenade, extinction des feux et ainsi de suite chaque jour. Deux douches par semaine, pas de visites (clandestins, les amis doivent aussi se cacher).

La prison de la Santé : bloc B. Le quartier haut est un quartier noir. À croire que la jeunesse d'Afrique s'y est donné rendez-vous. On a la vue sur Paris, quand même. Le métro aérien qui passe régulièrement, une crèche en bas dans la rue, le soleil plutôt pâlot d'avril.

La première fois qu'on se fait prendre, c'est trois mois, suivis d'un ordre de passer la frontière dans les huit jours. Seul recours : disparaître. La seconde fois, c'est le double, six mois. La troisième, on double encore la mise. Douze mois de prison. Un an entier,

avec des familles au loin qui attendent un mandat pour continuer à vivre. Tout cela pour un petit papier qu'on n'a pas, la précieuse carte de séjour. Être clandestin n'est pas seulement un enfer (la peur constante, l'absence totale de droits sociaux), c'est payer vraiment très cher le simple fait d'exister. On reparle d'expulsions. Comment croire que la prison, la reconduite à la frontière peuvent briser le rêve de « s'en sortir » et d'être libre ? [...]

En Afrique, une famille se réunit pour payer le voyage à un de ses enfants. Quand il sera arrivé, il remboursera chacun, puis enverra de l'argent chaque mois, pour aider à vivre, ouvrir un magasin, payer d'autres voyages, aider le village.

Délinquant ici, manœuvre à la journée, et déjà presque héros là-bas. Le clandestin est un survivant. Quoi qu'on en dise, cela se respecte.

Olivier AUBERT, © *Le Jour*, n° 27.

LES DISPOSITIFS DE DISSUASION

En 1991, c'est la tendance répressive qui l'emporta, lorsque le gouvernement dirigé par Édith Cresson annonça un train de mesures tendant à la « maîtrise de l'immigration » : contrôle renforcé sur les visas délivrés par les consulats, faculté donnée aux préfets d'annuler un visa de tourisme s'ils soupçonnent son titulaire d'être venu en France pour s'y établir, pouvoirs accrus donnés aux maires pour la délivrance des « certificats d'hébergement » exigés des étrangers venant en France pour une visite privée, renforcement des peines encourues en matière de travail clandestin, etc. Les obstacles mis aux mariages entre Français et étrangers se sont aussi multipliés, depuis le refus de célébrer le mariage jusqu'à

l'arrestation du conjoint étranger à la mairie. Quant aux demandeurs d'asile, ils se heurtent à la suppression du droit au travail ; à l'obligation pour les ressortissants de certains pays de détenir un « visa de transit » lorsqu'ils veulent débarquer dans un aéroport français, même à l'occasion d'une escale et, enfin, à la possibilité d'être retenus en « zone d'attente », pendant un délai pouvant aller jusqu'à vingt jours, le temps que le ministère de l'Intérieur vérifie que leur demande n'est pas « manifestement infondée ».

En 1993, le retour de la droite au pouvoir est accompagné d'autres mesures qui vont beaucoup plus loin, en restreignant le regroupement familial et en sanctionnant sévèrement ceux qui font venir leur famille irrégulière-

ment ; en entravant encore un peu plus l'exercice du droit d'asile, sous couvert de l'organiser, en mettant en place un filtrage des demandes par les préfectures. De nouveaux obstacles sont opposés au mariage des étrangers avec des Français et au droit de séjour en France des conjoints de Français, en vertu de la suspicion systématique qui pèse sur les mariages mixtes ; tout droit à la Sécurité sociale est supprimé aux étrangers en situation irrégulière et il a été permis à cette fin aux organismes de Sécurité sociale d'avoir accès aux fichiers informatisés détenus par l'administration...

D'après *L'État de la France 94-95*, © Éditions La Découverte – Crédoc.

LA CHASSE AUX BEURS¹ EST OUVERTE !

Combien sont-elles, ces voleuses de nationalité, ces « fraudeuses » qui, selon le garde des sceaux, « *viennent* [d'Algérie] *le temps d'une naissance dans une maternité française* », pour que leur enfant bénéficie de la nationalité de notre pays, et pour que cela leur ouvre à elles les portes de l'immigration ? Quelques centaines ? Si l'on prend acte du fait que, pour que ces bébés soient français, il faut qu'au moins l'un des deux parents soit né à l'époque de l'Algérie française, le nombre ne peut qu'aller en se restreignant. Par ailleurs, des visas sont exigés pour se rendre en France, et les autorités consulaires de notre pays les délivrent parcimonieusement. Ces femmes-là, sans doute, ne justifiaient pas que M. Méhaignerie² vende son âme et se fasse le chantre d'une grave atteinte au double droit du sol !

La proposition de loi votée par le Sénat comprenait déjà, en son article 35, une modification de l'article 23 du code qui consacre ce droit. Celle-ci, adoptée depuis par l'Assemblée, ne reconnaît plus la nationalité française aux enfants nés en France, après le 1ᵉʳ janvier 1994, d'un parent né sur un territoire ayant, au moment de la naissance de ce parent, le statut de colonie ou de territoire d'outre-mer. On a voulu, là, mettre un frein à la naissance en tant que Français de petits enfants noirs. « *Ma ville se noircit !* » ne cessent de se plaindre plusieurs maires de l'agglomération parisienne devant l'apparition sur la place publique de la « deuxième génération » des immigrés du fleuve Sénégal. Mais elles se noirciront plus encore, ces banlieues, maintenant que ces bébés noirs ne pourront plus se prévaloir du drapeau tricolore !

Le Sénat, néanmoins, n'avait pas voulu toucher à la naissance française d'enfants nés de parents algériens. Par crainte de nier l'histoire française de l'Algérie, et surtout par crainte de jeter la suspicion sur la nationalité de centaines de milliers de Français originaires d'Algérie qui, fils (et filles) de Maltais, d'Espagnols ou d'Italiens, ont acquis la nationalité française selon ce même principe de la double naissance en France. Or voilà que ce bon M. Méhaignerie s'est jeté tête en avant dans le piège que lui ont tendu les quelques députés de la majorité qui croient que c'est en faisant du « Le Pen sans Le Pen » qu'ils pourront récupérer les voix des électeurs égarés du côté du Front national³. Et il ne s'est pas trouvé dix justes, dans l'Assemblée, pour s'opposer à cette mauvaise action. Du côté de la majorité, Claude Malhuret, seul, s'est montré un homme d'honneur et de courage.

Demain, peut-être, reconnaîtra-t-on que s'avère contraire à nos textes constitutionnels cet amendement qui nie la naissance française d'un enfant dont l'un des deux parents algériens n'est pas installé en France depuis au moins cinq ans. Mais le mal, d'ores et déjà, est fait.

Bien sûr, le gouvernement objectera qu'on lui fait là un mauvais procès, et que les modifications qu'il apporte à l'article 23 du code n'ont pas d'autre but que de parer les détournements de la fermeture des frontières à de nouvelles immigrations. Mais quand on commence à distiller la suspicion sur la légitimité de la nationalité française de certaines catégories de populations, comment peut-on croire que l'on va maîtriser les réactions dans une opinion déjà encline à rejeter la part maghrébine de la société française ? [...]

Contrôles « préventifs » d'identité, expulsions et interdictions du territoire pour les auteurs d'actes de délinquance, obstacles au regroupement familial, etc., ciblent en priorité les jeunes Maghrébins et les jeunes originaires d'Afrique noire. Que cela soit voulu ou non, la chasse aux beurs est ouverte ! Et on fera mine, désormais, de s'étonner que cette jeunesse soit sur la défensive, quelquefois agressive, et qu'elle opte pour des replis communautaires...

Christian DELORME⁴,
© *Le Monde*, 15 mars 1993.

---

1. *Enfants d'immigrés maghrébins nés en France.*
2. *Ministre de la Justice de 1993 à 1995.*
3. *Parti d'extrême droite, xénophobe.*
4. *Christian Delorme est prêtre, chargé des relations avec l'islam au diocèse de Lyon et membre du Conseil national des villes.*

UNE ÉTUDE DÉRANGEANTE

Treize mille personnes, de 20 à 59 ans, interrogées pendant une heure et quart en moyenne ! L'enquête marathon de l'Institut national des études démographiques (INED), réalisée d'août 1992 à avril 1993, a mobilisé cinq cents enquêteurs (« *en général bien accueillis, souvent avec thé et gâ-*

teaux ! », dit Michèle Tribalat, qui a dirigé cette enquête) et cinquante interprètes. Cette première grande étude sur les immigrés et leurs enfants, financée sur fonds publics, a coûté huit millions de francs. Elle a permis d'interroger des personnes originaires d'Algérie, du Maroc, d'Espagne, du Portugal, de Turquie, d'Afrique noire et d'Asie du Sud-Est (par manque de moyens, Italiens et Tunisiens, notamment, n'ont pas été interviewés). *« Parce qu'elle distinguait Français de souche et d'origine étrangère, parce qu'elle faisait référence à des critères ethniques, notre étude a dérangé les milieux de la recherche »* dit Michèle Tribalat. La Commission nationale informatique et libertés (CNIL) a finalement donné son aval à la chercheuse de l'INED.

T.L., © *Télérama* n° 2362, 19 avril 1995.

LA FRANCE ET SES ÉTRANGERS : ILS FONT TOUJOURS D'EXCELLENTS FRANÇAIS

À l'heure où les lois Pasqua[1] traquent les mariages blancs[2] dès qu'un Français veut convoler avec une étrangère, un documentaire sur France 2[3] rappelle la France à ses origines. Un film à contre-courant.

La France, c'est aussi le « creuset français ». Autrement dit, des Français ou des Françaises qui épousent les gens d'ailleurs. Et ces derniers acquièrent, eux et leurs enfants, notre nationalité. C'est ainsi. Et cela représente un apport démographique que les chercheurs évaluent aujourd'hui à une bonne dizaine de millions d'individus. Tel est le thème du documentaire qui est passé sur France 2 : « De père en fils : la France et ses étrangers ».
Ou plutôt, ces ex-étrangers qui sont nos compatriotes d'aujourd'hui. Des Marseillais du Vieux-Port. Des Ariégeois intégraux. Des Roubaisiens aux noms polonais indéchiffrables qui ne jurent que par Roubaix. Les réalisateurs ne s'étendent pas, comme c'est l'habitude, sur les grands esprits tricolores d'adoption, tels Ionesco, Picasso, Cioran ou Charpak. Non, leurs

caméras sont allées faire un grand tour d'Hexagone pour rencontrer les petits et les sans-grade qui, jadis, franchissaient nos frontières sur la pointe des pieds. Ces ex-Espagnols républicains qui se souviennent de ce qu'ils se disaient dans les années 30 : *« Si ça tourne mal, direction la France ! »* Ou encore, ces Italiens du sud de la botte qui se remémorent leur long voyage en train vers nos Alpes : *« La France, c'était l'exception ! »* Ils s'appellent Simoni, Ostrowski, Pham Thi Hoa. Ils sont de toute la planète : d'origine arménienne fuyant les armées turques dans les années 20, ou *boat people* vietnamiens des années 70. Que cherchaient-ils ? Une sécurité et du travail. Ça va de soi. Mais au-delà ? En prêtant l'oreille, vous comprendrez qu'ils n'ont jamais choisi la France tout à fait par hasard. Il y avait de la tendresse dans ce choix-là. Une familiarité de toujours avec l'universalisme français. Avec sa liberté et sa fraternité que nous trompetons si volontiers sur les toits du monde. *« C'est tout de même à Paris que, pour la première fois, le peuple a coupé la tête d'un roi ! »* dit l'un des Français naturalisés interviewés. *« J'ai failli m'instal-*

ler en Allemagne, répond un autre, mais là-bas, je n'étais pas chez moi. » En somme, les étrangers nous prennent au mot. Ils nous voient beaucoup mieux que nous sommes. Et, de fait, nous tirent vers le haut. Vers le meilleur. Cette France qui aurait presque toutes les nations comme provinces – les étudiants chinois révoltés de la place Tiananmen chantaient aussi *la Marseillaise* – n'est plus en odeur de sainteté[4]. Parce que ses habitants qui ont beaucoup accueilli les gens d'ailleurs souhaitent aujourd'hui qu'on maîtrise les flux migratoires. Pour autant, Patrick Weil, l'auteur de l'excellent ouvrage de référence *La France et ses étrangers*, a eu raison de faire ce film. De dire la France telle qu'elle est pétrie. Telle qu'elle fascine. Telle qu'elle est. Avec une pointe d'accent.

Guillaume MALAURIE, © *L'Événement du jeudi*, du 30 décembre 1993 au 5 janvier 1994.

---

1. Charles Pasqua, ministre de l'Intérieur de 1993 à 1995.
2. Mariage de convenance, pour obtenir un avantage, sans vie commune et suivi rapidement d'un divorce.
3. Chaîne de télévision publique.
4. N'est plus considérée comme une sainte.

5 • HUMEURS ET VALEURS · FRANCE, ...

La francophonie

Qu'est-ce que la francophonie ?

Sommet des chefs d'État francophones à Maurice.

Les définitions que les dictionnaires donnent du mot « francophonie » sont variables :
– « Ensemble des peuples francophones (France, Belgique, Canada [Québec, Nouveau-Brunswick, Ontario], Suisse, Afrique, Antilles, Levant…). » (D'après *le Petit Robert*.)
– « Communauté de langue des pays francophones ; ensemble des pays francophones. – Collectivité que forment les peuples parlant le français. » (D'après *le Petit Larousse illustré*.)
– Est francophone, d'après *le Petit Robert*, celui « qui parle habituellement le français, au moins dans certaines circonstances de la communication, soit comme langue maternelle, soit comme langue seconde… »

Être francophone, c'est donc être à même de parler le français couramment, qu'il ait été appris « naturellement » ou à l'école, dans un système le privilégiant, ce qui exclurait ceux qui l'ont appris comme langue étrangère.

ÉTAT DES LIEUX
Le monde francophone

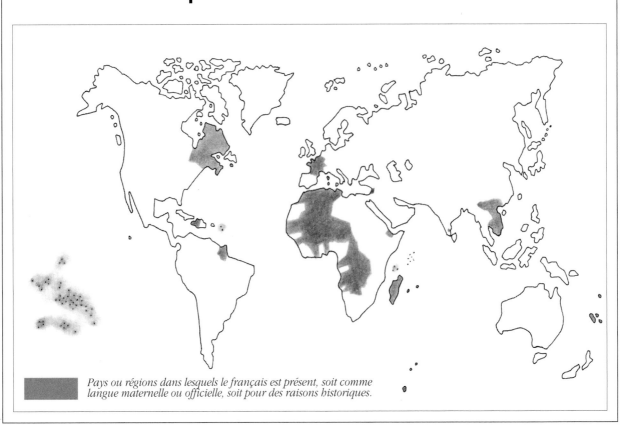

Pays ou régions dans lesquels le français est présent, soit comme langue maternelle ou officielle, soit pour des raisons historiques.

Les francophones dans le monde*

		francophones réels	francophones occasionnels
Afrique au sud du Sahara	Bénin	470 000	940 000
	Burkina Faso	610 000	1 300 000
	Burundi	165 000	550 000
	Cameroun	1 940 000	2 160 000
	Centrafrique	140 000	365 000
	Congo	770 000	660 000
	Côte-d'Ivoire	3 630 000	3 630 000
	Djibouti	29 000	100 000
	Gabon	300 000	400 000
	Guinée	335 000	710 000
	Mali	890 000	890 000
	Niger	520 000	1 100 000
	Rwanda	210 000	350 000
	Sénégal	720 000	1 100 000
	Tchad	150 000	980 000
	Togo	680 000	1 020 000
	Zaïre	1 740 000	3 500 000
Maghreb	Algérie	7 470 000	7 470 000
	Maroc	4 610 000	6 400 000
	Mauritanie	120 000	
	Tunisie	2 370 000	3 160 000
Afrique du Nord-Est	Égypte	215 000	1 700 000
Océan Indien	Comores	35 000	120 000
	Madagascar	1 060 000	1 300 000
	Maurice	270 000	600 000
	Mayotte	20 000	20 000
	Réunion	460 000	87 000
	Seychelles	5 000	15 000
Amérique du Nord	Canada	6 580 000	3 000 000
	dont Québec	5 620 000	
	États-Unis :		
	Louisiane	100 000	200 000
	Nouvelle-Angleterre	200 000	
Caraïbes	Haïti	570 000	250 000
	Guadeloupe	270 000	50 000
	Guyane française	55 000	15 000
	Martinique	270 000	50 000
	Sainte-Lucie	2 000	
Proche et Moyen-Orient	Liban	894 000	800 000
	Israël	500 000	
	Syrie	12 000	
Extrême-Orient	Pondichéry	2 000	10 000
	Cambodge	10 000	
	Laos	4 000	
	Viêt-Nam	70 000	
Europe	Andorre	13 000	
	Belgique	4 500 000	3 200 000
	France métropolitaine	57 000 000	
	Val d'Aoste	10 000	
	Luxembourg	300 000	
	Monaco	27 000	
	Roumanie	1 000 000	4 000 000
	Suisse	1 220 000	2 000 000
Océanie	Nouvelle-Calédonie	120 000	15 000
	Polynésie française	128 000	16 000
	Vanuatu	45 000	
	Wallis-et-Futuna	7 000	2 000

Repères, © Haut Conseil de la Francophonie–
Ministère de la Culture et de la Francophonie.

(*) Estimation 1989.

Implantation du français hors de France

Entre le XVIIe et le XXe siècle, la langue française s'est transportée aux quatre coins du monde, dans des pays devenus aujourd'hui pour la plupart indépendants, mais où elle est encore parlée par une partie de la population.

Arrivée des premiers Français	Situation actuelle
XVIIe 1604 Canada	Indépendance depuis 1931
1610 Saint-Pierre-et-Miquelon	CT depuis 1985
1635 Martinique et Guadeloupe	DOM depuis 1946
1637 Guyane	DOM depuis 1946
1638 Sénégal	Indépendance depuis 1960
1643 Madagascar	Indépendance depuis 1960
1662 Terre-Neuve	Canada depuis 1949
1663 Réunion (ex-île Bourbon)	DOM depuis 1946
1674 Pondichéry	Inde depuis 1954
1686 Chandernagor	Inde depuis 1951
1697 Haïti	Indépendance depuis 1804
1699 Louisiane	États-Unis depuis 1812
XVIIIe 1715 Maurice (ex-île de France) (G.-B. 1810)	Indépendance depuis 1968
1721 Mahé	Inde depuis 1956
1738 Karikal	Inde depuis 1954
1742 Seychelles (G.-B. 1794)	Indépendance depuis 1975
1759 Yanaon	Inde depuis 1954
XIXe 1830 Algérie	Indépendance depuis 1962
1837 Guinée	Indépendance depuis 1960
1841 Comores	Indépendance depuis 1974
sauf Mayotte	CT depuis 1976
1842 Tahiti (Polynésie française)	TOM depuis 1946
1853 Nouvelle-Calédonie	TOM depuis 1946
1855 Mauritanie	Indépendance depuis 1960
1860 Liban (mandat français 1920)	Indépendance depuis 1943
1860 Syrie (mandat français 1920)	Indépendance depuis 1946
1863 Cambodge	Indépendance depuis 1953
1867 Cochinchine	Viêt-nam depuis 1949
1880 Congo	Indépendance depuis 1960
1880 Marquises et Tuamotu (Polynésie française)	TOM depuis 1946
1881 Tunisie (protectorat français)	Indépendance depuis 1956
1881 Gambier (Polynésie française)	TOM depuis 1946
1882 Zaïre (ex-Congo belge)	Indépendance depuis 1960
1883 Annam	Viêt-nam depuis 1954
1883 Bénin (ex-Dahomey)	Indépendance depuis 1960
1885 Tonkin	Viêt-Nam depuis 1954
1886 Wallis-et-Futuna	TOM depuis 1959
1889 République Centrafricaine	Indépendance depuis 1960
1889 Gabon	Indépendance depuis 1960
1893 Côte-d'Ivoire	Indépendance depuis 1960
1893 Laos (protectorat français)	Indépendance depuis 1953
1895 Mali	Indépendance depuis 1960
1896 Burkina Faso (ex-Haute-Volta)	Indépendance depuis 1960
XXe 1900 Niger	Indépendance depuis 1960
1900 Tchad	Indépendance depuis 1960
1911 Cameroun	Indépendance depuis 1960
1912 Maroc (protectorat français)	Indépendance depuis 1956
1919 Burundi (ex-colonie belge)	Indépendance depuis 1962
1919 Togo	Indépendance depuis 1960
1922 Vanuatu (ex-Nouvelles-Hébrides)	Indépendance depuis 1980
1923 Rwanda (ex-colonie belge)	Indépendance depuis 1962

(Réf. *Dictionnaire universel des noms propres*, © Le Robert, Paris.)

Henriette WALTER, *Le Français dans tous les sens*, coll. La Fontaine des sciences, © Robert Laffont.

LES ACTEURS

*En France, comme à l'étranger, la francophonie s'est organisée et
un grand nombre d'enceintes lui permettent de faire entendre sa voix.*

Les institutions internationales de la francophonie

Les sommets francophones, baptisés à leur naissance, en 1986, « Sommets des chefs d'État francophones », rebaptisés « Conférences des chefs d'État et de gouvernement ayant en commun l'usage du français », ont pris pour nouvelle appellation : « Conférences des chefs d'État et de gouvernement ayant le français en partage. » Ces réunions sont bisannuelles. Les dernières se sont tenues à Maurice en octobre 1993 et, en 1995, à Cotonou (Bénin).

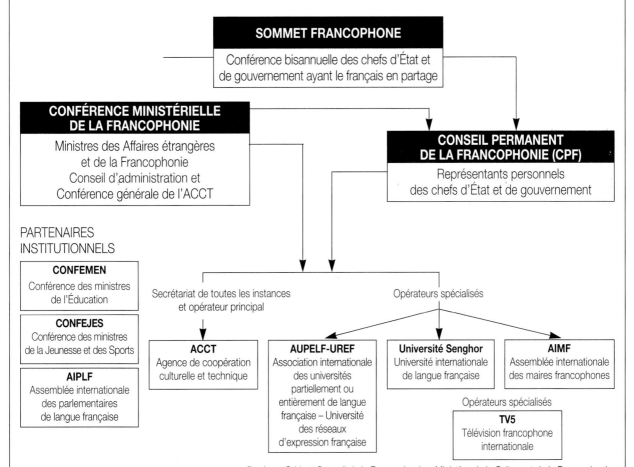

Repères, © Haut Conseil de la Francophonie – Ministère de la Culture et de la Francophonie.

Les organismes français

Trois organismes officiels, en France, jouent un rôle initiateur essentiel dans le domaine de la francophonie :
– le Conseil supérieur de la langue française : il présente au gouvernement des actions pour promouvoir, illustrer et valoriser le français ;
– la Délégation générale à la langue française : elle veille à l'emploi et à l'enrichissement du français ;
– le Haut Conseil de la Francophonie : il impulse les grandes actions en faveur de la francophonie.

Les manifestations

Un grand nombre de réunions nationales et internationales, des débats, des conférences, des rapports (dont le rapport annuel du Haut Conseil de la Francophonie sur l'état de la francophonie dans le monde), des rencontres mondiales (comme en 1994, les Jeux de la francophonie, manifestation sportive internationale) apportent leur pierre à l'édification d'une francophonie féconde.

L'ÉVOLUTION

Face à l'élargissement de l'anglais dans tous les domaines, la francophonie, tout en évitant et en refusant de se replier sur elle-même, essaie de se structurer et de faire prendre conscience des grands enjeux à la veille du XXIe siècle.

Sir Anerood Jugnauth, Premier ministre de Maurice, déclarait, dans son discours inaugural de la conférence d'octobre 1993 :

« Le temps n'est-il pas venu pour elle [la francophonie] *de prendre clairement position et de faire entendre quand il le faut sa différence ?... La francophonie ne peut pas, elle ne veut pas rester sur la défensive. Au moment où se dégage un consensus autour de la nécessité d'une présence plus forte de notre communauté sur les plans politique et diplomatique, nous devons être en mesure de lancer un message clair et cohérent à l'adresse du monde et de faire savoir le rôle que nous entendons jouer en tant que communauté. L'heure est venue pour que la francophonie s'affirme avec une force réelle, comme un partenaire crédible pour la recherche de la paix dans le monde ».*

Un certain nombre de pays qui n'étaient qu'observateurs, ont reçu, à Maurice, le statut de membres de plein droit : la Bulgarie, la Roumanie et le Cambodge.

Créé en octobre 1993, l'Institut des hautes études francophones a été inauguré le 28 juin 1994 et a son siège à Chamarande, en France.

LA LANGUE FRANÇAISE ET LA LOI

Depuis l'ordonnance de Villers-Cotterêts, édictée par François Ier en 1539 et qui prescrivait l'usage du français au lieu du latin pour les ordonnances et jugements des tribunaux, l'État français a toujours eu une politique volontariste en faveur de sa langue (il existe un secrétariat d'État à la Francophonie qui dépend du ministère des Affaires étrangères). Cette politique de la langue est unique au monde.

Votée le 4 août 1994 après de nombreux débats, la « Loi Toubon » (du nom du ministre de la Culture et de la Francophonie de l'époque) *« a pour ambition de permettre à la France de se doter d'une législation linguistique efficace concernant non seulement l'information du consommateur mais aussi l'enseignement, le monde du travail, l'audiovisuel, les colloques... »* (© *État de la francophonie dans le monde*, rapport 1994.)

•Art. 1. – Langue de la République en vertu de la Constitution, la langue française est un élément fondamental de la personnalité et du patrimoine de la France.

Elle est la langue de l'enseignement, du travail, des échanges et des services publics.

Elle est le lien privilégié des États constituant la communauté de la francophonie.

•Art. 6 – Tout participant à une manifestation, un colloque ou un congrès organisé en France par des personnes physiques ou morales de nationalité française a le droit de s'exprimer en français. Les documents distribués aux participants avant et pendant la réunion pour en présenter le programme doivent être rédigés en français et peuvent comporter des traductions en une ou plusieurs langues étrangères.

Lorsqu'une manifestation, un colloque ou un congrès donne lieu à la distribution aux participants de documents préparatoires ou de documents de travail, ou à la publication d'actes ou de comptes rendus de travaux, les textes ou interventions présentés en langue étrangère doivent être accompagnés au moins d'un résumé en français.

Extraits (non déclarés non conformes) de la loi n° 94-665 du 4 août 1994 relative à l'emploi de la langue française.
© *Journal officiel de la République française*, 5 août 1994.

UNE LANGUE COMMUNE, DES VOIX MULTIPLES

Les écrivains francophones d'Afrique, des Caraïbes, du Québec, de l'Océan Indien ou, plus proches, de Suisse et de Belgique, ont enrichi et continuent d'enrichir le français de l'Hexagone : par le vocabulaire, par des tournures de phrases, par une sensibilité surtout. Une langue est-elle vraiment menacée lorsqu'elle continue de vivre et de se diversifier ailleurs que dans son berceau natal ?

Petits lexiques franco-français

BELGIQUE

ajoute (nom fém.) : ajout

auditoire : salle de cours

avoir le temps long : s'ennuyer d'attendre

bonbon : biscuit sec

brosser un cours : sécher un cours

calepin : cartable

carte-vue : carte postale illustrée

chicon : endive

drache : pluie battante

dracher : pleuvoir à verse

drap : serviette de toilette

farde : dossier, chemise

femme à journée : femme de ménage

filet américain : steak tartare

fricassée : omelette au lard

légumier : marchand de légumes

nonante : quatre-vingt-dix

pain français : baguette

pâté : petit gâteau à la crème

pistolet : petit pain rond

pli : raie (des cheveux)

pralines : chocolats

quartier : petit appartement

savoir : pouvoir

septante : soixante-dix

tapis-plain : moquette

tomber faible : s'évanouir

torchon : serpillière

SUISSE ROMANDE

cheni : désordre, objet sans valeur, petites saletés

cornet : sac en papier

(une) crevée : 1. une grande quantité
2. une grosse bévue

dévaloir : vide-ordures

donner une bonne-main : donner un pourboire

(s') encoubler : s'empêtrer

foehn : sèche-cheveux

fourrer un livre : recouvrir un livre (pour le protéger)

galetas : grenier

gâteau aux pruneaux : tarte aux quetsches

huitante : quatre-vingts

lavette : carré de tissu-éponge pour se laver

livret : table de multiplication

(se) mettre à la chotte : se mettre à l'abri

nonante : quatre-vingt-dix

panosse : serpillière

pôche, pochon : louche

poutser : nettoyer énergiquement

réduire ses vieux souliers : ranger ses vieilles chaussures

septante : soixante-dix

tâches : devoirs (pour l'école)

CANADA

amarrer** (ses chaussures) : attacher (ses chaussures)

appareiller** (la terre) : préparer la terre pour les semailles

(s') appareiller** : s'habiller

assez : très, beaucoup

bleuets : myrtilles

boucane : fumée

cabaret : plateau (de service)

cartable : classeur

casher (un chèque) : toucher (un chèque)

champlure : robinet

charrue : chasse-neige

chaussette : pantoufle

chavirer** (un seau) : renverser (un seau)

(se) chavirer : se faire du souci, devenir fou

chialer : maugréer, râler

couverte : couverture (de lit)

débarbouillette : gant de toilette (petite pièce de tissu)

escousse, secousse*, élan** : moment, laps de temps

espérer** : attendre

filière : classeur métallique

grand bord** : salle de séjour

gréements** : les meubles

gréyer (la table) : mettre (la table)

(se) gréyer, (se) dégréyer** : s'habiller, se déshabiller

hardes** : vêtements (non péjoratif)

(le) large** : la grande forêt

ligne à linge : corde à linge

linge : vêtements (extérieurs)

magasiner, faire son magasinage : faire ses courses, ses achats

(se) mâter** : se cabrer

mitaine : moufle

(un) mousse : un petit garçon

pas mal : assez

(c'est) pas pire : (c'est) très bien

patenter, patenteur : bricoler, bricoleur

pêcher** (du gibier) : prendre (du gibier)

peindre : peindre (un tableau)

peinturer : peindre (un mur)

platte : ennuyeux

portrait : photographie

(n'avoir plus que la) ralingue : être maigre comme un clou

sacoche : sac de dame

tabagie* : bureau de tabac

virer de bord** : s'en retourner

virer (la terre)** : retourner (la terre)

*terme employé surtout au Québec.
**terme employé surtout par les Acadiens.

Quelques phrases entendues au Canada

À matin, le postillon était chaud, il était encore sur la brosse.
Le matin, le facteur était ivre, il avait encore pris une cuite.

Elle plume des patates pour le dîner.
Elle épluche des pommes de terre pour le déjeuner.

Elle est en famille, elle va accoucher ben vite.
Elle est enceinte, elle va accoucher très vite.

Sa mère lui a donné une belle catin pour sa fête.
Sa mère lui a donné une belle poupée pour son anniversaire.

Au magasin général, ils ont du butin à la verge.
Au magasin général, ils ont du tissu au mètre
(la verge = 0,91 mètre).

Il est parti dans les bois chercher des cocottes et il s'est écarté.
Il est parti dans les bois chercher des pommes de pin et s'est égaré.

Y a un char qu'a fessé un p'tit suisse.
Il y a une voiture qui a heurté un petit écureuil gris.

Le téléphone n'a pas dérougi.
Le téléphone n'a pas cessé (de sonner).

Elle braillait à chaudes larmes.
Elle pleurait à chaudes larmes.

*Conseils à la gardienne : 1. donner la bouteille au bébé ;
2. lui faire faire son rapport ; 3. l'emmener se promener
en carrosse.*
Conseils à la dame qui garde les enfants : 1. donner le bi-
beron au bébé ; 2. lui faire faire son rot ; 3. l'emmener se
promener dans son landau.

Henriette WALTER, *Le Français dans tous les sens*,
coll. La Fontaine des sciences, © Robert Laffont.

Littérature

L'ACADIEN

La figure de Charlie Boudreau se bouchonna. Il n'était pas sûr ; il ne se rappelait plus très bien ; il croyait se souvenir qu'il l'avait vue se jeter au cou du marin étranger, ce qui avait provoqué un remous immédiat dans la foule. Qu'il croyait se souvenir.

– Y en a qu'avont voulu dire que la Piroune était déjà forlaque en ce temps-là ; et y en a qui prétendont que c'est plutôt le souvenir de son aïeu le Mercenaire qui l'arait eu poussée ; y en a même qu'avont rapporté que c'était le Mercenaire lui-même qu'avait apparu à sa descendance et son hairage sous la peau d'un matelot étranger. Ben moi je peux vous dire que le coup de soulier de bois que j'ai reçu au cul, c'est point un pied de revenant qui me l'a douné.

– Comme ça les morts se mêlaient aux vivants, sur l'em-premier ?

Charlie Boudreau plissa le nez et les yeux. Et je n'en appris pas davantage ce jour-là.

Il m'a fallu revenir à Pierre à Tom. Un carnaval, que ç'avait été, un carnaval improvisé, sorti de l'eau, né sur le pont et s'amplifiant jusqu'au quai d'en haut. Le geste de la Piroune avait encouragé les matelots qui la portèrent comme un trophée dans les haubans. À cet exemple, les hommes du pays soulevèrent au-dessus des têtes le jeune rescapé des voiles, puis le héros étranger.

– Y avait pus d'étranges, c'te jour-là, ben rien que des genses des côtes, coume si tout le monde était devenu un petit brin sirène, ou pirate, ou loup de mer. Et si ç'avait pas été de Ma-Tante-la-Veuve qu'avait décidé de venir mettre le holà…

Fallait s'y attendre. Elle s'amena, la Veuve, comme le carême à la haute heure du mardi gras, renversant les barils et les cruches, balayant la fête et jetant ses : Vous avez point honte ? sur ce ramassis de mangeux de boudinière et de buveux au goulot. Et un instant toutes les mères de famille et maîtresses de maison sentirent se colorer leurs joues et leur front. Mais alors Zélica sortit des rangs, Zélica l'aînée des Mercenaire qui avait voyagé par le monde.

– Eh ben non, moi j'ai point honte, qu'elle jeta à la face de Ma-Tante-la-Veuve. J'ai point honte de bouère, ni de manger, ni de dormir sus une paillasse. J'ai point honte d'être encore en vie, moi, ça s'adoune. Par rapport que c'est de la graisse que j'ai tout le tour des ous, moi, pas de l'eau bénite.

Antonine MAILLET, *Les Cordes-de-bois* © Grasset.

LE FRANÇAIS D'AFRIQUE

La pluie ? C'est une fête. Tendez donc l'oreille et vous l'entendrez chantée de par le village. Car en ce moment même, des dizaines de petits garçons, sortis tout nus de leur case, sont en train de la célébrer avec des chants et des danses, dans les cours, tantôt ici, tantôt là. Ils arrivent chez vous, les mains couvertes de rythme, le corps ruisselant d'eau, le nez grand ouvert pour trouver de l'air à respirer parmi les gouttes serrées tombant du ciel, le cœur heureux, et avec l'innocente conviction que ce sont eux qui font pleuvoir. Et ils dansent, ils dansent en chantant d'intraduisibles refrains comme « Sassa mbuwa jokèlè, Sôlé, Sôlé. Sassa mbuwa jokèlè, Sôlé, Sôlé ». Refrains répétés de longues minutes durant. Puis ils partent, courant et chantant toujours en rythme, faire leur numéro dans la cour d'une autre habitation.

La pluie ? Tendez donc l'oreille et vous l'entendrez vanter le ciel gris, si puissant qu'il a même réussi à effacer le soleil. Et derrière les nuages tout nuageux, savez-vous ce qu'il y a ? Qui d'entre vous pourrait me répondre ? « Moi, dit le chant, c'est moi que tu regardes. Je t'avoue, je t'avoue mon frère, que je ne suis encore jamais allé au pays des nuages. Mais que la pluie, que la pluie ne tombe pas toute seule. Qu'elle tombe, mon frère, qu'elle tombe-tombe-tombe grâce à ton frère fils de la pluie du pays bantou. C'est moi, c'est moi qui fais tomber la pluie, pour vous, enfants du pays bantou. Et qu'elle tombe, et qu'elle tombe fertile sur les chants joyeux et les danses nues de tous les enfants du pays bantou. De tous les enfants de Djédou, notre beau village ».

Francis BEBEY, *L'Enfant-pluie*, © Sépia.

LE FRANÇAIS DES ANTILLES

À partir du premier vidé aux flambeaux, tout dégénéra pour moi, me conduisant ainsi vers la fondation de Texaco. Les descendus-des-mornes, comme moi-même, avaient voté pour Césaire. À l'annonce de son élection, il y eut une belle bordelle dans l'En-ville. Sans rien mander à personne, je quittai la maison du sieur Alcibiade et m'en allai rejoindre les gens des Quartiers Tré-

5 • HUMEURS ET VALEURS - LA FRANCOPHONIE

5 • HUMEURS ET VALEURS - LA FRANCOPHONIE

nelle, Terres-Sainville, Rive-Droite, Sainte-Thérèse, et même des Quartiers éloignés comme Coridon, et-caetera. *Mi sik, mi…* ! C'était un peu notre revanche sur l'En-ville, l'avancée véritable de notre conquête obscure. Je déposai pleurers, envoyai des chanters et tout mon corps monter. J'étais consternée que mon Esternome se soit trompé si tant à propos de Césaire, et qu'il n'ait pu vivre cette marée flambante. Des et-caetera de flambeaux tournoyaient autour de la mairie, descendaient la Levée, sillonnaient la Savane, zébraient le centre de l'En-ville. Perchés sur leur balcon, les mulâtres-milâtes ou nègres-milâtes, nous lorgnaient sans y croire. Nous longeâmes le balcon où monsieur Alcibiade, débraillé, pas rasé, le cheveux transperçant la vaseline, hurlait une méchanceté que nos chanters couvraient. Sa femme tentait de le ramener, mais lui, soudé à la rambarde, hélait comme bœuf saigné. Tout à coup, je parvins à sa hauteur, son regard (malgré la foule) saisit le mien le temps d'une mi-seconde durant laquelle je n'eus même pas l'idée d'arrêter de chanter. Je n'ai jamais par la suite surpris dans un coup d'œil un tel charroi de désespoirs, de haines et d'atteintes à la vie. Cela me chiffonna les os, mais je poursuivis mon vidé, emportée par un mécanisme sans manman-ni-papa, qui d'ailleurs me jeta dans les bras de Nelta Félicité, un nègre docker versé en politique, qui ne me lâcha plus, et dans les bras duquel je me vautrai, après vidé, dans une ombre, contre un tamarinier, secouée de folie polissonne, de plaisirs et de cœur agoulou.

Patrick CHAMOISEAU, *Texaco,* © Gallimard.

LE PATAOUÈTE[1]

Alors Coco y s'avance et y lui dit : « Arrête un peu, arrête. » L'autre y dit : « Qu'est-ce qu'y a ? » Alors Coco y lui dit : « Je vas te donner des coups. – À moi tu vas donner des coups ? » Alors y met la main derrière, mais c'était scousa. Alors Coco y lui dit : « Mets pas la main darrière, parce qu'après j'te choppe le 6,35 et t'y mangeras des coups quand même. »
L'autre il a pas mis la main. Et Coco, rien qu'un, y lui a donné – pas deux, un. L'autre il était par terre. « Oua, oua », qu'y faisait. Alors le monde il est venu. La bagarre, elle a commencé. Y en a un qui s'est avancé à Coco, deux, trois. Mais j'y ai dit : « Dis, tu vas toucher à mon frère ? – Qui, ton frère ? – Si c'est pas mon frère, c'est comme mon frère. » Alors j'y ai donné un taquet. Coco y tapait, moi je tapais, Lucien y tapait. Moi j'en avais un dans un coin et avec la tête : « Bom, bom ». Alors les agents y sont venus. Y nous ont mis les chaînes, dis. La honte à la figure, j'avais, de traverser tout Bab-el-Oued. Devant le *Gentleman's bar*, y avait des copains et des petites, dis. La honte à la figure. Mais après, le père à Lucien y nous a dit : « Vous avez raison. »

Albert CAMUS, *L'Été à Alger, Noces,*
© Gallimard.

---

1. *Langue des pieds-noirs.*

Croyances et valeurs

LE CIVISME EN CRISE

Être citoyen, c'est être responsable. C'est aussi faire preuve d'esprit civique. Or que constate-t-on aujourd'hui ? La vie civique apparaît dévaluée, beaucoup de gestes, d'habitudes se sont perdus. Vandalisme, dégradation d'édifices publics ou encore fraude dans les transports en commun, autant de faits qui sont la manifestation d'un « incivisme » généralisé.

Une meilleure information

À l'origine de ce phénomène, il y a incontestablement une faillite de l'éducation civique : l'école ne sait plus former les citoyens. La traditionnelle leçon d'instruction civique et morale est passée de mode. Aujourd'hui, les professeurs considèrent que ce n'est pas une matière fondamentale. Elle est certes enseignée à l'école primaire, mais beaucoup moins au collège. Quant à la formation civique au lycée, elle est quasi inexistante. Pourtant, près d'un tiers des lycéens sont majeurs, et la majorité d'entre eux le deviendra quelques mois seulement après le baccalauréat. Plus grave : souvent indifférente, la famille n'in-

culque guère aux jeunes enfants la politesse et la courtoisie. On les inciterait plutôt à la débrouillardise, sans grand respect pour autrui.

On peut donc parler d'une démission à tous les niveaux. C'est grave. Surtout dans une société qui se veut démocratique. N'importe quel individu, quelle que soit sa position dans la société, est un citoyen. Mais un vote, cela se prépare : par une connaissance et par une morale. Jules Ferry qui, sous la IIIᵉ République, institua l'école laïque, gratuite et obligatoire, en avait parfaitement conscience : une démocratie ne peut fonctionner qu'avec des citoyens libres mais aussi formés et éduqués. On demande aux Français de prendre leurs responsabilités, d'élire leurs députés, le président de la République au suffrage universel. Encore faudrait-il qu'ils sachent comment fonctionnent nos institutions, qu'ils connaissent le rôle du Parlement, des conseils municipaux. On nous parle beaucoup des droits de

l'homme mais sait-on que l'homme a aussi des devoirs vis-à-vis de la société, à l'égard des autres ? Les leçons d'instruction civique d'autrefois nous enseignaient cette règle d'or : « La liberté consiste à faire tout ce qui ne nuit pas à autrui. La liberté de chacun finit là où commence celle des autres. »

Des nouvelles valeurs

On ne peut devenir un citoyen éclairé que si on est un homme charpenté, avec une armature physique, intellectuelle et morale. Cette charpente est la responsabilité commune de l'école, de la famille et de la société. Nous sommes attachés à la démocratie, mais celle-ci ne peut se satisfaire du laisser-aller actuel. L'indifférence générale et la dégradation du sens civique ont de quoi inquiéter tous ceux et celles qui ont des responsabilités à l'égard des jeunes.

Il est donc urgent de redonner à l'éducation civique toute sa place. Il est indispensable qu'elle soit reconnue comme une discipline fondamentale, prise en compte dans les examens. Certes, il existe quelques cours à l'école primaire et dans certains collèges. Il faudrait aller à mon avis beaucoup plus loin, former les esprits mais aussi inculquer aux élèves des habitudes. Les jeunes d'aujourd'hui paraissent attachés à des valeurs telles que la solidarité, la fraternité et l'ouverture vers les autres, la préservation de la nature. Voilà un terrain sur lequel pourrait s'exprimer une nouvelle forme de civisme.

Jacques MACHARD[1],
© *Les Clés de l'actualité*, n° 49.

—————————

1. *Jacques Machard, docteur en sciences de l'éducation, est chargé de mission au Centre d'information civique. Il donne régulièrement des conférences en milieu scolaire et universitaire.*

ET SI L'EUROPE NE CROYAIT PLUS EN RIEN ?

Emmanuel Todd est historien et chercheur. Ses travaux l'ont amené à conclure que l'Europe perd de plus en plus la foi.

Une affirmation qui étonne car toutes sortes d'événements suggèrent que tout n'a pas disparu, même si la déchristianisation avance à grands pas. Emmanuel Todd fait remarquer, par exemple, que l'Europe catholique est en train de devenir une zone de sous-fécondité, ce qui constitue un paradoxe.

Au cours de son étude, il a été frappé de constater la montée en puissance d'idéologies souvent nationalistes alors que les croyances religieuses s'effondraient. Il prétend que « *la société qui perd ses valeurs fondamentales a immédiatement besoin de se créer un cadre social de substitution. On passe alors de l'Église à la Nation* ». Il fait aussi remarquer qu'il semble exister en Europe des régions où le catholicisme fort a pratiquement disparu en trente ans, ce qui correspondrait à la montée de l'européisme. De la même façon, l'historien explique qu'en Europe de l'Est c'est l'absence, ou le reflux des croyances religieuses qui ont laissé place libre aux communistes. Comme le communisme était devenu la véritable religion, l'effondrement de cette doctrine conduit à ce que vivent actuellement ces pays. Pour E. Todd, les gens ne sont plus fondamentalement croyants, mais ils utilisent leur étiquette d'appartenance pour faire partie de groupes et pouvoir s'entretuer en tant que membres de ces groupes. La religion sert donc d'identificateur. C'est une étiquette qui a perdu son sens premier au profit d'un contenu culturel, familial ou même politique.

LE « NOUVEL ÂGE » DES SECTES

Facilement reconnaissables il y a vingt ans, les sectes se dissimulent aujourd'hui derrière des associations culturelles ou des centres paramédicaux. Le chant des sirènes[1] : bien-être et idéal...

À la crise des Églises traditionnelles, les sectes – qui réfutent le plus souvent cette appellation – répondent en offrant aux « désorientés » leur solution spirituelle. Derrière des conférences pseudo-médicales, des cures antitabac ou des stages de peinture se cachent aujourd'hui, fréquemment, des techniques de recrutement de plus en plus pernicieuses.

Les communautés n'ont dès lors plus qu'à ouvrir les bras et à tirer de leurs adeptes des espèces sonnantes et trébuchantes[2]. Face à ces organisations « détournantes » (d'adeptes crédules... et de leur argent), les associations de défense des familles et de l'individu luttent depuis près de vingt ans pour dénoncer l'asservissement de la personne humaine.

—————————

1. *Ce qui attire.*
2. *De l'argent.*

LES JEUNES CROIENT EN DIEU

Selon un récent sondage, 70 % des jeunes de 9 à 18 ans croient en Dieu. Les filles plus que les garçons (75 % contre 66 %), mais la plupart d'entre eux affirment ne pas être pratiquants. Pour 53 % des jeunes interrogés, Jésus-Christ est « le fils de Dieu qui sauve les hommes », pour 23 % c'est un personnage de légende et, pour 16 %, simplement un homme plus sage que les autres.

L'HISTOIRE DES RELIGIONS À L'ÉCOLE ?

Faut-il enseigner l'histoire des religions au collège et au lycée ? Certains parents et enseignants le souhaitent. Mais le débat autour de cette discipline est encore loin d'être tranché car les oppositions en France restent vives. Un enseignement purement religieux (catholique), « confessionnel », comme disent les spécialistes, existait au cours du XIXe siècle.

Supprimé par l'école laïque

Il a cependant été supprimé par les lois laïques qui créèrent l'école publique gratuite et obligatoire. Il y eut par la suite quelques projets de cours sur l'histoire des religions dès l'école primaire, mais ils n'aboutirent pas. La situation entre l'Église catholique et l'école laïque était alors très conflictuelle.

Si ce type d'enseignement a été depuis rayé de nos programmes scolaires, il existe toujours dans la plupart des pays européens. En Belgique, en Grande-Bretagne par exemple, des cours sont consacrés au judaïsme, au protestantisme ou à l'islam. Les élèves peuvent choisir entre les différents cours qui sont donnés par des professeurs pratiquant une de ces religions. En France, l'enseignement sur la religion était intégré à l'ensemble des programmes scolaires, mais actuellement cela ne paraît pas suffisant car la plupart des élèves ont un défaut de culture dans ce domaine. Or, pour apprécier certains textes littéraires ou certaines peintures anciennes, il est indispensable d'avoir quelques notions de base concernant les religions.

Les raisons d'acquérir une culture religieuse sont multiples. D'abord, apprendre l'histoire des religions ne signifie évidemment pas se convertir à la religion qu'on étudie. Ensuite, dans le monde d'aujourd'hui, la religion tient, de fait, une place importante. Mais le piège c'est qu'on ne parle de religion qu'à la faveur d'événements, de manifestations spectaculaires, souvent violentes, comme, par exemple, en Inde où les conflits traditionnels entre musulmans et hindouistes ont dégénéré en guerre civile il y a quelques mois.

Pour une meilleure compréhension

Pour comprendre de tels événements, il est indispensable d'avoir des clés pour les interpréter. On ne saisit le sens de certains affrontements que si l'on dispose de repères dans l'histoire. Ainsi, la guerre dans l'ex-Yougoslavie n'est compréhensible que si on la replace dans sa dimension historique.

Certains font valoir le risque de dérapages. Ils craignent qu'à la faveur d'un enseignement des religions, l'Église catholique, entre autres, finisse par imposer un enseignement purement religieux. Bref, que le catéchisme soit en fait réintroduit en classe. Avoir des convictions est une chose, étudier, analyser en est une autre. D'un côté, il y a des gens qui ont des convictions, de l'autre des gens qui analysent l'histoire des croyances, des grandes religions à travers leur évolution.

L'enseignement de l'histoire est allé dans ce sens. Ces dernières années on a étudié le socialisme, le gaullisme. Quelles que soient leurs convictions politiques, les professeurs ont enseigné ces phénomènes politiques. Il faudrait avoir la même démarche pour les religions.

Autre argument en faveur d'une telle discipline : l'évolution de notre société. Dans un pays comme la France, où la population est beaucoup plus mélangée qu'autrefois, la connaissance des croyances et des rites des diverses communautés permettrait une meilleure compréhension entre les uns et les autres. Elle éviterait aussi peut-être les réactions passionnelles et la haine de ceux qui n'ont pas les mêmes croyances que nous.

Jean BAUBÉROT[1],
© *Les Clés de l'actualité*, n° 57.

1. *Jean Baubérot est historien et sociologue. Président de la section des sciences religieuses à l'École pratique des hautes études, il a engagé depuis plusieurs années une réflexion sur le pluralisme religieux et culturel dans la France d'aujourd'hui.*

7

Médias et culture

LES GUIGNOLS SUR LES PLANCHES DE L'INFO

Chaque soir de la semaine, en clair[1] et en direct sur Canal+ [2], les « Guignols de l'Info » parodient les hommes politiques et les stars, en commentant l'actualité. Trois auteurs écrivent le matin pour le journal du soir, regardé par 3 millions de téléspectateurs, et l'équipe ne compte pas moins de 80 personnes, travaillant pour 142 marionnettes. Enquête sur une formule à succès.

« Vous regardez trop la télévision, bonsoir ! » La formule fait mouche. Il est 19 h 55, PPD[3] entre en scène sur le plateau de « Nulle Part Ailleurs ». À l'heure de la pub sur les autres chaînes, l'audimat[4] de Canal+ grimpe de 4-5 à 9-10 points : près de 3 millions de téléspectateurs sont branchés sur les « Guignols de l'Info ». Un spectacle politico-médiatique construit sur le modèle d'un journal télévisé avec présentateur vedette et invités.

Un dosage d'humour et de satire

Ce sont autant de caricatures de personnages publics et, actualité oblige, les vedettes changent avec les évé-nements. Aux « Guignols de l'Info », l'actualité est passée en revue et large-ment commentée. Un savant dosage d'humour et de satire. C'est en sep-tembre 1988 que le di-recteur des programmes de Canal+, Alain de Greef, a donné le feu vert aux « Arènes de l'Info », re-baptisées deux ans plus tard les « Guignols de l'Info ».

La formule doit son succès à une idée simple mais efficace : c'est l'œil du téléspectateur qui est pris en consi-dération. Explications : « *Les per-sonnes elles-mêmes ne nous intéres-sent pas, mais leur image médiatique, oui,* dit Franck Arguillère, directeur ar-tistique des Guignols. *Peu importe qui sont vraiment Poivre d'Arvor ou Chi-rac, nous nous attachons à ce qu'ils nous donnent à voir à la télévision.* »

Tous les matins, trois auteurs s'attel-lent à l'écriture des textes après une revue de presse en règle (journaux et radio). Un coup d'œil aux journaux télévisés de la mi-journée et au « Zap-ping » de Canal+ déterminera les grands axes du vrai-faux journal et les invités. À 15 heures, on fait venir les

Les Guignols de l'Info.

marionnettes des studios de la Plaine Saint-Denis où travaillent deux équi-pes de tournage en charge des sket-ches enregistrés. Deux heures plus tard, quai André Citroën (le siège de Canal+ où se déroule l'émission), les répétitions commencent. Derrière un rideau, les deux imitateurs principaux, Yves Lecoq (les voix de PPD, Chirac, Platini…) et Jean-Éric Bielle (Mitter-rand, Giscard…), s'en donnent à cœur joie.

Deux manipulateurs pour une marionnette

Le succès de l'émission tient aussi à l'extraordinaire précision dans les gestes et les mimiques des Guignols.

---

1. *Non codé.*
2. *Chaîne codée payante.*
3. *Marionnette de Patrick Poivre d'Arvor (PPDA), présentateur vedette du journal de 20 h sur TF1, chaîne privée.*
4. *Taux d'audience pour une émission.*

Chaque marionnette est actionnée par deux manipulateurs : l'un pour les bras et les mains, l'autre pour la tête (mâchoires, paupières). La magie fonctionne.

Au-delà d'un simple spectacle humoristique, les « Guignols de l'Info » renvoient aux téléspectateurs l'image caricaturale de la société à travers le prisme du petit écran. En plus du discours des politiques, on prend désormais aussi beaucoup de recul sur le discours médiatique des journalistes. « Les Guignols sont arrivés à ce mo-ment précis où les gens ont eu envie d'entendre dire les choses autrement », précise Franck Arguillère. En d'autres mots, rompre avec la langue de bois… « Atchao, bonsoir. »

© D'après *Les Clés de l'actualité*, n° 57.

LA CRITIQUE DES MÉDIAS

Parmi les débats nouveaux surgis au cours des dix dernières années, il faut enfin ranger celui – récurrent et central – qui touche aux médias. Surgissement tout à fait logique au demeurant. Une enquête du Crédoc publiée en décembre 1990 relevait, parmi les changements majeurs intervenus statistiquement durant la décennie 1979-1989, l'installation en France d'une nouvelle hégémonie culturelle : celle de la télévision.

Mais attention aux simplifications anecdotiques ! Ce débat-là ne se ramène plus – comme c'était encore le cas voilà trois ou quatre ans – à un pugilat vaguement corporatiste entre les universitaires et les journalistes. Un pugilat assez simpliste, une contestation quasi territoriale, empoisonnée par des envies réciproques bien difficiles à départager : respectabilité du savoir contre ivresse de l'influence, dignité du concept contre puissance du spectacle, souci de sauver son âme contre envie de vendre ses livres, etc. On n'en est plus là. C'est désormais de réflexion qu'il s'agit. La prévalence de l'image, de l'émotion, du spectacle ; l'irruption du temps réel et de l'instantané ; la substitution des médias aux structures sociales traditionnelles, tout cela introduit des ruptures ou des dérives dans le fonctionne-ment de la démocratie elle-même. C'est sur ce terrain-là, plus politique en définitive que strictement médiatique, que se situe la réflexion. Et le débat. « Nous vivons, souligne Paul Ricœur, *dans l'actualité de signes passagers et très vite remplacés. Notre attention est sautillante, superficielle, alors qu'il faudrait non seulement opérer une sélection, mais surtout référer ce dont nous sommes témoins à de grands repères de notre mémoire.* »

Des gens comme Paul Virilio, Régis Debray, Jacques Derrida, Pierre Bourdieu consacrent une part importante de leur travail à une réflexion critique sur les médias. Mieux encore, ils jugent désormais utile de venir dialoguer avec des journalistes comme ce fut le cas au colloque organisé par Reporters sans Frontières. La chose eût été impensable voilà quelques années. Reste que cette question divise les intellectuels davantage qu'on ne l'imagine. Certains sont plus sévères à l'endroit des médias et d'autres moins sensibles au problème. Pour Blandine Barret-Kriegel, par exemple, les médias « *ne méritent ni cet excès d'honneur ni cette indignité* ». Pour André Glucksmann, la télévision n'est pas sans vertus : « *La vérité du fait*, dit-il, *elle affleure sur les écrans de té-lévision. Et elle touche les téléspec-tateurs. À l'exception de tous les no-tables, de tous ceux qui nous écrivent des éditoriaux, des intellectuels qui, eux, n'ont pas le temps de la regar-der.* » Alain Touraine, quant à lui, n'hé-site pas à faire l'éloge de la télévision : « *Les plus grands thèmes*, dit-il, *se font mieux entendre dans la pire des télévisions que dans le meilleur des parlements. C'est le lieu du débat au-jourd'hui. Or, là où il y a débat, on est dans la politique et dans la vie intel-lectuelle.* »

Cette indulgence ne semble pas majoritaire chez les intellectuels, même s'ils ne sont qu'une poignée à refuser héroïquement, comme François Geor-ge, de se « compromettre » avec la télévision. La plupart des revues, de « Débat » à « Esprit », ont consacré plusieurs dossiers critiques à ce « ma-laise des médias », d'autres sont an-noncés. Quant à Bernard-Henri Lévy, le plus médiatique des intellectuels, voilà qu'il tient depuis peu sur la télé-vision des propos inattendus et pré-cautionneux : « *L'époque a changé, mieux vaut choisir ses interventions, ne pas trop se montrer. Sous peine d'une réaction en retour désas-treuse…* » Assurément, le paysage a changé.

Jean-Claude GUILLEBAUD,
© *Le Nouvel Observateur*, février 1992.

Commerce et création

MICKEY CONTRE LES MUSÉES

L'effondrement du marché de l'art a libéré les artistes de la dictature des marchands. Pourtant, dans un monde où toutes les formes de création sont mises sur le même plan, les sculpteurs et les peintres ne parviennent pas à trouver un nouveau souffle. Quant aux professionnels de l'industrie des loisirs, ils font une rude concurrence aux défenseurs d'une vraie vie culturelle. Le point par Yves Michaud[1].

File d'attente au Grand Palais.

Depuis la publication, il y a trois ans, de *L'Artiste et les Commissaires*, les relations complexes et conflictuelles entre les créateurs et ce que j'appelle le monde de l'art (marchands, conservateurs, galeristes, collectionneurs...) ont beaucoup évolué. Le phénomène massif de rotation accélérée des œuvres et de spéculation outrancière s'est amplifié jusqu'au mini-krach qui a frappé le marché de l'art. Cet effondrement a été, dans un sens, bénéfique. Il a eu une fonction d'assainisse-ment. En se coupant de tous les vrais enjeux artistiques, ce marché était devenu purement spéculatif et irréel.

En art, il y a une exception française. Aucun autre pays ne consacre autant d'argent et d'énergie publics à son soutien. Mais ce volontarisme étatique a des effets pervers et contribue au repli sur ses bases de la culture française. C'est un paradoxe : jamais l'intérêt pour la culture n'a été aussi fort, et pourtant le rayonnement culturel reste faible. Les artistes et les connaisseurs vivent en effet dans une sorte de mauvaise conscience à l'égard des productions nationales et ont une fâcheuse tendance à s'aligner systématiquement sur les courants étrangers. Il y a une timidité identitaire.

Avec un bel esprit cosmopolite et beaucoup de générosité, nous célé-brons la culture des autres. Résultat : nous sous-estimons la culture na-tionale. Et Paris, trop souvent, se contente de n'être qu'une capitale d'accueil.

Or dans un très proche avenir, l'un des problèmes clés sera celui des identités nationales. Comment les artistes seront-ils créatifs sans re-tomber dans l'ornière du nationalisme obtus, mais sans singer non plus les modes venues d'ailleurs ?

Les pays qui ont un art vivant sont ceux où les artistes restent fidèles à leur identité, y compris métissée. Les arts contemporains américain, an-glais, africain ou australien n'éprouvent aucune gêne à affirmer leur originalité. La grande faillite du modernisme a été de croire que l'art devait obéir à un universalisme abstrait, comme si l'esthétique devait transcender les cultures nationales. Aujourd'hui, on redécouvre que les artistes sont nécessairement « de » quelque part. La même question du nationalisme réapparaît d'une manière spectaculaire sur la scène politique mondiale – les empires l'avaient gommée. Pourquoi, sous prétexte que le modernisme l'avait occultée, en serait-il autrement dans le monde de l'art ? L'alternative est simple : soit nous prenons comme référence une histoire fictive, abstraite et idéale de l'art, soit nous explorons nos origines, notre propre langue, notre environnement et notre monde.

Une autre question surgit. Que devient la culture dans la consommation de loisirs ? Les musées vont-ils subir la concurrence d'Euro Disneyland ? Nous observons déjà d'inquiétants glissements. C'est, par exemple, la multiplication des expositions-spectacles, la course à la rentabilité, la « surmédiatisation » des événements artistiques. De nombreux créateurs, pour se maintenir dans cette course effrénée et s'assurer la plus grande audience, se condamnent à la répétition. Ils enfoncent toujours le même clou : « *Je suis moi, je suis moi.* » Puisqu'il faut à tout prix être vu, ils travaillent obsessionnellement leur image de marque. Le prix à payer, c'est l'aplatissement des œuvres. S'ils ne prennent garde, les gens de culture vont être dominés par des professionnels plus compétents qu'eux dans le domaine de la consommation culturelle. Heureusement, il y a des contre-exemples : la politique éducative menée par le Musée d'Orsay est exemplaire. N'oublions pas que les musées, avant d'être des lieux de spectacles, sont des lieux d'éducation.

Enfin, l'égarement artistique naît des relations ambiguës qu'ont nouées l'art de l'élite et l'art populaire. Les Américains préfèrent dire « l'art d'en haut » et « l'art d'en bas ». Aujourd'hui, plus personne ne sait très bien ce qui est d'en haut et ce qui est d'en bas. Quels sont les critères du goût si tous prétendent à la même validité et s'ils sont tous en compétition ? L'absence de toute dictature du goût, la disparition de la culture dominante ont engendré la cacophonie. Puisque toutes les légitimités formelles ont explosé, nous sommes condamnés à une culture de plus en plus incohérente. Ce n'est pas forcément un mal. Le risque est cependant que fasse défaut le minimum de cadre de référence permettant débats et échanges.

Propos recueillis par Gilles ANQUETIL, © *Le Nouvel Observateur*, février 1992.

---

1. *Yves Michaud est philosophe, critique, et dirige l'École nationale des Beaux-Arts. Auteur de « L'Artiste et les Commissaires », paru chez Jacqueline Chambon, il dirige, chez ce même éditeur, la collection « Rayon-Arts ».*

LE LIEN DE L'AMBIGUÏTÉ

Longtemps confiné à quelques opérations individuelles, aussi généreuses que discrètes, le mécénat culturel a fait l'objet, au milieu des années 80, d'un véritable intérêt des entreprises françaises. La musique savante et les arts plastiques, mais aussi des festivals, comme Avignon ou le Printemps de Bourges, se sont partagé le milliard de francs donné essentiellement par des banques et des entreprises publiques. « Le Monde de l'Économie » expliquait combien la crise a réduit depuis 1990 les opérations de parrainage et pourquoi le mécénat culturel, comme le mécénat sportif, était en régression par rapport aux secteurs de l'environnement et de l'action humanitaire.

Combien d'écrivains vivent de leur plume ? Combien de compositeurs peuvent se suffire de leurs droits d'auteur ? Combien de peintres font vivre leur famille grâce à la vente de leurs tableaux ?

Une poignée, au regard du nombre des créateurs en activité, relayés par leurs producteurs, leurs galeristes, leurs agents, tous ces intermédiaires de la création qui s'efforcent de leur faire passer le pas (mener l'œuvre originale jusqu'à l'appréciation du public-roi). Il y a là une classe mal cernée et mal connue d'activistes, responsables de festivals, producteurs, responsables d'institutions ouvertes à la création, qui tentent jusqu'à la dernière heure de recueillir ces fameux dons privés, parfois à la veille des ma-

5 • HUMEURS ET VALEURS - COMMERCE...

213

nifestations inscrites de longue date à leur programmation.

En l'absence de subsides nationaux stables, les métiers qui gravitent autour de l'avant-garde et de la création sont devenus des fonctions à haute implication psychologique et commerciale. Entre les « riches » mécènes et les porte-parole de l'artiste en mal de quelques millions, le dialogue est devenu une sorte de psychodrame quotidien de notre culture moderne.

Pour s'en tenir à la seule musique écrite, une société d'auteurs comme la SACEM[1] a réparti en 1991, entre 50 000 sociétaires, la somme totale de 1,825 milliard de francs. Quatre-vingt-deux adhérents seulement ont reçu dans ces douze mois plus de 1 million de francs. En revanche, 15 715 membres de la société ont dû se contenter pendant la même période d'un revenu inférieur à 6 000 francs. Dans la musique comme partout ailleurs, il y a très peu de riches et énormément de pauvres. Quoi que certains s'acharnent à penser, le créateur, sauf exception, est loin de compter au nombre des favorisés. Il subit en citoyen « comme les autres » les inégalités de la société dans laquelle il vit. Dans ce contexte, le mécénat ne saurait être une panacée. [...]

En règle générale et en résumé, les mécènes se plaignirent dès l'origine de jouer les vaches à lait[2], et les créateurs d'être mal considérés. Dans sa parfaite *Naissance de l'écrivain* le sociologue de la littérature, Alain Viala, décrit cette situation d'ambiguïté. Il arriva aux uns de mégoter[3]. Il vint aux autres l'idée de dédier simultanément le même poème à plusieurs bienfaiteurs, dans l'espoir naïf qu'ils ne seraient pas démasqués. Il fallut attendre Louis XIV pour que fût établie par Colbert la liste des artistes pensionnés par le royaume et pour que fût fixé le tarif, proportionnel aux services, des gratifications de chacun. Le mécénat d'État était né.

Notons qu'au moins, à cette époque, les bases du contrat mécène-artiste étaient claires. L'échange d'une œuvre contre de l'argent s'appuyait sur un traité de réciprocité. Les nobles, les ministres, les altesses payaient. Mais l'artiste, en contrepartie, les remerciait officiellement en leur dédiant son ouvrage par une dédicace qu'il accompagnait à l'occasion d'un hommage voué à leur glorification. La gloire du poète et celle de l'inspirateur-mécène devaient de cette façon s'intensifier l'une l'autre. Pensons aux partitions de Beethoven passées à la postérité

sous le patronyme de leur dédicataire, comme les quatuors Rassoumovsky. Et reconnaissons qu'aucun créateur n'est prêt de nos jours à se plier à de telles obligations.

La plainte récurrente de nos mécènes ou sponsors modernes est que leur nom, ou que la marque de l'entreprise qu'ils représentent, n'apparaisse pas, ou n'apparaisse que subrepticement, sur les tracts publicitaires, les pochettes de disques, dans les programmes, et surtout dans les articles critiques qui les concernent. C'est un fait que le mécène moderne, au regard de l'histoire, se sent privé de sa dédicace, de sa glorification en tant que bienfaiteur des arts et des belles-lettres. On le comprend, d'une certaine façon. Sauf à considérer que l'argent, donné et reçu, a perdu la belle neutralité qu'il gardait encore à l'âge classique. Rappelons que le mot « mécène » renvoie au mythe de Maecenas, image du parfait bienfaiteur désintéressé de la Rome antique... On en est loin. Maecenas travaille désormais dans les grandes banques nationalisées. [...]

© *Le Monde*, 14 janvier 1993.

_____

1. Société des auteurs, compositeurs et éditeurs de musique.
2. D'être exploités.
3. Manquer de générosité (familier).

LA PHOTO AU SERVICE D'UNE PUBLICITÉ CONTESTÉE

Avril 1992. Une terrible photo apparaît sur les panneaux publicitaires : autour d'un lit d'hôpital, une famille en pleurs encadrant un malade barbu au visage émacié. Les derniers instants de David Kirby, atteint par le sida. Une image tragique. C'est David qui a autorisé la photographe Thérèse Frare à utiliser le document... Au profit de qui ? De Benetton, bien sûr, qui explique avoir tenté ainsi d'apporter sa pierre à l'entreprise de sensibilisation. Déjà, la polémique s'installe. Le document est plus fort, sans doute, que toutes les campagnes engagées par les services publics... Benetton, pourtant, n'est pas une association phi-